AF378185

VALENTINA

LIBRO 1

M

Valentina

Título original: *Valentina*

Primera edición en España: febrero de 2026
Primera edición en México: febrero de 2026

AZRA REED

VALENTINA

LIBRO 1

Traducción de Manel Martí Viudes

Montena

ADVERTENCIA

Hola:

Puesto que *Valentina* es una dark romance, antes que nada quisiera empezar por unas advertencias sobre el contenido.

En esta novela se abordan temas susceptibles de ser considerados violentos, difíciles y perturbadores. Podrían alterar la sensibilidad del público. La violencia (física, psicológica, sexual), el lenguaje soez, la alusión al uso de drogas, armas, así como el asesinato, están presentes en el relato.

También quiero hacer constar que las descripciones detalladas de escenas violentas como homicidios o torturas, así como el lenguaje explícito, pueden resultar perturbadoras. Solo aparecen para ilustrar la historia y para reflejar con la mayor fidelidad posible el sombrío mundo de Valentina.

Os aconsejo que abordéis este tipo de lectura con prudencia. Mi objetivo es relatar una historia realista e inmersiva, pero en ningún caso pretendo glorificar o promover la violencia.

Gracias por leerme y, por favor, cuidaos.

XO, Azra

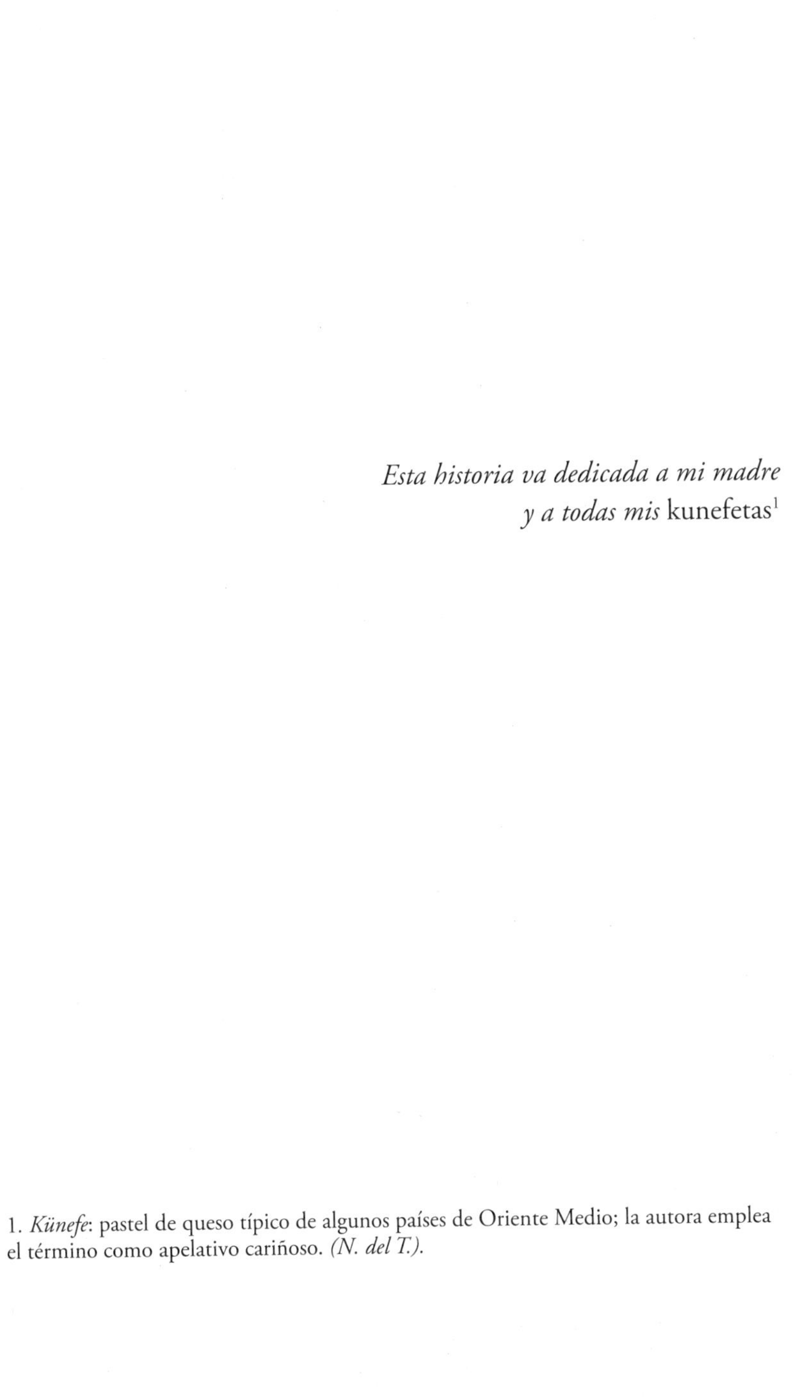

Esta historia va dedicada a mi madre
y a todas mis kunefetas[1]

1. *Künefe*: pastel de queso típico de algunos países de Oriente Medio; la autora emplea el término como apelativo cariñoso. *(N. del T.)*.

CAPÍTULO 1

Tepito, México

VALENTINA

—En cuanto termine de cortarte las puntas podrás irte.

Mi tía recoge con delicadeza mi larga melena morena y le pasa el peine en toda su longitud. Hace pinza en los extremos con los dedos y agita las tijeras.

—Me fío de ti, tía.

Sin embargo, miro sus manos con ansiedad a través del espejo y, justo antes de que empiece a cortar, le indico a toda prisa:

—Pero no más de dos o tres centímetros, ¿eh? Solo las puntas.

Mi tía suelta una carcajada y le lanza una mirada divertida a mi abuela, que nos observa cómodamente sentada en el sofá.

—Cada vez que hago esto, tengo la impresión de que esta niña cree que voy a hacerle una desgracia.

Mi abuela me mira con aire travieso mientras se recoloca el poncho multicolor que cubre sus hombros. Tras tomar un sorbo de café responde con voz suave:

—Muéstrate indulgente con ella, después de todo te está confiando su bien más preciado.

Aunque a Abuelita mi reacción le resulte cómica, me niego a tener que contemplar un corte de pelo horrible ante el espejo todas las mañanas.

Tía Carmen apoya una mano en mi hombro para reconfortarme y me guiña un ojo. Sabe que me pongo de los nervios por nada. Desde hace cinco años dejo mi melena en sus manos, y jamás me ha decepcionado. A pesar de lo cual siento una leve opresión en el pecho cada vez que oigo el ruido de las tijeras cortándome las puntas.

Dirijo la mirada hacia el crucifijo que mi abuela colgó en la pared. Está flanqueado por un cuadro que reproduce una fuente con fruta y una foto mía de cuando era una quinceañera. Recientemente, otras instantáneas se han sumado a las paredes. Paloma, mi prima, me regaló una cámara de fotos de ocasión el día de mi decimoséptimo cumpleaños. Desde entonces, de eso ya hace dos años, capturo las instantáneas de vida que comparto con ella, con tía Carmen, con mi abuela y con nuestros vecinos.

—¿Dónde está Paloma? —pregunta Abuelita.

—Trabajando —responde mi tía sin inmutarse.

Me alisa el pelo con la palma de la mano y examina el resultado antes de acortar un mechón rebelde.

—Acabará muerta si sigue trabajando tanto —comenta mi abuela con un suspiro.

—Ha tenido mucha suerte de encontrar ese empleo —protesta Carmen—. Yo también la echo de menos y me inquieto cuando no está aquí. Pero necesitamos el dinero. Los cursos en la universidad no son precisamente gratis, por si no lo recuerdas.

Percibo cierto matiz de amargura en su voz y bajo la vista al instante. Ella añade:

—Y eso también va por ti, Valentina. Has de llevar mucho cuidado cuando estés ahí fuera. Tepito no perdona, lo sabes muy bien.

La inquietud le deforma las facciones.

—Lo sé, tía. Siempre procuro ser prudente.

Suspira con dulzura, como si sus propias palabras no bastaran para tranquilizarla. Mientras sigue cortándome las puntas, yo sé que está pensando en Fernando, mi tío, y en Rafel, mi primo. A ambos nos los arrebató la violencia que reina en nuestras calles. Basta con estar en el lugar equivocado en el momento equivocado.

—Lo que pasa es que…

Le tiembla la voz. Inspira profundamente para contener un sollozo.

—Precisamente… En fin, cada vez que os veo salir, a Paloma y a ti, me angustio. Ya lo sabéis, no paro de rezar por vosotras, para que no os pase nada.

De eso no me cabe la menor duda, somos la única familia que le queda a tía Carmen.

—No la agobies —tercia mi abuela—. Valentina es fuerte, como tú. Se las apañará.

Mi tía deja de cortarme el pelo por un instante, indecisa.

—Llevaré cuidado, tía —murmuro con la esperanza de tranquilizarla.

Sé que, por desgracia, mis palabras nunca serán suficientes. No dejará de tener miedo mientras todas sigamos en Tepito. Por eso Paloma y yo hacemos todo lo posible para labrarnos un futuro mejor.

Nos criaron al mismo tiempo, siempre hemos estado juntas. Paloma nunca ha estado sin Valentina, y Valentina nunca ha estado sin Paloma. Nuestros días han transcurrido jugando en las calles de Tepito y durante las noches hemos compartido nuestros secretos. Sinceramente, no me imagino la vida sin ella. ¡Por eso me gusta tanto que tía Carmen y ella vivan justo enfrente de mi casa!

Desde que consiguió ese trabajo de camarera en un bar, cada vez pasamos menos tiempo juntas. La verdad es que yo también ando muy ocupada con mis estudios y mi trabajo a media jornada en un restaurante de comida rápida. Apenas nos vemos durante la clase de Español de la universidad, en la que ambas coincidimos. Reconozco que esta separación se me hace un poco dura. La verdad es que la echo tanto de menos…

—¡Ya está! He terminado.

Aterrizo de nuevo en cuanto noto los dedos de mi tía deslizándose por mis mechones morenos, que ahora lucen lisos y brillantes.

—¡Gracias, tía! ¿Has visto, Abuelita? Parece que no me haya cortado nada —exclamo maravillada mostrándole mi larga cabellera.

Mientras mi abuela se troncha de risa leyendo el periódico, mi tía me toma el rostro entre sus manos y me deposita unos cuantos besos en las mejillas, en la nariz y en la frente.

—Vale —le digo entre risas, tratando de zafarme de ella—, tengo que irme, en serio. ¡Besos, Abuelita! ¡Besos, tía!

Les estampo un beso en la frente a cada una —siguiendo un ritual que practico desde que era muy pequeña— y me dirijo a la puerta de entrada. Me pongo los zapatos, cojo mi rímel y me aplico un último toque.

—Decididamente —exclama mi abuela riéndose y sacudiendo la cabeza—, esta niña no puede negar que es de la familia. Carmen, ¿te acuerdas de cuando tu hermana y tú os maquillabais a mis espaldas? ¡Nos volvíais locos a tu padre y a mí!

Aunque mi pasión por la belleza nació con Paloma, me encanta decirme a mí misma que procede un poco de mi madre… Y Abuelita sabe que adoro que nos compare a ambas. Perdí a mis padres cuando tenía tres años, y todo cuanto me queda de ellos son algunos recuerdos dispersos y estos retazos de información que mi abuela me proporciona de vez en cuando.

Tras dedicarle una última sonrisa a mi familia, cojo mi bolso de cuero negro, algo abultado a causa del uniforme de trabajo, y salgo del apartamento.

Mientras avanzo por la acera, dedico unos instantes a observar mi barrio. Vivimos atrapados en estos estrechos callejones, entre casuchas deterioradas que dan fe de que vivimos en la pobreza. Los edificios no son muy altos, pero albergan a numerosas familias. Sobrevivimos hacinados en pequeñas habitaciones, a la espera de que la vida nos ofrezca mejores oportunidades. La pintura se desconcha en las fachadas de vivos colores, ahora abarrotadas de grafitis. Aquí, lentamente, los cárteles están empezando a reescribir las leyes delante de nuestras narices, y ya estoy viendo caer a jóvenes con los que crecí.

Me detengo frente al mercado y casi choco con el señor Suárez, uno de mis vecinos. Regenta el Malu, el pequeño colmado del barrio donde habíamos trabajado Paloma y yo cuando éramos más jóvenes. A modo de salario nos regalaba un montón de caramelos. ¡Y a nosotras nos parecía la mar de bien!

—¡Valentina! A ver si miras por dónde vas, que ni te he visto —exclama.

—Lo siento, señor Suárez. Iba pensando en mis cosas.

Refunfuña algo contra los jóvenes bajo su frondoso bigote y me hace reír. ¡Adoro al señor Suárez! Paloma y yo incluso hicimos de celestinas entre Abuelita y él, pero sin éxito. Enseguida comprendimos que ella jamás podría olvidar a mi abuelo, su primer amor.

—Vas de camino al trabajo, ¿no?

—Sí, tengo que llegar a la parada de autobús. Ya se me está haciendo tarde.

El señor Suárez abre mucho los ojos y casi me empuja para que no me entretenga.

—¡Pues entonces date prisa, hijita! Y, sobre todo, ten mucho cuidado —me aconseja.

Le sonrío y me apresuro a llegar a la parada, sorteando los desechos que se amontonan aquí y allá. Tras subir por los pelos al desvencijado autobús, constato que las calles de Tepito han cambiado mucho. Lo que ya era de por sí un barrio pobre se ha convertido en un lugar de miseria y de miedo.

Un lugar del que quiero huir.

Cuando empujo la puerta del restaurante veo que no hay muchos clientes. La velada promete ser tranquila.

Arrastro los pies hacia la recepción y saludo a Perla, que está tras la caja registradora, haciendo globos con su chicle. Me responde con un movimiento de cabeza y se acomoda el pequeño micrófono delante de la boca. Dejo atrás la barra, camino de los vestuarios, y me fijo en que está hablando por teléfono con su chico. Sabe que no puede hacerlo, pero, cuando Enzo, el encargado, no está, se permite más de una licencia. Me gustaría tener su audacia.

—No te molestes en mirar el plan del día —me anuncia—, Enzo nos ha pedido que hagamos inventario.

—No lo estarás diciendo en serio, ¿no? ¿Cuándo ha dicho eso?

—Hace diez minutos, a todo el grupo.

—Se encoge de hombros con gesto resuelto, me da la espalda y reemprende la conversación con su noviete. Contrariada, empujo la puerta de los vestuarios y descubro que, efectivamente, han rehecho el plan de trabajo.

Maldita sea… ¡No creo que termine hasta pasada la medianoche! Aunque ¿de qué me extraño? ¡Seguro que Enzo ha aprovechado que tenía que salir para pasarnos el marrón y escaquearse!

Echo un vistazo al reloj: ya es más de la una de la madrugada y justo acabo de cambiarme en el vestuario. No es habitual acabar tan tarde, salvo las noches de inventario. ¡Al menos estaré tranquila hasta el año que viene! En cuanto me pongo la chaqueta, siento el cansancio de la jornada. Trato de ignorar el olor a fritura en mi ropa y de olvidar la actitud desagradable de ciertos clientes. Este trabajo me pesa, pero por el momento tengo que seguir sufriéndolo. Alguien tiene que hacer frente a nuestras necesidades. Abuelita ya no está en condiciones de trabajar por su dolor de espalda, aunque hace lo que puede para ayudarme. Desde hace unos meses borda unos pequeños ponchos para los vecinos. El señor Suárez le ha instalado un expositor en la entrada de su colmado. No es suficiente, pero nos aporta algunos pesos más.

Pronto todo cambiará. Estoy totalmente decidida a dejar esta ciudad en la que me siento prisionera. Tengo muy claro cuál es mi objetivo: obtener un diploma de arquitecta y marcharme a Estados Unidos con mi abuela, mi tía y mi prima.

Así tendremos una vida mejor.

En cuanto acabo de cambiarme, arrastro los pies hasta el reloj de fichar y me voy del local tras despedirme con la mano de Perla, que va al encuentro de su chico en el aparcamiento.

Una fresca brisa me acaricia el rostro mientras me dirijo a la estación de autobuses. Espero con desesperación el momento en que me zambulliré en mi cama. Paloma también debe de haber acabado su turno. Nunca he podido ir a verla porque nuestros horarios resultan incompatibles, pero esta noche, precisamente, he decidido desviarme… Sé que trabaja en el barrio de Roma Norte, en Casa Ramba. ¡Y así por fin tendré ocasión de satisfacer mi curiosidad!

Sin pensármelo dos veces, subo al autobús que pasa por el sur de México y ocupo la plaza que está detrás del conductor. Siento un malestar corriéndome bajo la piel, pues hay dos hombres sentados al final del autobús que hablan muy alto y parecen estar muy borrachos. Tanto que no me prestan atención. Todo va bien, pero permanezco alerta, como todas las noches.

Mecida por el balanceo del vehículo, apoyo la cabeza en el cristal que hay a mi izquierda.

Espiro lentamente. Quizá tendría que haber regresado a casa tranquilamente y pasar por casa de Paloma mañana por la mañana. No sé por qué me ha dado por ahí…

Mientras trago saliva, me digo a mí misma que en esta ciudad nadie está a salvo. Entre los ajustes de cuentas de los cárteles y las distintas modalidades de narcotráfico que incitan a los más jóvenes a optar por el dinero fácil, nunca ha sido sencillo sobrevivir en Tepito.

Actualmente la ciudad está bajo el control del cártel de los Rivera, pero el de los Cruz está ganando terreno…

CAPÍTULO 2

Rubén

VALENTINA

En el barrio de Roma Norte abundan los restaurantes, bares y terrazas llenos de animación. Las luces de los últimos establecimientos abiertos iluminan la calle a mi paso. Cruzo los brazos sobre el pecho para mantener mi chaqueta bien pegada al cuerpo y miro el reloj.

Son casi las dos de la madrugada.

Es tarde… Demasiado tarde. A esta hora la ciudad se queda desierta, silenciosa y oscura.

—¡Señorita! —me interpela una voz masculina desde la otra acera.

El corazón me da un vuelco. ¡Mierda!

Un grupo de hombres, ocupados en fumar y jugar a las cartas en el banco de la parada de autobús, me observa con atención. Aprieto los labios, tratando de mitigar el temblor que me sacude por dentro. No parece que yo les interese especialmente, están pendientes de la carretera. Por su actitud, diría que se trata de vigías, que avisan a los traficantes en caso de que pase un coche de la policía.

Evito su mirada y no les respondo.

—¡Señorita!

¡Ay, Dios! Vale, solo tengo que girar a la izquierda en el próximo cruce. Aprieto el paso, pero en ese instante un coche gira delante de mí, y los hombres silban para dar la alerta. Ignoro qué puede haberlos inducido a pensar que el conductor —un individuo con camisa de flores que está mordisqueando un palillo— es un poli, ¡pero aprovecharé que ha llamado su atención!

Sin pensarlo dos veces, giro rápidamente la esquina, casi sin aliento por las prisas, y enseguida distingo el cartel de CASA RAMBA en neón rojo iluminando la calle con una luz cruda. Una música bailable escapa del local cuando una chica empuja la puerta. Tiene pinta de haber bebido más de la cuenta y va cogida del brazo de un hombre que sin duda le dobla la edad.

Me detengo frente a ellos, con los ojos muy abiertos.

—¿Puedo ayudarte en algo?

Me giro en dirección a la voz grave que acaba de interpelarme. Sentado en un taburete, un fornido portero de discoteca tiene las manos apoyadas en los muslos y me mira con aire escéptico. Me da la impresión de que el traje le viene más bien pequeño, pero no creo que este sea el momento más oportuno para hacérselo notar.

—Hummm…, sí, buenas noches —respondo visiblemente nerviosa—. ¿Está Paloma?

—¿Y tú eres…?

—Su prima, Valentina. Ella suele acabar su turno sobre esta hora.

Para mi gran sorpresa, me parece notar que se le suavizan las facciones. Extiende el brazo y empuja la puerta de entrada tras de sí. Con un gesto de la barbilla me invita a pasar al interior.

En cuanto doy el primer paso ya veo por dónde van los tiros. La luz roja, la música que me hace vibrar el corazón y las chicas que bailan sensualmente en medio de la pista me indican con toda certeza que acabo de adentrarme en un mundo desconocido.

Casa Ramba no es un bar, sino un club nocturno.

Frunzo el ceño a medida que voy recabando nuevos datos. Hay demasiado alcohol, pero eso no es lo que más preguntas me suscita. Cerca de mí, una chica con los pechos al descubierto, acompañada de su grupo de amigos, forma una línea de polvo blanco con su tarjeta de crédito sobre una mesa de cristal mientras los demás la observan. A continuación, sacan un billete, lo enrollan, esnifan el producto y se dejan caer en el sofá sin parar de reír.

Un pánico sordo me revuelve el estómago. «¿Paloma, aún sigues aquí?».

Intercepto a una camarera que pasa por mi lado y la agarro del brazo, con lo cual me gano una mirada asesina por su parte. Sinceramente, comprendo que haya reaccionado de ese modo, pero es que no tenía otra opción.

—¿Sabes dónde puedo encontrar a Paloma? —vocifero tratando de hacerme oír por encima de la ensordecedora música.

La camarera señala la planta superior con el dedo, se libera de mi presa y sigue su camino en dirección al bar.

Alzo la vista y descubro un espacio privado desde donde la gente, sentada en cómodos taburetes, disfruta de una vista privilegiada de la pista de baile.

Me dirijo temblando hacia la escalera de caracol semioculta que está cerca de la entrada, pero mi avance se ve interrumpido de inmediato por otro gorila que se me planta delante e interpone una mano entre ambos, obligándome a detenerme.

Lo único que se me ocurre decir es:

—Estoy con Paloma. —Me escruta con la mirada durante unos interminables segundos y finalmente tensa los labios en una especie de sonrisa malsana y me deja pasar, sin decir una sola palabra.

Aunque su actitud me sorprende, no tengo la menor intención de perder el tiempo haciéndole preguntas. Enfilo los primeros escalones y al instante me atrapa una espesa humareda acompañada de un fuerte olor a tabaco. Unas bailarinas, prácticamente desnudas, pasan entre un grupo de hombres que discuten al tiempo que deslizan las manos por los cuerpos de ellas. Así es como logro identificar sus tatuajes: escorpiones negros.

Esos tíos pertenecen al cártel de los Cruz.

Paseo la mirada de unos rostros a otros. Algunos beben y consumen drogas, mientras que otros están pendientes de las bailarinas, que se contonean para complacerlos.

¿Paloma será una de esas chicas? Sin embargo, ella nos dijo que trabajaba aquí solo de camarera. Nos lo juró, a mi tía Carmen, a Abuelita y a mí.

Las miradas de los presentes empiezan a reparar en mi presencia. Rezo para no sorprender a Paloma en una postura obscena, pero el corazón se me hiela en cuanto reconozco una melena rubia, teñida por mi tía, en el último sofá. Aun sin luz sé a quién pertenece esa mancha de nacimiento en la parte inferior de la espalda.

Es Paloma.

Sentada en el regazo de un hombre de pelo castaño rojizo, mi prima baila apretando sensualmente las caderas contra él, al ritmo de la música. El hombre desliza las manos por su cuerpo y la invita a desprenderse de los últimos retazos de tela que aún cubren apenas sus partes más íntimas. Cuando él inclina la cabeza para besarle el cuello, clava sus ojos negros en los míos.

Un desagradable estremecimiento recorre mi espalda. Lo sé por el modo en que me mira, y sobre todo por la rabia que hay en su mirada.

A pesar de todo, mis temblorosas piernas aciertan a dar los pocos pasos que me separan de la pareja. Extiendo la mano y la poso con suavidad en el hombro de mi prima:

—Pa… Paloma…

En cuanto se gira, puedo ver cómo se le descompone el rostro. Su cara pasa de una expresión de placer que le sonroja las mejillas a una expresión de pánico que le hace abrir los ojos de par en par.

—¿Valentina? —exclama mientras se sube el sujetador—. Pero… ¿qué estás haciendo aquí?

Se vuelve hacia el hombre, que frunce el ceño.

Mi prima hace un gesto torpe con la mano, como si quisiera explicarme lo que pasa pero no encontrase las palabras. Se aparta un poco del hombre de pelo rojizo, y me percato de que ella está dudando entre levantarse o no. No sabría explicar lo que siento al verla tan sumisa. Me noto un leve dolor en el estómago y una opresión en el pecho. Una mezcla de traición y miedo…

—¿Qué estás haciendo tú aquí? ¿Qué estás haciendo? —le pregunto, desesperada.

—¡Te aseguro que no es lo que crees!

Por fin decide incorporarse y se sube el uniforme de trabajo hasta los hombros para ocultar sus atributos. Cruzo una mirada furiosa con el hombre, que parece tan perplejo como yo ante la actitud de mi prima, que finalmente se libera de su abrazo.

—¿Quién es esa de ahí, puta? —inquiere señalándome con la barbilla.

—Rubén, es…

¿Rubén? Un destello de certeza me hiela la sangre en cuanto me fijo en el escorpión tatuado con tinta negra que asoma tras su nuca.

¡Joder!

—Vamos, puedes largarte, Paloma, ya he acabado contigo.

—¿Lo dices en serio? —balbucea ella, casi decepcionada—. Rubén, espera, solo necesito unos minutos…

—¡Ya me estás tocando los cojones! —le espeta él al tiempo que se levanta—. ¿Acaso crees que tengo tiempo para esto? Venga, vete a tu casa y no vuelvas más.

Es tan alto que nos vemos obligadas a alzar la cabeza, y eso le confiere un aura aún más amenazante cuando nos indica la salida con un gesto brusco.

—Lo siento mucho, Rubén. No digas eso…

Arqueo las cejas, consternada. Paloma parece realmente compungida por la actitud de él, como si para ella fuera más que un mero cliente. Sin embargo, ante el inflexible silencio de Rubén, no insiste. Baja la vista, recupera su bolsito y me empuja precipitadamente a través del pasillo de la planta privada.

Yo quisiera decir algo, pero no es el momento, no mientras ese hombre frío observa cómo nos vamos con su negra mirada, no mientras pasamos por delante de los sofás donde retozan unos criminales, a cuál más peligroso, no mientras los gorilas nos escrutan frunciendo el ceño, no mientras Paloma tiembla de miedo y aprieta el paso para que ambas salgamos del local cuanto antes.

La fresca brisa del exterior sobre la piel me produce el efecto de una bofetada. Ahora estamos solas, en medio de un silencio tenso, por fin libres de aquella música ensordecedora que me ha provocado un terrible dolor de cabeza. O quizá es por el hecho de haber visto a mi prima restregándose medio desnuda contra un psicópata violento. Aquí, en este momento, solo deseo una cosa: verter sobre ella toda mi incomprensión.

Sin embargo, mi instinto de supervivencia se impone y opto por huir de este lugar cuanto antes.

—¿Dónde tienes aparcado el coche? —le pregunto.

—Justo enfrente de la cabina telefónica.

Ella se limita a fulminarme con la mirada y me da la espalda con total frialdad al tiempo que acaba de abrocharse su uniforme de «camarera». Mientras sus altos tacones contra la acera resuenan en la calle, observo que el grupo de vigías ya no se encuentra en la parada de autobús. A pesar de lo cual, la noche sigue pareciéndome igual de amenazante.

Al cabo de unos minutos llegamos a su coche —mejor dicho, al de tía Carmen—, y Paloma abre las puertas con un movimiento rápido. En cuanto entramos, enciende la radio local y la música crepita en el habitáculo. Con este gesto me da a entender que no quiere hablarme.

¿Acaso tía Carmen y ella han contraído más deudas de las que le han referido a Abuelita? ¿Acaso Paloma piensa ayudar a su familia mezclándose con uno de los cárteles más peligrosos de México? ¿Acaso Rubén la ha amenazado?

Tras quince minutos de incómodo silencio, ya no puedo seguir conteniéndome. Trato de serenarme por todos los medios, pues no quiero subirme por las paredes sin antes conocer toda la historia, pero corto la música con un gesto seco.

—¿Puedes explicármelo?

Paloma se muerde los carrillos y se esfuerza en no mirarme.

—Paloma, si crees que vas a librarte de…

—No es nada de lo que piensas —me interrumpe con brusquedad.

Espero un instante, pero ella no añade nada más, sometiendo mi paciencia a una dura prueba.

—¿Y qué debo pensar, entonces? Me gustaría que me lo explicases, porque ando totalmente perdida.

Suspira y se masajea la frente.

—Tú no podrías entenderlo, eres demasiado… En fin, ya sabes.

¿Yo soy demasiado…? Arrugo la frente, y ella suelta el aire con fuerza, como si hablar conmigo fuera la peor prueba de su vida.

—A lo mejor, si te tomaras la molestia de explicármelo, puede que lo comprendiera —le replico con un matiz de agravio en la voz.

—¡Ya vale, déjalo! Sé perfectamente qué piensas de mí en este momento. Escucha, la velada de hoy ya ha sido lo bastante difícil, lo último que deseo en este momento es tener que soportar tus recriminaciones.

—Pero yo no te estoy juzgando, solo quiero entenderlo. Rubén es un miembro del cártel de los Cruz, ¿no es así? ¡He reconocido los tatuajes del escorpión, Paloma! ¿Por qué nos has mentido?

—¡Lo quiero! ¿Vale?

El corazón me da un vuelco.

—Estoy enamorada de él —insiste—. Y no veía el modo de confesarte algo así, cuando tú y yo sabemos que no soportas a esa gente.

—Enamorada —mascullo con la voz ahogada por la confusión. Una oleada de escalofríos me atenaza el estómago—. ¿A quién dices que amas? ¿A quién? ¿A Rubén? ¡Imposible!

Me quedo atónita durante unos interminables minutos. Los ojos color avellana de Paloma se desplazan alternativamente de mi rostro a la carretera, pero soy incapaz de reaccionar. Me ha dejado muda.

—Paloma… Queremos huir de toda esta miseria, ¿no es así? —respondo al fin, señalando la carretera cubierta de escombros—. Acabar el puñetero máster de Arquitectura con las mejores notas y emigrar a Estados Unidos. Ese era el plan, ¿lo recuerdas? Incluso me dijiste que… Tú me dijiste que, cuando estuviéramos instaladas allí, adoptarías un perrito. Es lo que siempre dijimos que haríamos, ¿no?

Ella no responde. Un velo de tristeza cubre su rostro; aprieta los dientes. Mis palabras la han dejado tocada, estoy segura, pero hay algo que le impide sumarse a ese sueño que ambas teníamos.

—Queremos huir de la droga. Queremos huir de Tepito y de sus hombres violentos, ¿no es así? Entonces ¿por qué mezclarse con las movidas de los cárteles?

Paloma reacciona por fin. Aparta los ojos del camino y por un instante sus iris van al encuentro de los míos. Pero lo que veo contrasta de forma brutal con la imagen de ella que conservo en mi mente. Desenfadada. Siempre dispuesta a reír, a hacer travesuras o a asistir a una fiesta organizada por cualquier estudiante con el que había hecho amistad ese mismo día. Ni siquiera tía Carmen era capaz de retenerla. Siempre había pensado que la alegría de vivir de mi prima era inagotable, pese a todas las responsabilidades que había tenido que asumir desde su adolescencia. Al igual que yo, ella lleva trabajando desde los catorce años y desempeña más tareas que cualquier otro estudiante de nuestra edad.

Pero hoy vislumbro en ella otra clase de madurez que nunca me imaginé. No es la Paloma despreocupada que conocía. Al verla sentada en las piernas de ese tal Rubén, he tenido la sensación de que se había dejado vencer por las despiadadas calles de Tepito. El mensaje es claro: nunca saldremos de este infierno. Así pues, estando así las cosas, ¿por qué no bailar con el diablo si ese es el único modo de atravesar las llamas?

—Escucha, Valentina —empieza a decir lentamente—, ha sucedido sin más. Escapa a mi control. Sabía que esto te enfurecería, y, sí, te lo he ocultado. Como ya habrás visto, Rubén no es…

—Por lo que más quieras. No me digas que te has enamorado de ese psicópata. Ni se te ocurra decir algo así, te lo suplico.

—Valentina…

—No, no digas nada. No digas nada —repito en un susurro mientras apoyo el brazo en mi puerta y le doy la espalda.

Durante el resto del trayecto reina un pesado silencio. Se me ha hecho un nudo en la garganta y empiezo a sentirme culpable. Puede que haya sido un poco demasiado dura, solo eso. Pero de algo estoy segura: él no la quiere en absoluto.

Cuando llegamos delante de mi edificio, me cuelgo el bolso del hombro a toda prisa, pero, justo antes de cerrar la puerta, me inclino y miro a mi prima.

—No debemos abandonar los estudios. Dentro de dos años podremos cursar nuestro máster en Estados Unidos. Con nuestras notas podremos ir adonde queramos, y tú lo sabes. No les diré nada de tu trabajo a la tía ni a Abuelita, pero ese tal Rubén destruirá tu vida. ¡Puedes creerme!

Y, tras pronunciar estas últimas palabras, cierro la puerta del coche.

CAPÍTULO 3

Sofía

VALENTINA

Golpeo nerviosamente la mesa con la punta del boli sin apartar en ningún momento la vista de la puerta de la clase. Cada vez que entra un alumno, espero ver a Paloma.

De nuevo nada.

La clase está a punto de empezar. Tengo la sensación de que cada vez me cuesta más respirar, la preocupación me oprime el pecho. Desde nuestro altercado a propósito de Rubén, la semana pasada, prácticamente no hemos vuelto a hablar. Entre nosotras reina la frialdad, y, aunque yo ya no esté furiosa, me siento totalmente perdida sin ella.

Desbloqueo el teléfono y le echo un nuevo vistazo a nuestro chat. Toda la hilera de mensajes que le he dejado sigue sin respuesta. No da señales de vida desde ayer por la tarde.

Estoy cada vez más nerviosa. Suspiro de nuevo y trato de contener las oleadas de paranoia que inundan mis pensamientos. ¿Y si Rubén le ha hecho daño? ¿Y si ella ha visto cosas que el cártel de los Cruz no quería que descubriera? No debí gritarle la última vez que discutimos… ¡Joder, Paloma, respóndeme!

Tecleo un sexto mensaje:

Paloma, estoy preocupada. ¡Respóndeme, por favor!

El cerebro me va a explotar. Necesito salir de aquí. Presa del pánico, empiezo a guardar mis cosas precipitadamente en la mochila. Noto cómo se me quedan mirando, pero soy incapaz de permanecer sentada durante dos horas de monólogo sobre urbanismo.

—¿Valentina? ¿Tú eres Valentina?

Levanto la cabeza de inmediato y me topo con los ojos grises, hinchados y ensombrecidos por unas profundas ojeras de una estudiante con la que creo haberme cruzado alguna vez. Desliza una mano temblorosa por su larga melena morena. ¿Estará a punto de echarse a llorar?

—Hummm…, sí, soy yo. ¿En qué puedo ayudarte? —le pregunto desconcertada.

—¿Puedes salir diez minutos? Quisiera hablar contigo.

No espera mi respuesta; da media vuelta y sale disparada hacia el pasillo. Acabo de guardar mi cuaderno en la mochila, cojo la chaqueta y salgo tras ella, un poco confusa.

Cuando se detiene delante de la fuente, aún me parece más desamparada. Incluso observo cómo se enjuga una lágrima que se desliza por su rostro.

—Hummm…

No logro recordar su nombre.

—Dime, ¿qué sucede? —le susurro mientras poso una mano en su brazo para confortarla.

No creo que surta efecto, pero ¿qué hacer cuando alguien a quien prácticamente no conoces de nada se echa a llorar en tu hombro?

—Creo… creo que conoces a Sofía. Vais a la misma clase.

¿Cómo le digo que apenas he hecho amigos en esta escuela? No es que tenga problemas con mis compañeros y compañeras, a veces charlo y como con algunas chicas de mi clase, como Sofía, sin ir más lejos, pero la mayor parte del tiempo tengo tendencia a aislarme o a estar exclusivamente con Paloma.

—Sí, a veces coincidimos. Si la estás buscando, hoy no la he visto. Lo siento.

Ella sacude la cabeza y reprime un nuevo sollozo.

—Sofía… Sofía ha… Joder, ¡han encontrado a Sofía muerta esta mañana!

Sus palabras me caen encima como una ducha fría. Me quedo sin palabras, plantada delante de ella. Los agudos de su voz aún resuenan en mi cabeza.

Sofía está… muerta. ¿Por qué tengo la impresión de que aquí un suceso como este forma parte de la rutina? Mañana, en la ciudad aparecerá otra víctima que no se lo merecía.

—Te acompaño en el sentimiento.

En este momento me siento fatal, casi insensible. Sofía y yo no hablábamos muy a menudo, pero era amable. A veces se sentaba a mi lado y me enseñaba los dibujos que garabateaba en las esquinas de las páginas de sus cuadernos. En el colegio circulaban algunos rumores acerca de ella. Había quien decía que se dedicaba a la prostitución, pero ¿qué sabía la gente?

—Yo soy… Bueno, yo era, mejor dicho… Sí, yo era su hermana mayor. Suzanna.

—Lo siento mucho —musito—. Por ti. Por tu familia.

Nada puede aplacar la pena que ella siente en este momento, y ni me imagino cómo estaría yo si me enterase de que le ha pasado algo a Abuelita, a tía Carmen o a Paloma.

—No he venido aquí para anunciárselo a todo el mundo, buscaba a Paloma, y sé que tú eres su prima.

La sangre se me hiela en las venas. Al instante me pongo en estado de alerta.

—¿Paloma? ¿Cómo es que…?

—Sofía y tu prima habían estado bastante en contacto durante las últimas semanas. Mi hermana la mencionó un par de veces, y creo que ayer por la noche tenían que verse. No sé si llegó a quedar con ella, por eso he mirado aquí, pero el hecho de que no esté no es buena señal, ¿no te parece?

—¿Qué quieres decir?

—A Sofía la han asesinado esta noche —me anuncia sin inmutar-se—. Según se dice en la calle, ella se había metido en graves problemas con el cártel de los Cruz. Pero al final ni la policía ni yo sabremos nada más del asunto. Nadie sabrá nada. Así funcionan las cosas por aquí, ¿no?

Apenas puedo tragar saliva. Sin pensarlo dos veces, me acerco a ella y la estrecho entre mis brazos. Pero nuestro abrazo se ve interrumpido por el timbre de la escuela, que anuncia el comienzo de las clases. Suzanna se aparta de mí, se encoge de hombros fingiendo indiferencia y añade:

—Es muy importante que contactes con tu prima, no sé en qué andaban metidas, pero yo de ti me pondría a buscar a Paloma sin perder un minuto.

El teléfono de Suzanna empieza a vibrar, ella se da la vuelta sin mirarme y contesta. Apenas me da tiempo a oír la palabra «Mamá» antes de que desaparezca por el pasillo.

¡Mierda! Consciente de lo que significa la advertencia de Suzanna, echo a correr hacia la salida del edificio.

Sofía ha muerto esta noche. Paloma no da señales de vida desde ayer por la tarde. ¿Y si estaban juntas? ¿Y si Paloma había corrido la misma suerte?

Durante el trayecto en autobús llamo a tía Carmen al salón de peluquería donde trabaja. Necesito quedarme tranquila, saber que ha visto a su hija esta madrugada. Trato de no inquietarla, pero creo que el temblor de mi voz no la convence. Por desgracia, ella tampoco tiene ninguna noticia.

El corazón se me acelera cuando llego a nuestra calle. Temo encontrar el cuerpo de mi prima tirado en cualquier parte, detrás de un contenedor, en un jardín, abandonado e ignorado por todos.

Y si ella…

—¿Valentina?

Me vuelvo hacia esa voz familiar y veo a Paloma, que me llama desde su ventana.

—¡Joder, Paloma! ¿No sabes que todo el mundo está acojonado?

Por un lado me siento aliviada al verla, pero también ardo en deseos de dar rienda suelta a mi cólera y mi frustración.

Pero finalmente prevalece la preocupación, parece exhausta.

—Espérame, que bajo.

Se retira del antepecho, desaparece al fondo de su habitación y al cabo de unos instantes reaparece ante mí.

Sus rasgos acentúan aún más su fatiga, ahora que la veo de cerca. Tiene el pelo rubio revuelto, y un rastro oscuro bajo los ojos me indica que se le ha corrido el rímel. Me parece distinguir unas manchas parduzcas en su arrugada minifalda de leopardo, de la que tira todo el rato, como si de pronto le pareciera demasiado corta. Está claro que no se ha cambiado de ropa desde ayer, pues despide un tufillo a colonia y a sudor.

—¿Qué está pasando, Paloma? Hace horas que trato de…

—Será mejor que vayamos a casa, Valentina —me interrumpe en tono precavido.

Me coge del brazo y me empuja hacia la puerta de mi casa. Saco las llaves con mano temblorosa y me aseguro de cerrar con doble vuelta.

El silencio del apartamento es lo único que nos da la bienvenida. Abuelita no está. Seguramente se habrá ido a casa de Rosita, su gran amiga.

—¿Vas a explicarme de una vez qué está pasando? —le suelto sin más preámbulos.

Paloma empieza a caminar arriba y abajo por el salón, pero no me responde. Siento el corazón latiéndome en el estómago, y a duras penas puedo contener el flujo de mis pensamientos. Por el momento ella ha tenido más suerte que Sofía.

—Estoy… Estoy metida en un lío de cojones, Valentina —me comenta frotándose las sienes.

—Dime qué pasa.

—¡Es Sofía! —exclama con un gemido—. ¡Llevo su sangre en las manos! ¡Llevo la sangre de Sofía en las manos!

El corazón casi se me para al oír los gritos de mi prima.

Las piernas le fallan, y antes de que se derrumbe en el suelo corro hacia ella, la sostengo justo a tiempo y dejo que siga gimiendo pegada a mi cuello. Manteniendo un precario equilibrio, la siento como puedo en el sofá y espero a que se calme.

Joder, ¿qué habrá querido decir? ¿Acaso ella ha tenido algo que ver con el asesinato de Sofía? ¿La habrá matado ell…? No. No.

—Paloma —retomo la palabra tratando de que mi voz suene segura—, explícame qué ha pasado exactamente. Lo que acabas de decirme no tiene ningún sentido. En cuanto me lo hayas contado todo, buscaremos soluciones.

Rodeo su espalda con mi brazo para animarla a hablar y la miro directamente a los ojos. Abuelita dice que ayuda a calmar los ataques de pánico.

—¡No hay nada que hacer! ¡A mí también quieren matarme! —exclama angustiada.

Hay tanta desesperación en su voz que yo también me echo a temblar de miedo.

—¿Quién? ¿Qui… quién quiere matarte?

—¡El cártel de los Cruz! Me persiguen, Valentina, porque Sofía y yo estamos hasta el cuello. ¡Cómo hemos podido ser tan estúpidas, me cago en la puta!

—¡Paloma!

Muerta de miedo, me levanto de golpe, me acerco a la ventana para comprobar si nuestra calle está tranquila y me vuelvo hacia mi prima.

—Tú… tú sabías que no debías mezclarte con… Dios, ¿qué has hecho?

Joderla con un cártel conlleva arriesgarse a sufrir graves represalias. Si Paloma y Sofía los han cabreado, no solo pueden cobrarse sus vidas, sino también las de tía Carmen, Suzanna, Abuelita y… la mía.

Paloma se enjuga como puede las lágrimas que no cesan de caer por sus mejillas, dejando a su paso regueros de rímel negro y de purpurina, y me dice, cabizbaja:

—¿Te acuerdas de Rubén?

Presiento que voy a detestar lo que me dirá a continuación.

—Por supuesto.

—Yo pensaba que era mi novio, y Sofía, que era el suyo.

Mi expresión de perplejidad debe de ser de lo más evidente, aunque me abstengo de comentarle a Paloma que eso ella ya debería haberlo visto venir.

—¡Nos engañaba a ambas a la vez, el muy cabrón!

Me doy cuenta de que Paloma está sinceramente dolida por esa traición. ¿Cómo es posible que alguien como mi prima, tan fuerte y segura de sí misma, llegara a creerse que un pequeño traficante de un cártel podría ser su príncipe azul? ¿Y que un tío que se dedicaba a disfrutar tocándole el culo en un club de estriptis realmente tenía intención de ponerle un anillo en el dedo?

Ahora bien, ¡que Paloma se haya desengañado de su cuento de hadas es el menor de nuestros problemas! Mi prima sigue explicándome:

—En… entonces las dos decidimos ir a su encuentro y enfrentarnos a él. Yo pensaba que le gritaríamos, que él se daría cuenta de que iba a perdernos a ambas, que se excusaría, que nos pediría perdón, pero… no sucedió nada de lo que me había imaginado.

Observo detenidamente el cuerpo de Paloma en busca de alguna herida, por pequeña que sea. No parece haber recibido ningún golpe, pero no cesa de temblar, inmersa en sus recuerdos.

—No nos dio tiempo de hablarle. Cuando llegamos, él estaba al teléfono. No nos oyó llegar, y siguió charlando como si allí no hubiera nadie… ¡Y entonces nos enteramos de que, además de ser un imbécil, Rubén es un jodido traidor!

—¿Qué quieres decir?

—¡Revende la droga elaborada por el cártel a no sé qué enemigo de Cruz! Estaba ultimando los detalles de la transacción en su habitación del hotel, y, en cuanto nos vio, no dudó. Cogió su arma y se cargó a Sofía. ¡En un puto segundo!

Saber que Sofía está muerta es una cosa; imaginarse su asesinato es otra. Más aún cuando puedo visualizar perfectamente la expresión fría y sádica de Rubén…

—Mi instinto de supervivencia se impuso, y no me lo pensé dos veces. Salí por piernas de allí. Puede que él dudara un instante por ser yo, puede que por eso no me llevé un balazo en la espalda… Apenas vaciló un segundo, ¡y ahora me está buscando!

—¿Cómo puedes…?

—¿Que cómo puedo estar tan segura? ¡Porque sé demasiado! Me imagino que ha estado ocupado ocultando el cuerpo de Sofía y por eso no ha venido aquí esta mañana, pero acabará apareciendo. ¡Es absolutamente necesario que su jefe lo sepa y detenga a Rubén antes de que llegue hasta nosotras!

De repente me entran ganas de reír. Lo que acaba de contarme es surrealista… Sin embargo, su pánico es del todo real, y me golpea como un látigo.

—Debes de estar bromeando, Paloma —le suelto, con los ojos abiertos de par en par.

Pero la angustia que traslucen los suyos cada vez que mira por la ventana del salón no engaña. Está esperando ver aparecer a Rubén en cualquier momento. Aquí.

Sacudo la cabeza. ¿Cómo ha podido verse metida Paloma en esta historia de cárteles? ¿Cómo ha podido ser tan imprudente, hasta el punto de poner en peligro su vida y la de su familia? Después de todo lo que nos hemos esforzado para mantenernos alejadas de esta mierda, la droga ha engullido a mi prima, y nosotras, su familia, nos veremos arrastradas con ella.

—Has seguido viéndolo…

—Valentina —me implora, como si me estuviera pidiendo que no dijese en voz alta lo que eso significa.

—Has seguido viéndolo, y ahora te quiere muerta.

—No me mires así. ¿Crees que en este momento necesito tus lecciones de moralidad? ¡Confiaba en él! —grita clavándose los índices en el pecho.

Frunzo el ceño, incapaz de comprender su comportamiento. En este momento no la reconozco. Ella no es Paloma…

—Confiaste en él hasta el extremo de poner en peligro la vida de todas. ¿Y si se planta en tu casa y encuentra a tu madre? ¿Y si viene aquí y encuentra a Abuelita?

—¡Basta! —me grita—. ¡Yo lo amaba! ¡Por supuesto, ese es un sentimiento que tú, la perfecta santurrona, jamás comprenderás!

Me quedo inerme, helada por la virulencia de su ataque. Ella se muerde los labios, lamentando al instante sus palabras. Demasiado tarde.

—Pero deberías haber confiado en mí, tú y yo hemos crecido juntas, siempre te he apoyado incondicionalmente, y no en un tío al que le importas una mierda —le replico con amargura.

Ella se sorbe la nariz y vuelve a sentarse en el sofá. Se pasa la mano por el pelo con gesto nervioso.

—La he cagado, lo sé, pero te necesito de verdad, Valentina… Tienes que ayudarme.

Se le rompe la voz. Sin duda, es la primera vez que veo a mi prima tan desamparada. Lejos de la imagen de mujer fuerte y decidida que tenía de ella, estoy ante un corderito asustado, hasta tal punto que su angustia hace desaparecer mi cólera de golpe. Ardo en deseos de lanzarle mil y un reproches, pero ¿qué gano con hurgar en la herida? La amenaza de una muerte inminente ya es un castigo lo bastante duro de sobrellevar.

Poco a poco, me siento de nuevo a su lado, no sin antes echar un vistazo por la ventana del salón.

—¿Tienes algún plan que nos permita salir de esta? —le pregunto con voz temblorosa.

Al instante constato que mis palabras han logrado apaciguarla. Un poco. Sin embargo, guardo en un rincón de mi cabeza todos los reproches que me ha lanzado. Para más tarde.

—Sí —responde con un hilo de voz—, antes he estado pensando en ello. Nuestra única posibilidad de salir de esta con vida es dar con el jefe del cártel de los Cruz. Si se lo contamos todo, podremos obtener su protección a cambio de la información que poseo sobre Rubén.

Por lo poco que sé, este famoso capo es una sombra en la calle. Nadie conoce su verdadera identidad. Así que eso de ir a llamar a su puerta…

—Vale, ¿y cómo podemos contactar con él?

—Será él quien querrá encontrarnos a nosotras.

CAPÍTULO 4

Una sola oportunidad

VALENTINA

—¡Estás completamente loca!

¿Acaso se cree que está interpretando un thriller? ¡Su plan es suicida e insensato! Camino en círculos por el salón, devanándome los sesos. Hay demasiadas cosas que se me escapan.

—Valentina, no tenemos elección.

Miro de soslayo a mi prima, que sigue sentada en el sofá, abrazándose las rodillas. Verla tan disgustada hace que aún sienta más náuseas.

—¿Y si hablamos con él? ¿Y si probamos a contactar con ese tal…? ¿Cómo has dicho que se llamaba?

—Se hace llamar Preto. Muy pronto oirás hablar de él, ¡es el futuro rey de la droga de México!

—¡Preferiría no conocer esta clase de detalles! En fin, ¿no podríamos convencerlo yendo a hablar con él, sin más?

Paloma suelta una risa nerviosa. Yo estoy que ardo por dentro, mientras que su hilaridad parece ir en aumento.

—¿Se puede saber qué he dicho que te hace tanta gracia?

—¿Crees que esto es una telenovela? ¡Estamos hablando de Preto! Es un puto narcotraficante. ¿Piensas que nos recibirá amablemente en su despacho, escuchará nuestros alegatos y nos ofrecerá un pañuelo?

Su reacción me ha ofendido, no lo negaré, pero he de reconocer que tiene toda la razón. Esta historia está empezando a provocarme migraña.

—Entonces, si lo he entendido bien, ¿tu plan consiste en robarle la mercancía al tal Preto? ¿Y crees que así nos tomará más en serio?

—¡Es nuestra única posibilidad!

—¿Pretendes llevarte el premio a la idiota del año o yo soy la única a quien esta idea le parece una solemne estupidez? ¡Lo único que lograrás con tu plan es que te metan una bala entre los ojos!

—¡A ver, piénsalo! No podemos ir a ver a Preto así, por las buenas. Necesitamos ofrecerle algo. Se lo oí decir a Rubén por teléfono: esta noche a las dos de la madrugada, un camión de reparto estará esperando a uno de sus cómplices. Tomaremos fotos y obtendremos pruebas de su traición. ¡Entonces, nos haremos con el camión y obligaremos a Preto a escucharnos a cambio de la mercancía!

—¿Qué sabes exactamente de ese camión?

Me parece todo tan absurdo… No sé qué pensar.

Paloma se desliza por el sofá y me coge la mano.

—Solo sé que, una vez que nos hayamos apoderado del camión, tendremos con qué presionar a Preto. Valentina, necesito que confíes en mí. En el momento del intercambio no habrá nadie, solo el cargamento. Si llegamos antes que el conductor, simplemente nos marchamos con la mercancía, ¡todo irá bien!

—Es demasiado arriesgado, y me parece una chapu…

La puerta se abre a nuestra espalda.

Paloma y yo damos un brinco al mismo tiempo. El corazón se me dispara, pero mis ojos solo se fijan en la abuelita, que acaba de aparecer en el marco de la puerta. Lleva la bolsa de la compra en la mano y nos mira con una mezcla de ternura e inquietud. Paloma y yo intercambiamos una mirada de angustia. ¿Habrá oído mi abuela nuestra discusión?

—Ah, Paloma, tu madre acaba de llamarme para que comprobase que estás aquí. ¿Piensas dormir en casa esta noche?

Abuelita se acerca renqueando como de costumbre y saluda a mi prima con una afectuosa sonrisa. Paloma mueve suavemente la cabeza, con un gesto más bien evasivo.

—No, Abuelita, yo… no puedo. He de marcharme, solo he pasado un momento para hablar con Valentina.

Por un instante la decepción asoma en la mirada de mi abuela, que le responde con un tono de voz un poco más severo.

—Verás, mi niña guapa, últimamente te vemos muy poco. Tu madre y yo te echamos de menos. Trabajas demasiado.

Paloma frunce los labios y baja la vista, incapaz de sostenerle la mirada a nuestra matriarca. Cuando gira la barbilla, el rastro de sangre resulta más evidente a la luz del sol. Y, por el modo en que ha pestañeado mi abuela, sé que no le ha pasado desapercibido.

—Lo sé, Abuelita, lo sé —murmura Paloma—. Yo también os echo de menos. Mucho. Pero en este momento lo tengo complicado.

De pronto, el desasosiego que siente mi prima me oprime el corazón.

Abuelita asiente con la cabeza, comprensiva, pero la arruga en su frente me indica que Paloma no ha logrado disipar sus temores. Sin embargo, aunque habría podido preguntar por su ropa, no dice nada.

—No te apures, Paloma. Tu familia siempre estará aquí para lo que necesites.

Cuando Abuelita nos da la espalda para dejar la compra en la cocina, Paloma se pone en pie de mala gana. Observo cómo se pone los zapatos mientras me mira con una expresión de congoja casi suplicante. Nuestra conversación aún no ha terminado, no le he dicho que secundaré su plan, y sin embargo… Cuando ella ya se encuentra en la puerta de entrada se vuelve hacia mí, con el miedo atormentando su rostro.

—Valentina, ¿vendrás conmigo? No me abandonarás, ¿verdad? Nos encontraremos delante de mi casa a la una de la madrugada. Por favor, prima.

Paloma se marcha sin darme tiempo a responder.

Me quedo inmóvil delante de la puerta durante unos minutos. Seguramente debo de estar pálida, pero mi abuela no parece darse cuenta cuando se acomoda en el sofá. No me hace ninguna pregunta y al instante toda su atención se centra en el nuevo episodio de *Cuidado con el ángel*, la telenovela que mira cada tarde, sobre todo porque sale William Levy interpretando a Juan Miguel.

—¿Ya has comido, Valentina? —me pregunta cuando decido acomodarme a su lado.

—Sí, con Paloma, no te preocupes —le digo recostando la cabeza en sus muslos.

¿Se habrá creído mi mentira? ¿Por qué no me pregunta qué estoy haciendo aquí a estas horas cuando debería estar en clase? Se limita a deslizar los dedos por mi pelo y a acariciármelo cariñosamente mientras comenta la escena que transcurre ante mis ojos. Ni una observación ni una pregunta. Mi abuela siempre ha sido así, procurando respetar nuestra vida privada, encantada de que le confiemos nuestras inquietudes, pero sin insistir cuando siente que aún no estamos preparadas para hacerlo.

—Esto no es verdad —exclama—. ¿Cómo puede perdonarlo María después de todo lo que le ha hecho?

Salgo de mi ensimismamiento y dirijo la vista hacia la pequeña pantalla que hay encima del mueble. Veo a los personajes besándose, pero la verdad es que no les estoy prestando atención. Las palabras de Paloma me atormentan. Dan vueltas en bucle por mi cabeza y se desplazan hasta mi estómago. Sin embargo, aunque mi corazón no se encuentre allí en ese momento, respondo:

—Desde luego, es… es imperdonable.

Por lo general, yo habría defendido a Juan Miguel con uñas y dientes, lo cual no le pasa desapercibido a mi abuela, que me mira con bastante recelo.

—Cariño, normalmente, ya habrías gritado ante una escena como esta…

Esbozo una sonrisa forzada y me incorporo.

—Lo siento, creo que yo… Me parece que no me encuentro bien.

Me pone una mano en la frente y frunce el ceño.

Tomo su adorable rostro de anciana entre mis manos, le doy un beso en la frente y le sonrío, esta vez de todo corazón.

—Me voy a mi habitación, Abuelita. Que disfrutes del final del episodio.

Me levanto sintiéndome bastante culpable por haberle ocultado tantas cosas. No suelo hacerlo, pero sé que esta vez es por su bien.

—Descansa tú también, mi vida —me dice con dulzura mientras abandono el comedor. Me dirijo a mi habitación, y apenas oigo el eco de la telenovela cuando cierro la puerta y apoyo la frente en la madera. Ahora lo único que escucho son los latidos sordos y angustiados de mi corazón. Solo me quedan unas pocas horas para decidir qué hago…

CAPÍTULO 5

La avenida Victoria Ote

VALENTINA

La linterna de mi móvil me irrita los ojos a causa de la oscuridad que reina en la habitación. Las campanas de la iglesia acaban de tocar la una de la madrugada, pero ya hace mucho que estoy preparada.

El corazón me late violentamente, y tengo la impresión de que acabará saliéndose del pecho. Ya me he puesto la cazadora de cuero, unos vaqueros y una camiseta negra. Aunque la cola de caballo me ha quedado demasiado alta, no tengo ni las ganas ni el interés de volver a hacérmela. Me siento como una extraña dentro de mi propio cuerpo. Apenas puedo creerme lo que estoy a punto de hacer. Sin embargo, soy yo quien sale por la ventana y abandona la casa furtivamente para asegurarme de no despertar a Abuelita. Sin apenas esfuerzo me deslizo hasta el exterior. Y al cabo de un instante ya estoy frente a Paloma, que me está esperando delante de su edificio.

Sin duda la persona que tengo ante mí es mi prima, pero hay algo en su rostro que me parece profundamente cambiado. Su expresión me hiela la sangre por unos segundos. Sus facciones se han endurecido y aprieta los labios, pero lo peor son sus ojos. Los percibo fríos, velados por una mezcla de pavor y determinación.

Como si ella ya conociera las consecuencias de esta decisión…

—Valentina —me dice con dulzura.

Todo mi cuerpo se pone en tensión.

—Tenía miedo de que no vinieras.

No le respondo. Después de todo, lo cierto es que ella me ha dejado elegir. Desde que tengo memoria, no ha habido nada que ella y yo no hayamos hecho juntas. Siempre me ha defendido contra viento y marea. Incluso se peleó con un grandullón de nuestro barrio cuando yo tenía ocho años porque me había tirado del pelo. ¡Y le dio una buena tunda!

De hecho, sus palabras me irritan más que otra cosa. Ella sabe que, fuera lo que fuese que me hubiera pedido, yo habría venido de todos modos, ¿no?

Caminamos calle arriba, hasta el coche de tía Carmen, y cuando estamos abriendo las puertas le pregunto:

—Entonces… ¿dónde han quedado?

—En Tres Estrellas, en la avenida Victoria Ote, donde hay una especie de zona industrial.

—¿Y qué pasará cuando lleguemos allí? ¿Cuál es el plan? ¿Qué haremos?

Paloma se sitúa tras el volante y yo me abrocho el cinturón. Arranca y me explica:

—Ya te lo he dicho; a las dos de la madrugada el camión estará sin vigilancia y con las llaves en el contacto. Rubén ha ideado este plan para que el repartidor no se dé cuenta de que está entregando la mercancía a un cártel enemigo. Es la oportunidad perfecta para robar el vehículo.

Un escalofrío glacial me recorre todo el cuerpo después de oír una explicación tan sintética y precisa como aquella. No me veo capaz de seguir su lógica.

—Y después ¿qué? ¿Qué haremos con el camión?

—Tranquila, Valentina. Si seguimos el plan, no pasará nada.

Yo ya no sé si ella misma se cree lo que dice, pero cuanto más avanzamos menos esperanzas tengo de salir de esta.

—Dejaré el coche a quinientos metros del lugar del encuentro. Será coser y cantar.

—¿Coser y cantar? Vale, ¿y cómo lo sabes? Además, ¿cuál es ese cártel enemigo con el que negocia tu Rubén? Porque, si no nos mata el tal Preto, ¡seguramente lo harán ellos! ¡De verdad que me das mucho miedo!

—Ya te lo he explicado. Sofía y yo lo oímos todo, y...

—¡Sofía se llevó una bala en la cabeza, Paloma!

Mi punzante observación me hace merecedora de una mirada lúgubre, teñida de pena. Me arrepiento al instante de haberlo dicho y prefiero cerrar la boca durante el resto del trayecto, por prudencia.

Sin embargo, con cada kilómetro recorrido me maldigo por haberme prestado a esta escapada demencial.

Cuando Paloma apaga las luces y aminora la marcha cerca de una estación de servicio desierta, estoy dispuesta a abrir la puerta y salir por piernas. Además, por la mirada furtiva que me lanza Paloma, deduzco que ha llegado el momento de bajar del coche y seguir a pie. Por lo general, en Ciudad de México no hace tanto frío por las noches, pero, para mi sorpresa, noto que la temperatura ha bajado de golpe. Eso explicaría por qué tiemblo tanto.

Sigo a mi prima y trato de entrar en calor frotándome los brazos.

—Es por allí —me indica sin dejar de lanzar precavidas miradas alrededor. A medida que avanzamos por la avenida Victoria Ote, el aire huele cada vez más a aceite y a metal. Paloma guía nuestros pasos con gran seguridad, tanta que yo diría que se conoce el camino de memoria. En la calle reina una oscuridad casi total, hasta que de pronto diviso, en la otra acera, una luz amarillenta que ilumina un pequeño almacén abierto. Tal como estaba previsto, hay un camión blanco aparcado en el centro del local, con los faros aún encendidos.

A la hora en punto.

Los latidos de mi corazón se multiplican por diez, y de pronto siento una presión en mi brazo cuando alguien tira de mí para que me agache. Mis rodillas dan con el suelo seco. Me giro hacia Paloma y ambas nos ocultamos tras el tronco de un árbol.

—Sobre todo, no hagas ruido —me ordena, tirando otra vez de mí para que me sitúe a su espalda.

Con el estómago revuelto, trato de mantener el equilibrio levantando ligeramente la cabeza.

¡Puede que estemos a punto de meternos en una inmensa ratonera, puede que en cuanto pongamos el pie en este jodido almacén ya sea demasiado tarde! Mi conciencia me está gritando que dé marcha atrás.

—Paloma… —le imploro.

—¡Cállate, vas a hacer que nos descubran!

—Paloma, no lo veo nada claro. ¡Vale, ya basta, nos vamos! ¡Hay que largarse de aquí!

Le tiro de la manga, pero se niega a moverse.

—Encontraremos una solución, te lo prometo —le digo tratando de hacer que razone—. Yo iré a ver a Preto. Hablaré con él. ¡Pero este camión significa una muerte segura! ¡Vámonos de aquí, por favor!

—Confía en mí. Por una vez…

Clava sus ojos color avellana en los míos. Sé que pretende apelar a lo unidas que estamos. Pero lo que leo en sus pupilas me retuerce las entrañas. Ella ya no es mi prima. ¿Quién es esta mujer fría, metódica e insensible?

—¡Vamos allá!

Se incorpora instintivamente, y la sigo. Llevada por la adrenalina, no lo pienso dos veces. El miedo hace retumbar mi corazón en el pecho mientras corremos hacia el camión blanco hasta quedarnos sin aliento.

De pronto veo a un hombre cruzando el almacén. Trato de retroceder, pero al instante mi prima me lo impide tirándome del brazo para que siga corriendo.

—¡Joder, se acabó! ¡Paloma! ¡Hay un hombre en ese almacén! —le grito.

—Tenemos que hacerlo.

Y, sin decir nada más, mi prima se levanta la camiseta larga y me muestra un arma de fuego que lleva encajada en la cintura de sus vaqueros.

Pongo unos ojos como platos, pero no me da tiempo a expresar mi sorpresa, porque ahora ya estamos frente al hombre del almacén.

Él también parece sorprendido de vernos. Lo cual me induce a pensar que la única que había previsto este encuentro era Paloma. Aunque la cabeza está a punto de estallarme, me esfuerzo igualmente en efectuar un análisis rápido de la situación: estatura media, cejas pobladas y morenas y un look más que banal para tratarse de un narcotraficante, que incluye cazadora de cuero y cigarrillo en la comisura de los labios.

—Mira quién ha venido —murmura, casi divertido.

Su risa burlona perfora el silencio. Lo cierto es que no se le ve nada impresionado. Yo, por el contrario, estoy paralizada. La saliva se me ha quedado encallada en la garganta, sobre todo desde que le he visto el arma a Paloma.

—¿Qué piensas hacer, Paloma? —le pregunta él en tono irónico, aunque se ha puesto un poco pálido al ver el cañón del arma.

Alterno la mirada del uno al otro. Por el odio que destilan los ojos de mi prima, deduzco que lo conoce. También adivino que esta no es la primera vez que lleva un arma. ¿Cuántos secretos más me oculta?

—Lo sabía —empieza a decir él con una risa apagada—. ¡Sabía que eras una puta de campeonato!

Una detonación hace añicos el silencio.

Me oigo a mí misma gritando «¡Paloma!» mientras giro de golpe la cabeza hacia ella antes de comprender que no corre ningún peligro. No, mi prima acaba de apretar el gatillo sin temblar, apuntando a los barriles que hay detrás del traficante.

Retrocedo un paso, en estado de conmoción.

—Esta noche no me apetece pegarte un tiro, Marcus, me llevaré este cargamento y lo dejamos así.

Sacudo lentamente la cabeza, con el estómago en la boca.

«Hostia puta, ¿qué está pasando aquí? ¿De qué va esta tía?».

—¿Has recuperado el valor, pequeña Paloma? —le pregunta Marcus, que no parece nada asustado—. ¿Qué ha sido de todos aquellos llantos desconsolados delante de Rubén? ¿Me estás diciendo que tendría que haberte matado aquella noche, como maté a Sofía, tu pequeña compañera?

Arrugo la frente. No, según paloma, fue Rubén quien mató a Sofía. Sin embargo, la desgarradora emoción que ahora embarga a mi prima me dice que lo que relata Marcus es lo que pasó realmente esa noche. Aún no he tenido tiempo de reflexionar sobre lo que acabo de oír cuando Marcus aprovecha la reacción de Paloma para apuntarle con su arma.

¡Es una auténtica pesadilla!

—¡Lárgate! —me ordena Paloma.

Nadie se mueve. Debo reconocer que tardo un poco en comprender que mi prima se está dirigiendo a mí. Me cuesta apartar la vista de esas dos armas, una enfrente de la otra, pero, cuando repite su requerimiento, me giro por completo hacia ella.

—¿Qu… qué?

Fría, calculadora, me habla sin mirarme, totalmente concentrada en Marcus.

—Coge el puto camión y aléjate todo lo que puedas de aquí. Y, sobre todo, no le digas a nadie dónde lo has dejado.

—Un momento, Pal…

—¡Valentina, esfúmate! ¡Vamos, date el piro, ya!

Quizá jamás sepa si habría llegado a obedecer a mi prima, porque Marcus está muy cerca y reacciona más deprisa. Se gira ligeramente para apuntarme con su arma y me lanza una mirada perversa. Percibo cómo disfruta viéndome temblar y sé que está barajando la idea de abatirnos a ambas aquí mismo. Como hizo ayer con Sofía…

Incapaz de realizar el menor movimiento, ni siquiera me doy cuenta de que el aire ya no circula a través de mis pulmones, comprimidos por el pánico. Me he quedado sin aliento, y lo único que corre por mis venas es una sensación de angustia como nunca la había sentido.

—Paloma… Pequeña puta —se regodea él, con una sonrisa burlona en los labios—, ¿a quién me cargo primero? ¿A ella o a ti?

Voy a morir aquí, como un vulgar daño colateral que la droga dejará tras su estela. La imagen de ese cañón negro apuntándome queda grabada en mi mente, y allí permanecerá por siempre.

Dentro de un segundo apretará el gatillo.

Lanzo un grito de terror, me encojo sobre mí misma y me cubro el rostro con los brazos.

—¡Valentina, vete con el camión! —me grita Paloma.

Un dolor lacerante me quema el oído. Siento un líquido caliente deslizándose por mi mandíbula, que desciende hasta mi cuello… Sin embargo, puedo moverme, lo justo para superar esta parálisis.

Lentamente, como si cada uno de mis movimientos fueran al ralentí, a causa del miedo y de la conmoción, me llevo una mano temblorosa hasta el lóbulo. El contacto de mis dedos con esta textura caliente y pegajosa me hace estremecer. Es sangre. Mi sangre. Marcus me ha rozado la oreja…

Un centímetro más, y la bala me habría atravesado el rostro. El corazón me traquetea con tanta fuerza que lo siento en la garganta, en el estómago, en las sienes. ¿Cómo hemos llegado a esta situación? ¿En qué momento nuestras vidas se han precipitado en esta pesadilla?

—¡Valentina!

Me desplomo en el suelo con violencia. A unos metros, Marcus, con la mano ensangrentada, gimiendo de dolor, se refugia tras una pila de heno. Paloma no solo ha logrado alcanzarlo, sino que también lo ha desarmado. Eso nos ofrece un breve respiro, suficiente para ponernos a cubierto. Paloma me aprieta el brazo para hacerme reaccionar y me conduce tras el camión.

—Hay que irse de aquí. Yo me encargo. Ese cabrón aún puede dispararte. ¿Lo entiendes? Muévete, coño.

Yo parpadeo para no perder el conocimiento. Paloma posa sus manos en mis mejillas a fin de captar mi atención, y nuestras miradas se encuentran. Tengo la impresión de que será la última vez que vea su rostro.

—¡Ven conmigo! —exclamo, desesperada—. ¡Por favor!

—Imposible. Este hijo de puta no puede salir de aquí con vida. No te preocupes por mí. Tú te vas con el cargamento, y yo ya te alcanzaré.

Por mera inconsciencia —o por cobardía—, decido creerla. Mis piernas, que hasta ese momento habían decidido no obedecerme, por fin se ponen en marcha. Me precipito hacia la puerta del camión, abro la portezuela con un gesto brusco, me encaramo y me sitúo tras el volante.

Mierda, si ya tengo problemas con el utilitario de Abuelita, ¿cómo voy a aclararme con este mastodonte? Raramente conduzco, porque hacerlo suele angustiarme, ¡y aquí arriba mi índice de estrés ha alcanzado su límite!

Mientras me esfuerzo en controlar los pedales, un nuevo intercambio de disparos estalla en el almacén. Con las manos temblorosas pegadas a las orejas, me aplasto contra los asientos del camión y me hago un ovillo. Dejo escapar unos cuantos sollozos mientras las lágrimas me empapan el rostro.

De pronto, un tamborileo en el cristal del conductor me sustrae del pánico que me domina. No oigo lo que me está diciendo Paloma, pero sus gestos desesperados no dejan lugar a dudas: me está ordenando que parta de inmediato.

Me gustaría ser más valiente, salir de la cabina y acudir en su ayuda. Sin embargo, lo único que puedo hacer es obedecer, mirar una última vez sus ojos color avellana y esperar que cumpla su promesa. Volveremos a encontrarnos…, y ella me explicará todo lo que me ha estado ocultando hasta ahora.

A pesar del miedo y la desazón, arranco el vehículo e inicio una marcha atrás frenética y torpe. Me hago a un lado cuando Marcus empieza a dispararle al camión. El intercambio de balazos no cesa hasta que enfilo la avenida Victoria Ote.

Conduzco mal, pero a toda velocidad, guiándome por los faros, y así logro avanzar por la calzada y alejarme de esta pesadilla. De pronto, un claxon me arranca un grito. Me desvío justo a tiempo y logro esquivar un pequeño turismo rojo sobre el que me había abalanzado sin darme cuenta.

El motor ruge, y yo prosigo mi huida. Cada kilómetro que recorro me separa un poco más de mi prima.

He abandonado a Paloma.

Cincuenta y cuatro kilómetros por hora. Ni uno más.

He tenido que tocar el claxon una decena de veces, pero no era cuestión de acelerar. La carretera, sumida en la oscuridad, se extiende hasta el infinito ante mí mientras las lágrimas me nublan la vista. Las manos no cesan de temblarme, y estoy sujetando el volante con demasiada fuerza. Me horroriza la idea de haber dejado a Paloma atrás, y eso no me ayuda precisamente a centrarme en la conducción de este maldito cacharro. Cuando bajo la vista hasta el salpicadero, constato que son casi las cuatro de la madrugada. Y, para acabar de arreglarlo, la cola de caballo, demasiado apretada desde el principio, me provoca tal dolor de cabeza que me siento los párpados cargados. La conmoción de esta noche se ha llevado toda mi energía. Y también una parte de mi inocencia... Cada vez que parpadeo, tengo que hacer un esfuerzo sobrehumano para abrir los ojos de nuevo y luchar contra la fatiga, que amenaza con vencerme. Hay momentos en que no veo nada durante unos segundos, hasta que la vista se me aclara de nuevo.

«No te duermas, Valentina».

Ahora no...

Ahora no...

Cierro los ojos un segundo.

De repente un claxon rasga el silencio y me arranca de mi estado de somnolencia.

Grito tan fuerte que me duele la garganta. ¡Estoy circulando en contradirección! Instintivamente, giro el volante a la derecha, pero el ángulo es demasiado cerrado. El camión golpea con violencia el guardarraíl y al instante se precipita por un camino sinuoso.

Trato de hundir el pie en el pedal del freno, pero la pendiente es demasiado abrupta y enseguida comprendo que he perdido completamente el control del vehículo.

En cuestión de segundos me veo catapultada hacia un caos infernal.

Me aferro al volante, presa de terribles sacudidas, hasta que el mundo se vuelve del revés. El cinturón me comprime brutalmente contra el asiento, el airbag se libera y me asesta un golpe tan doloroso que me quedo sin respiración al instante.

La cabina ha dejado de temblar. Me parece que el camión ha detenido su caída en una zanja. Tengo la visión borrosa, veo estrellas danzando ante mis ojos y siento un dolor agudo en el brazo.

Las lágrimas corren por mis mejillas, no solo por el dolor físico, sino también porque soy consciente de lo que acaba de pasar.

La conmoción del accidente y el dolor que siento por todo el cuerpo me mantienen clavada en el sitio. Noto cómo el corazón me palpita en la garganta, y lo único que ansío es poder salir de este camión. Tiendo una mano temblorosa hacia el cierre de mi cinturón de seguridad, pero soy incapaz de luchar contra la pesadez de mis párpados.

Es demasiado para mí. Siento que las fuerzas me abandonan. Los ojos se me cierran en contra de mi voluntad.

CAPÍTULO 6

Colombiana

México empieza a despertar.

Una brisa ligera me acaricia el rostro mientras aspiro la última calada de mi cigarrillo. La nicotina me quema la garganta y desciende sigilosamente por mis pulmones; arrojo la colilla al suelo. Al mismo tiempo deslizo la cadena que llevo alrededor del cuello por debajo de mi camiseta.

¡Este viaje a Colombia me ha dejado exhausto! También es verdad que casi me matan. Mi proveedor se había vuelto demasiado codicioso y, francamente, la calidad de su polvo dejaba mucho que desear. Resumiendo, he tenido que cargármelo. A él y a los tres hombres que me amenazaban con ametralladoras.

Todo esto no es tan dramático como parece, lo he reemplazado de inmediato. Jiménez será, o eso espero, más proclive a respetar los términos de nuestro acuerdo, y además es famoso por la pureza de su producto. A partir de ahora México se abastecerá de una cocaína que no está ni cortada ni alterada, y, por tanto, es menos perjudicial que las sustancias con las que actualmente se trafica en las calles.

He invertido mis últimos pesos en este trato. ¡Tiene que funcionar! Es mi última oportunidad de reconstruir el imperio que mi padre ha destruido.

Paso por encima de un vagabundo que está tendido en el suelo, delante de la puerta de servicio del Gran Hotel del Sol. En cuanto entro, me reciben las voces de los empleados que ya están en sus puestos preparando el almuerzo. Me confundo entre el personal y avanzo envuelto en los olores de los apetitosos platos que están empezando a cocinar.

En este establecimiento a nadie le sorprende cruzarse conmigo, aunque yo desentone con el paisaje. Es la ventaja de ser el sobrino del dueño. Precisamente encuentro a mi tío discutiendo con su chef de cocina. Vestido con su traje negro de siempre, está probando un brebaje bajo la atenta mirada de su empleado. Por el modo en que mueve la cabeza, parece que la tensión entre ambos se ha suavizado.

En cuanto llego hasta él, mi tío clava sus ojos claros en los míos, me escruta con severidad y por fin tensa los labios y esboza una sonrisa de satisfacción.

—Preto —me saluda sin dejar de sonreír—, bienvenido de nuevo.

—Tío —lo saludo a mi vez—. En cuanto me has llamado he venido directamente aquí.

El chef de cocina me dedica un respetuoso gesto con la cabeza y se quita de en medio para que podamos conversar.

—Toma —me dice Ricardo tendiéndome el vaso—, pruébalo, a ver qué te parece.

Lo interrogo con la mirada, pero obedezco y me llevo el vaso a los labios. Un intenso olor a alcohol me inunda las fosas nasales al instante, antes de que la bebida en cuestión me caliente la garganta. Ricardo observa mi reacción, con una mano apoyada en la barbilla y su reluciente anillo de oro en el meñique.

—Es un ron Dictador de 1972 —precisa mi tío—. Una pequeña joya colombiana.

Ahora, la joya resplandece en mi pecho mientras sus sabores me estallan en la lengua. Ricardo sonríe con suavidad al comprobar que me he quedado en éxtasis.

—Tiene carácter —confirmo.

Como todo lo que viene de Colombia, podría decirse. Espero que el camión que llegó esta noche contenga un polvo cuando menos tan potente como esto.

—Pienso añadirlo a nuestra bodega. Algunos de mis clientes estarán encantados de reencontrar un poco de sabor colombiano.

Asiento y tomo otro sorbo antes de proseguir:

—Hablando de Colombia, he vendido un cargamento que podría cambiar las tornas.

Intrigado pero cauteloso, mi tío me invita a salir de las cocinas y retoma la conversación cuando llegamos a los ascensores. Aunque sus empleados son muy discretos y leales, un exceso de prudencia nunca está de más, sobre todo porque a Ricardo no le gusta mezclar sus distintos negocios, y el mío podría empañar su reputación entre lo mejorcito de la hostelería de lujo.

—¿Sigues trabajando con Jiménez? ¿Qué tienes en mente?

—He aceptado financiar sus laboratorios en Colombia, y él transportará el polvo hasta aquí. He tenido la buena idea de hacer un trato con Rivera. Mientras se encarga de introducir esta mercancía en Estados Unidos para triplicar sus beneficios, dejará el campo libre en México. El primer camión podría revenderse por al menos dos millones de dólares, más de cinco millones de pesos. No hace falta decir que con eso me bastaría para recuperar un territorio significativo.

Mi tío reflexiona, sopesa mis palabras cuidadosamente mientras ascendemos una planta tras otra hasta su despacho. Por fin, cuando las puertas se abren, se vuelve hacia mí con una expresión dubitativa.

—Dos millones… Es una apuesta fuerte, Preto. ¿Vas a poder manejarlo?

Me escruta con su incisiva mirada. No hace falta que diga nada más, basta con eso para darme a entender que se está refiriendo a los errores de mi padre. En este mundillo, el fracaso tiene consecuencias fatales. Pero, por suerte, fracasar no entra en mis planes.

—Es mi oportunidad de meter mano en el mercado —respondo, consciente de que supone un gran desafío.

—Y, sobre todo, será tu única oportunidad, Preto. Rivera te declarará la guerra en cuanto comprenda cuáles son tus intenciones…

—Soy consciente de ello. Los dos millones me servirán precisamente para prepararla.

Si he de ser sincero, las prevenciones de Ricardo me dejan helado. No tendré una segunda oportunidad de imponerme en este medio. Si fallo el golpe, acabaré con una bala en el cráneo, y los hombres de Rivera aniquilarán mi cártel con toda facilidad.

Mi tío asiente lentamente con la cabeza mientras abre la puerta de su despacho. Desde las dos grandes puertas acristaladas que hay en el interior puede admirarse la inmensa piscina infinita. Sin embargo, Ricardo ni siquiera le echa un vistazo; abre un aparador de roble macizo y se sirve un whisky.

—No repitas sus errores —me advierte con voz grave—. No quiero que acabes como él.

Me quedo de piedra. Mi padre murió en un ajuste de cuentas, degollado por sus enemigos. Su cuerpo se estuvo descomponiendo en un mar de sangre durante días hasta que lo encontraron.

—Lo sé —respondo al fin—. Puedes estar tranquilo. Esta vez lo lograremos. Irrumpiré en el mercado con una mejor calidad y un precio más bajo. En cuanto Salomón Rivera conozca mi producto, querrá mi droga. Solo se trata de hacer que el lobo entre en el aprisco.

Ricardo, escéptico, está a punto de replicarme cuando el timbre de mi teléfono nos interrumpe. Normalmente habría rechazado la llamada, pero en vista de cómo están las cosas prefiero que puedan localizarme en todo momento. De modo que, pese a la mirada reprobatoria de mi tío, me llevo la mano al bolsillo trasero de mis vaqueros y me apresuro a coger el móvil: Rubén.

Mi brazo derecho sabe dónde me encuentro y no contactaría conmigo si no fuera por una causa mayor.

—¿Sí? —digo en cuanto descuelgo.

Al otro extremo de la línea oigo cómo Rubén se aleja de un grupo de voces.

—Preto, hay un problema con el cargamento, ven enseguida. ¡Todo se ha ido a la mierda!

Casi me ahogo con mi propia saliva.

Miro a mi tío, que permanece a la espera, con los brazos cruzados, doy media vuelta lentamente y opto por alejarme hacia las cristaleras panorámicas.

—Habla —le ordeno con voz glacial.

Rubén se aclara la voz. Mi tensión nerviosa se dispara en un abrir y cerrar de ojos.

—Marcus me ha enviado un SMS esta noche. Algo se ha jodido. Cuando llegamos al lugar, estaba… en mal estado.

—¿Dónde está mi cargamento, Rubén?

Hablo en voz baja, pero empleo un tono de voz firme y cortante. Tengo poca paciencia, y la explicación evasiva de Rubén me exaspera al instante.

Mi tío no me quita ojo de encima mientras se divierte volteando su whisky en el vaso de cristal.

—¿Va todo bien, Preto? —me pregunta.

—Ahí es donde la cosa se complica —prosigue Rubén al otro extremo de la línea—. El puto camión ha desaparecido, Marcus está muerto, y todo lo que tenemos es una chica herida que se niega a hablar. Al parecer tenía una cómplice…

Me quedo paralizado. Abro los ojos de par en par y contengo una sonrisa nerviosa que acaba aflorando a mis labios. No…

¡No! Al cabo de un segundo una cólera sorda empieza a ascenderme por dentro como un incendio, y una rabia hirviente se abre paso por todas mis venas.

No, esto no es posible.

—Te estás quedando conmigo, ¿verdad?

Hago lo imposible por que mi voz suene serena y controlada. No puedo decirle a mi tío que el imperio está a punto de renacer de sus cenizas y al cabo de dos minutos perder un cargamento de dos millones de dólares que ni siquiera había llegado a destino.

Una vez más, Rubén se toma su tiempo antes de responderme; oigo cómo se sube a un coche, cierra la puerta y por fin me dice:

—Yo me encargo, Preto. La chica curra en Casa Ramba, ya tengo alguna información. Voy a ir a su casa, a ver si averiguo algo más. ¡Acabará largando!

Aprieto el puño con fuerza y me lo llevo a la boca para evitar decirle que no, que él no se encargará de nada. ¡Mi puta cocaína se está paseando por ahí como si nada!

Estoy haciendo un gran esfuerzo para no explotar delante de mi tío.

—¿Quién es la titi? —murmuro.

—Una chica… Voy a hacer mis indagaciones, a ver si consigo más información.

Toda la rabia que siento se me concentra en la garganta. Aprieto los dientes y me abstengo de pedirle más detalles. No delante de mi tío.

—¿Quién está sobre el terreno? —mascullo, lleno de frustración.

—Paco, Goto, J. J. y Daniele están siguiendo el rastro del camión, pero de momento no han averiguado gran cosa.

—Escúchame con atención, Rubén. Dentro de una hora estaré ahí. Entretanto, espero por tu bien que hayas localizado el camión, porque eso disminuirá un poco mis ganas de hacerte pedazos. Pon a trabajar a Sebastián y a Esteban, y que den con alguna pista cuanto antes.

Cuelgo sin esperar a que me responda. Acaban de darme por culo a base de bien. ¡Esto sí que me toca los cojones!

—¿Preto? ¿Hay algún problema? —insiste Ricardo.

Se me endurece la mirada y apenas logro disimular mi cólera.

Será mejor no mostrarle que ya he perdido el control de la situación.

—Un pequeño contratiempo —respondo.

Mi cargamento ha desaparecido, han tiroteado a uno de mis chicos y Salomón Rivera se dará el gusto de hacer que me salten la tapa de los sesos dentro de unas horas… ¡Qué noticias tan estupendas antes del desayuno!

Mi mente trabaja a toda máquina. He de regresar enseguida y arreglar esta mierda, de lo contrario mi cártel habrá dejado de existir antes del fin de semana. ¡Joder, acabo de perder mi única oportunidad de hacerme un lugar en este mundo de cadáveres!

—¿A qué te refieres con lo de un contratiempo?

Ricardo sigue mirándome con suspicacia; la suya es una de esas miradas capaces de leer entre líneas. Y sabe perfectamente que le he mentido.

—Nada que no pueda controlar —afirmo en un tono que no admite discusión.

Siento una angustia casi paralizante, pero, si me muestro débil, estaré abriéndole la puerta a mi propia caída. No puedo caer ahora, justo cuando estoy más cerca que nunca de aquello que siempre he deseado. De lo que mi padre siempre deseó.

—Lleva cuidado con aquellos en quien confías, Preto. No solo te estás jugando tu reputación.

Digo que sí con la cabeza, pero me siento casi paralizado por la inmensa presión que mi tío está cargando sobre mis hombros.

—Tengo que dejarte —le digo mientras retrocedo.

Él consulta su reloj y se acomoda tras su escritorio, concentrado al instante en el siguiente documento. Sin embargo, cuando estoy a punto de franquear la puerta, me retiene de nuevo.

—Preto, no olvides que te espero la semana que viene para desayunar.

Lanzo un gruñido por toda respuesta y salgo. En cuanto estoy fuera de su vista, acelero el paso para abandonar lo antes posible el edificio. ¡No puedo perder más tiempo! El sol ya está bien alto en el cielo, y a cada minuto que pasa estoy más cerca de una tragedia.

Las confusas palabras de Rubén resuenan frenéticamente en mi cabeza. ¿Quién es esa chica que sabía dónde estaba mi cargamento? ¿Cómo ha podido hacerse con él? ¿Quién se ha llevado la droga? ¿Y si...? ¿Y si hay un topo en mi negocio?

Joder, el o la que tenga mi cargamento será mejor que duerma con un ojo abierto. ¡Porque cuando lo encuentre le haré vivir un verdadero infierno!

CAPÍTULO 7

Querida niña

VALENTINA

Claxon.

Entorno los ojos con esfuerzo. El ruido agudo prosigue con su letanía y tamborilea en mi cráneo. ¡Ah, tengo muchísima sed, y este maldito ruido no cesa! Los segundos pasan. Y la sensación del cuero en contacto con mi mejilla me confirma que tengo la cabeza aplastada contra el volante. La segunda vez que trato de enderezarme por fin vuelve el silencio.

Bajo la vista hasta mis muslos cubiertos de rasguños. Tengo pequeños fragmentos de vidrio incrustados en la carne y poco a poco comienzo a percibir el dolor que me infligen. Enfrente, el parabrisas no es más que una telaraña de fisuras, y detrás solo distingo una nube de vegetación.

Dejo escapar un gemido. Un dolor sordo irradia de mi tórax cada vez que inspiro. Me empiezan a picar los ojos y unas lágrimas amenazan con abrirse paso cuando vuelven a mí los recuerdos de la noche.

Paloma… ¡He de salir de aquí!

Por favor, Paloma, ¡espero que hayas logrado salir de esta!

Logro desabrochar el cinturón como puedo e intento abandonar el vehículo. La portezuela se resiste a abrirse del todo y casi tengo que arrastrarme por el barro para poder salir. El camión está atascado en la parte superior de un montículo de tierra, cerca de un arroyo que cruza un pequeño bosquecillo donde unos débiles rayos de sol se abren paso a través del follaje. A pesar de que el lugar es fresco, me muero de calor bajo mi cazadora de cuero.

En cuanto me pongo de pie y empiezo a caminar vacilante hacia la carretera por donde oigo pasar los coches, unos metros más arriba de la zanja, me invade una oleada de pánico.

¡Espero que Paloma esté bien! No solo he abandonado a mi prima en aquel almacén, sino que ahora el valioso cargamento que había de permitirnos convencer a Preto de que nos salvara la vida yace como un despojo abandonado en este bosque.

Cuando por fin llego al guardarraíl distingo el marcador de la autovía 85D y a lo lejos un cartel indica una salida hacia Pachuca. Decido dirigirme allí para llegar a esa ciudad. En mi lamentable estado es imposible que pueda llegar a pie. Sin embargo, aunque cojeo, aunque los cortes en el rostro me queman, sigo avanzando. El miedo me revuelve el estómago y al mismo tiempo me empuja a acelerar el paso.

De repente, un coche aminora la marcha y se sitúa a mi altura. Mi primer impulso es alejarme, pero al ver que no sigue su camino echo a correr. Estoy pensando en meterme de nuevo en la zanja, pero reconozco la melodía del claxon. Solo hay una persona capaz de hacerse notar de ese modo, y, en efecto, cuando me vuelvo, las curvas del pequeño Chevrolet naranja ligeramente oxidado me resultan más que familiares.

—¿Señor Suárez? —inquiero, perpleja.

Mi vecino pone las luces de emergencia, se detiene en el arcén y sale precipitadamente del coche. Se quita el sombrero que lleva siempre puesto y corre hacia mí, con el rostro contraído por la inquietud.

—¿Valentina? —me llama mientras se acerca—. ¿Cómo estás?

Aunque me toca el brazo con la palma de su mano, sigo sin creerme que realmente lo tenga delante. ¿Será esto el fin de la pesadilla?

—Valentina, ¿qué haces aquí? ¿Qué ha pasado?

Su voz suena tan acuciante que me produce el efecto de un electrochoque. Me agarro desesperadamente a él y le explico a toda prisa:

—He tenido un accidente con el coche y debo regresar a toda costa. He de volver a Tepito, señor Suárez. ¡Cuanto antes!

Le imploro con la mirada, y, aunque duda sobre si debería preguntarme más detalles, finalmente accede y me acompaña a su coche.

—Vamos, sube. ¡Dios mío! Estás en un estado lamentable, haríamos mejor en ir al hospital.

—¡No! —exclamo—. Necesito regresar a Tepito enseguida.

El señor Suárez sacude la cabeza y me coge del brazo para ayudarme a ocupar el asiento del acompañante.

—¿Qué ha pasado exactamente? ¿Ibas tú sola en el coche? ¿Por qué estás aquí?

—Sí, yo… yo… tengo que llegar a Tepito. Es urgente.

Ante el tono implorante de mi voz, transige, e incluso se apresura a sentarse tras el volante. Noto que aún sigue dudando cuando va a arrancar el coche, pero al fin toma la dirección a México.

¡Qué bien, vuelvo a casa! Espero de todo corazón que Paloma esté a salvo. Mi reflejo en el retrovisor es como una violenta bofetada. Tengo sangre en el arco de las cejas y un enorme moratón en la mejilla derecha.

—Espero que todo esté bien, Valentina —me susurra compungido el señor Suárez, lanzándome una fugaz mirada.

Se me hace un nudo en la garganta. Aunque quisiera, no estoy segura de que pudiera hablar de lo que acaba de suceder. Mis labios permanecen sellados, y finalmente vuelvo la cabeza hacia el paisaje.

El señor Suárez ya tiene una edad, y su forma de conducir no puede decirse que sea rápida, pero no seré yo quien critique su actitud prudente después de haber metido un camión en una zanja. El vetusto Chevrolet, aunque anciano, logra llevarnos sanos y salvos hasta el centro de Tepito. Cuando el señor Suárez se detiene delante de mi casa, el corazón me palpita desbocado. Salgo precipitadamente del coche y corro a casa de mi prima.

—¡Valentina, espera!

Ignoro la llamada del señor Suárez y empujo la doble puerta metálica del edificio de tía Carmen y Paloma.

—¡Valentina! —insiste.

Pero no me da tiempo a volverme. Mi carrera se interrumpe cuando me doy de bruces con un fornido torso, más musculado de la cuenta. Retrocedo, un poco aturdida, y descubro a un hombre realmente grande, con una melena ondulada que le cae por encima de los hombros. Sujeta la reja de la puerta con parsimonia y la abre de par en par, como si me facilitara el paso. Sin embargo, mi instinto me grita que huya. Nunca lo había visto en mi barrio, pero todo en él me dice que desconfíe.

—Vuelve, Valentina —insiste el señor Suárez a mi espalda.

Mi vecino tira de mí, pero soy incapaz de apartar la vista del desconocido. Él está jugueteando con una piruleta que tiene entre los labios y me observa, esbozando una sonrisa pícara. Un escalofrío de terror recorre todo mi cuerpo cuando clava sus penetrantes ojos marrones en los míos. Bajo la cabeza y reparo en el detalle que había provocado la reacción de mi vecino: un escorpión negro tatuado en la piel de su cuello. Ese individuo luce el símbolo del cártel de los Cruz.

¿Tienen a Paloma en su poder? ¿El tipo acaba de salir del apartamento? ¿Dónde está tía Carmen? El señor Suárez casi pierde el equilibrio tirando de mí hacia la acera, pero al fin dejo que me lleve consigo. Quisiera decirle algo. No importa qué. Pero me quedo petrificada. Al sicario mi reacción le resulta divertida. ¿Acaso todo esto es un juego para él?

—¡Vámonos, ya! —me ordena de pronto el señor Suárez poniéndose delante de mí.

Mi vecino, cuya corpulencia difícilmente podría intimidar al coloso que tenemos enfrente, apenas es unos centímetros más alto que yo. Además, noto cómo le tiembla la mano con la que me coge la muñeca. Mis dedos se agarran febrilmente a la tela de su camisa. Por mucho que su actitud sea de heroica valentía, no podrá protegerme.

—¿Qu… qué…? ¿Qué está haciendo usted aquí? —logro decir de forma patética con voz temblorosa.

Me siento ridícula. El coloso no solo nos tiene a su merced por su corpulencia, sino también por la seguridad en sí mismo que transmite. Su sonrisa maquiavélica se expande cuando me espeta:

—Eres tú quien ha de decirme qué quieres que hagamos, querida niña.

El sonido ronco de su voz me deja clavada en el sitio. Apenas puedo tragar saliva.

—¿Qu… qué quiere? ¿Qu… quién es usted? —inquiero con un hilo de voz.

Solo por el modo en que me mira, sé que halla un placer malsano en ver cómo me consumo.

—Yo soy tu peor pesadilla, querida. ¿O quizá tu salvador? Todo depende de la información que me proporciones.

Cambia la piruleta de lugar en su boca y exhibe una amplia sonrisa cargada de arrogancia. Cuando se lleva la mano a la cadera, el relieve de un arma de fuego se perfila bajo su camiseta. El señor Suárez y yo retrocedemos un paso.

—Va… váyase —lo conmina el señor Suárez gesticulando con la mano.

Me gustaría tener el valor de mi vecino, pero el mío apenas me alcanza para tenerme en pie. Me agarro a él como si fuera un salvavidas. Es un buen hombre, lleva toda la vida tratando con los cárteles en Tepito, sabe qué hacer, ¡o eso espero! En cualquier caso, no creo que nadie más acuda aquí en nuestra ayuda. Lo más probable es que todos se hayan encerrado en sus casas, a cal y canto.

—Váyase —repite el señor Suárez en un tono más conminatorio, como el que utiliza con los críos que intentan birlarle caramelos en su colmado—. ¡No queremos problemas!

—Oh, no —responde el sicario fingiendo que está disgustado—. Acabo de llegar, así que el juego apenas ha empezado.

Pese al tono distendido de su voz, percibo una amenaza en cada una de sus palabras. Este tío no es de esos a los que puedas llevarles la contraria.

—Verás, querida niña, nos tienes hasta las pelotas. ¿Por casualidad no te habrás metido en un berenjenal que te vine muy muy grande?

Lo sabe. Lo sabe todo.

—Joder, qué ojos más bonitos tienes, mi querida niña —añade con una sonrisa burlona, deformada por la piruleta.

Sus palabras no son precisamente agradables. Sus palabras no son aduladoras. Detrás de esa mirada de chocolate se oculta alguna especie de psicosis. Y no tengo el menor deseo de averiguar de qué es capaz.

Este pensamiento desaparece tan rápido como ha venido cuando siento el cañón de un arma rozándome la nuca y a continuación posándose en la sien del señor Suárez. Pongo unos ojos como platos en cuanto observo cómo uno de los dedos del sicario quita el seguro del arma. El ruido metálico resuena en el silencio glacial de la calle. Con el corazón retumbando de pánico en mi pecho, vuelvo lentamente la cabeza hacia esta nueva amenaza. Y me topo con una mirada azul grisácea, impasible y resuelta.

—No toques a la chica —le advierte el señor Suárez a su atacante, sin tan siquiera mirarlo.

Mientras el hombre de la piruleta se ríe, el que sostiene el arma permanece inmóvil. No suelta prenda, se limita a mirarme, como esperando a que yo haga o diga algo que lo incite a recular. Pero no puedo hacer nada, ni siquiera suplicar. Estoy paralizada.

Sin previo aviso, aprieta el gatillo.

El ruido resuena en mis oídos como un trueno ensordecedor. Un olor acre, a pólvora, me satura las fosas nasales, se me mete en los pulmones provocándome náuseas, y al instante un líquido tibio se desliza por mi rostro.

No quiero comprender de qué se trata. Sin embargo, sé lo que es. Sangre. Su sangre. La sangre del señor Suárez.

Mi vecino se desploma. Abro los brazos instintivamente para acogerlo, pero el peso de su cuerpo me desestabiliza. Ambos caemos juntos. Miro su silueta inerte. No…, sus grandes ojos escrutan un punto invisible a mi espalda. No están cerrados. No… Esto no puede haber pasado.

Grito con todas mis fuerzas. Por primera vez, hoy, en las coloridas calles de Tepito, nadie responde. El barrio se me antoja estrecho y asfixiante.

Todo parece irreal.

Por amor de Dios, esto no… Esto no.

Esto no.

Esto no.

El señor Suárez no puede morirse en mis brazos.

Una violenta náusea me asciende por la garganta. Las lágrimas me corren por las mejillas, pero no sirven para ahuyentar la desesperación que me roe el pecho. Tendría que haber hecho algo, cualquier cosa. ¿Por qué he cometido la cobardía de ocultarme tras él? Ha sido un error por mi parte, y ahora él está muerto.

Alzo lentamente los ojos para mirar al tipo que acaba de asesinar a este vecino mío que siempre ha estado ahí para lo que necesitara. Por un instante me parece que no siento nada mientras grabo su rostro en mi memoria. Sus ojos fríos y crueles. Su pelo castaño, casi negro, peinado hacia atrás. Su mandíbula cuadrada. El tatuaje negro que asciende por detrás de su oreja izquierda.

Me gustaría descargar mi rabia en él, pero su expresión me lo impide. Está vacía… Ninguna piedad, ni por mí ni por el hombre que yace a sus pies.

CAPÍTULO 8

Morir hoy

VALENTINA

Horrorizada, me arrastro por el suelo rugoso para poner distancia entre el cuerpo frío del señor Suárez y el mío.

—¿Qué estás haciendo, puta? —me grita una voz nueva desde el portal de la casa de Paloma.

Me incorporo para ver en qué forma se concreta mi pesadilla definitivamente. Reconozco al momento ese pelo castaño rojizo, ese aire como de ido y esa manera de apretar los puños con fuerza: es Rubén, el amigo especial de mi prima. Me quedo sin respiración un segundo, pero la adrenalina vuelve a activarse. Lo primero que hago es arrastrarme por el suelo tratando de retroceder y a continuación me pongo en pie de un solo impulso y me giro con la intención de echar a correr. Pero, en cuanto doy un paso, dos manos me sujetan del brazo con firmeza y me bloquean.

Dejo escapar un grito.

El asesino del señor Suárez me inmoviliza en el suelo y me mantiene en una posición de sometimiento hasta que los zapatos de Rubén entran en mi campo visual.

—¡No! Por fa… por favor —chillo sin apenas resuello.

El hombre afloja la presa, pero el novio de Paloma le toma el relevo al instante. Rubén me sujeta por la garganta y aprieta con violencia mi rostro contra el asfalto. Me mira fijamente con sus ojos negros desbordantes de rabia y me espeta con saña:

—Tú también estás metida en el ajo, ¿verdad? ¿Qué habéis hecho con mi droga?

Me aprieta el cuello con tanta fuerza que apenas puedo respirar.

—Y… yo… yo… Yo no… s… sé na… nada…

Mi agresor gruñe contrariado. Me suelta durante un segundo y a continuación me sujeta la cabeza con ambas manos. Podría romperme el cráneo sin el menor esfuerzo.

—¡Deja de mentirme! ¡Eres la cómplice de esa guarra, lo sé! ¿Dónde la has escondido, niñata de mierda?

Me levanta del suelo sin ningún miramiento y me pone frente a él sosteniéndome con una sola mano. Mis pies no tocan el suelo, y, como yo sigo agitándome, desplaza el otro brazo y me presiona de nuevo la garganta.

Detrás de Rubén, distingo los ojos del hombre de la piruleta.

En un arrebato de desesperación, le grito:

—¡Paloma es inocente, y yo también! ¡Este tío os la está pegando!

El coloso frunce las cejas, perplejo, y tensa los labios exhibiendo una sonrisa mezquina.

—¿Qué está diciendo esta puta? —masculla Rubén mientras vuelve a dejarme en el suelo—. Venga, no te quedes ahí tirada.

Mis deportivas tropiezan con el cuerpo del señor Suárez. Me horrorizo cuando bajo la cabeza y veo la sangre que ha formado un pequeño charco y ahora se desliza por la calzada.

—¿Dónde está Paloma? —grito en vano—. ¿Qué habéis hecho con ella?

Rubén no me contesta y se limita a empujarme con violencia hacia el Range Rover negro que hay aparcado delante del Chevrolet del señor Suárez. Grito, trato de llamar la atención de algún vecino, de cualquiera que pase por allí, sin resultado. La calle está vacía. La gente corre las cortinas, las puertas se cierran a cal y canto. Nadie se atreverá a intervenir para salvarme.

Allí no hay nadie. Nadie me oye.

Rubén abre la portezuela del coche, me arroja al asiento trasero como si fuera un saco y entra tras de mí. Retrocedo, tratando de mantener la máxima distancia entre él y yo, pero me sujeta por las muñecas. No hay modo de zafarse de él. Lloro, grito, me debato mientras sus dos amigos se acomodan delante.

—Arranca, Sebastián —ordena antes de lanzarme una mirada rabiosa.

Me asesta una bofetada tan violenta que me quedo sin respiración.

—¡Eh! Tranquilo, pelirrojo —le dice entre risas el tío de la piruleta mientras arranca el coche—. ¿Por qué le hablas en ese tono a la señorita? ¿Acaso os conocéis?

Me señala con la barbilla desde el retrovisor y cruza su mirada con la mía, que le suplica una vez más que se apiade de mí. En vano.

—Aún no la conozco —responde Rubén—, pero no tardaré en hacerlo. Ve más deprisa.

Se me hace un nudo en la garganta. ¿Cómo puedo convencer a estos tíos de lo que está sucediendo en realidad? ¿Tendré ocasión de poner en marcha el plan de Paloma? Debo intentarlo, por ella. Es mi última oportunidad.

Vuelvo a intentarlo, con la voz quebrada:

—Escuchad, no sé nada de vu… vuestro cargamento. ¡Os juro que todo esto tiene una explicación!

Rubén crispa los dedos alrededor de mi muñeca, como si oír mi voz fuera lo más horrible que podía sucederle. Deja de ejercer presión un instante, pero solo lo hace para buscar el arma que lleva en la espalda. Me apunta, quita el seguro y hunde el cañón en mi rodilla.

—Escúchame bien, tonta —masculla con voz de acero—. Tu prima la ha armado gorda, y ahora te toca a ti limpiar su mierda. Así que empezarás por cerrar tu bocaza si no quieres que te haga una rótula nueva en un momento, ¿entendido?

«Hoy voy a morir».

Sin duda, mi cerebro debe de haberse desconectado, porque la verdad es que no tengo miedo. Solo pienso en lo irónico de la situación.

He estado evitando a estos hombres durante toda mi vida, he construido todo mi futuro pensando en poder escapar de ellos, y sin embargo la droga me costará la vida. Porque en Tepito la droga es como la pobreza, se muere y se nace con ella.

En un arrebato de rabia, doblo la pierna que Rubén amenaza con volarme y le asesto una patada en el estómago.

—¡Puta! —exclama.

Aprovecho que se está retorciendo de dolor para girarme y abrir la portezuela que tengo detrás.

—¡Puta de mierda! —grita el conductor.

Estoy dispuesta a saltar, aunque el coche circule a toda velocidad. Pero, por desgracia, Rubén reacciona más rápido de lo que yo había previsto. Me agarra del cuello de la camiseta frustrando violentamente mi huida y tira de mí hacia dentro con total brutalidad. Finalmente pasa por encima de mi cuerpo para cerrar la puerta que traquetea a su espalda.

—¡Joder, estoy en estado de shock! —grita el conductor con los ojos brillantes de excitación—. ¡Esta tía está como una cabra, es increíble!

Su risa sincera resuena en el interior del coche.

—Deja de reírte, Seb —lo reprende el asesino del señor Suárez.

Su voz es tan fría y deprimente como sus ojos, pero surte efecto al instante: un denso silencio se cierne en el habitáculo.

«Hoy voy a morir».

Lo sé, porque eso es lo que me está diciendo el ojo negro de Rubén. Tira de nuevo de mi camiseta y me acerca a él. La intensidad de mi llanto se redobla, y él me murmura al oído:

—¡No tienes ni idea de lo bien que nos lo vamos a pasar!

Preferiría mil veces perder el conocimiento y así no tener que imaginarme los horrores que este hombre me tiene reservados. Sé de muy buena tinta que los cárteles, y los hombres que forman parte de ellos, son capaces de todo. Probablemente el señor Suárez ha tenido una muerte dulce y misericordiosa en comparación con lo que a mí me espera...

La calle de Tepito se aleja a toda velocidad, y con ella todas mis esperanzas de huir de esta pesadilla.

De pronto, Rubén blande su arma por encima de mi cabeza. De forma instintiva, adelanto los brazos para protegerme, y de paso dejar de verlo, pero siento la culata de su pistola golpeándome la sien.

CAPÍTULO 9

Preto

VALENTINA

Una intensa migraña palpita en mi cráneo, obligándome a volver en mí. ¡Rubén no me ha matado! Ya no hay asientos de cuero ni más curvas, lo cual significa que he salido del Range Rover. Me apoyo en el frío cemento para tratar de incorporarme y constato que la única fuente de luz de este lugar proviene de una pequeña ventana opaca en lo alto de la pared. Noto el aire denso, cargado de hierro y de moho, y me vuelven las náuseas. El cuerpo, la cabeza y los pulmones me duelen una barbaridad. Apenas soy capaz de moverme.

Necesito unos interminables segundos para distinguir las formas que hay en este espacio. Un colchón usado me espera delante de una puerta blindada. Ni siquiera han tenido la decencia de ponerme encima.

—Valentina.

Me llevo tal sobresalto que el corazón casi me sale disparado del pecho. Esa voz grave también me provoca una leve sensación de vértigo. Lentamente, me vuelvo hacia su propietario.

Está aquí.

La encarnación de mis pesadillas espera paciente, sentado en una silla plegable, como si fuera su trono. Su imponente silueta infunde autoridad, aunque no habla. No necesita hacerlo para acaparar mi atención, hasta el punto de que siento que me falta el aire. Su mandíbula, sus anchos hombros, sus brazos musculosos y su torso atlético me causan la impresión de que la camiseta negra que delinea su silueta apenas puede contener su brutal energía.

Me pierdo unos instantes en los relieves de su piel. Desde la garganta hasta la punta de los dedos está perfilada por una infinidad de tatuajes. También pienso en lo que deben de representar, pero vuelvo en mí de inmediato, en cuanto mis ojos se encuentran con los suyos. Su mirada azul celeste sigue minuciosamente cada uno de mis movimientos y parece leer en mí como si yo fuera un libro abierto. Tiene el pelo moreno, ondulado hacia atrás, aunque un mechón rebelde le cae por la frente. Sus largas pestañas ligeramente rizadas acentúan las duras facciones de su rostro. Un gélido escalofrío recorre mi cuerpo cuando contrae la mandíbula.

La atmósfera está cargada de una inquietante tensión mientras trato de mantenerme lo más alejada posible de él, deslizándome por el suelo, hasta que mi espalda se topa con la pared y pierdo toda esperanza.

Él inspira profundamente, desliza una mano por la pierna y los contornos de su arma se insinúan bajo la camiseta. Me oigo gemir. ¿Seré capaz de fusionarme con la pared que tengo a mi espalda?

Su voz ronca, ligeramente cascada, rompe el silencio.

—¿Dónde está mi cargamento, Valentina?

En sus labios, mi nombre suena como la mayor de las amenazas. Tengo la impresión de que él ya ejerce un control absoluto sobre mi vida.

Me gustaría parecer más fuerte, pues tengo claro que una palabra equivocada puede sentenciar mi destino y el de Paloma. Sin embargo, dejo pasar unos segundos que se me hacen eternos antes de atreverme a decir algo.

—Yo… Yo no…

—No te atrevas a mentirme —me interrumpe incorporándose apenas—. No tengo tiempo para juegos.

Siento que la sala se me va a caer encima de un momento a otro. El modo en que ha cambiado de postura en la silla no presagia nada bueno…

—Valentina, por última vez, ¿dónde está mi cargamento?

—Yo… no puedo decir nada hasta que sepa que mi prima está bi… bien.

Él se pone en pie. La silla chirría, y el crujido que emite me hace temblar de miedo mientras se acerca peligrosamente. Me incorporo, con la espalda pegada a la pared, y me deslizo lateralmente hasta que acabo atrapada en la esquina.

—¡Te lo suplico, no me hagas daño! —le digo a punto de asfixiarme, desesperada. Él llega hasta donde yo estoy, pero no me toca. Se me cierra la garganta, me siento oprimida, atrapada. Bajo el peso de sus iris azules, solo deseo desaparecer. Me analiza sin decir una sola palabra y, a pesar de que estoy aterrorizada, no me aparto. Dejo caer la cabeza y le imploro. Con toda ingenuidad, espero que se apiade de mí.

—Mírame —me ordena.

Siento la presión de sus dedos en mi barbilla. El contacto, aunque leve, me estremece. El mechón oscuro que le cae por la frente ligeramente bronceada acaricia apenas la mía cuando se inclina hacia mí. Me quedo paralizada. Entreabro los labios para decir algo, pero solo acierto a tragar saliva y me demoro estudiando su rostro. Él frunce sus pobladas cejas.

—No pienso repetirlo, Valentina.

Mi corazón deja de latir. Su semblante tranquilo no es más que una ilusión. Creo que está haciendo un gran esfuerzo para no montar en cólera.

—Ha… había una buena razón para hacerlo —balbuceo—. Y… yo tengo que saber si mi prima está bien. Por favor, seguro que podemos encontrar una solución.

Inspira contrariado y a continuación expulsa su tibio aliento sobre mis labios. En vista de que su enfado parece multiplicarse ante mi falta de respuesta, me apresuro a añadir:

—Es más complicado de lo que usted piensa. ¡No teníamos elección! Usted… Usted jamás nos habría escuchado si no hubiéramos contado con esta moneda de cambio.

Me tiemblan los labios, pero aun así lo tengo claro: el camión es mi escudo. Este hombre no se arriesgará a matarme mientras yo sea la única que sabe dónde está. Él entorna un ojo y a continuación desliza suavemente el índice por el cuello de mi camiseta.

Apenas me roza, pero el mensaje está clarísimo: me tiene totalmente a su merced. Si le apetece, puede cortarme el cuello, arrancarme la ropa, reventarme la cabeza contra la pared y torturarme de formas que ni siquiera puedo llegar a imaginar.

—¿Estás segura de que sabes quién soy, Valentina?

Me apresuro a asentir con la cabeza. Me lanza una mirada interrogativa, como animándome a proseguir, y entonces me veo obligada a pronunciar las palabras:

—Pre… Preto. El nuevo jefe del cártel de los Cruz.

—Buena respuesta. Y ahora, Valentina, quiero que sepas que no existe ninguna razón válida para que dos civiles me roben. Cuanto más tiempo pase, más se reducirán tus posibilidades de sobrevivir.

Unas lágrimas perlan las comisuras de mis ojos. ¡Ya sabía yo que era una idea de mierda, joder!

—Lo… lo sé… Sé que puedo morir —balbuceo con un nudo en el estómago—. Lo sé, pero… no diré nada. A menos que sepa qué le ha pasado a mi prima.

Una sombra de ira oscurece su rostro y a continuación me pone una mano en la garganta y me empuja violentamente contra la pared. Se me corta la respiración.

—Puedo hacerte desaparecer con solo chasquear los dedos, y no creo que sea eso lo que quieres.

Trato de contener el miedo, pero es imposible. En el fondo, él, al igual que yo, debe de estar preguntándose por qué me obstino de este modo y cómo soy capaz de resistir. Me mira como si estuviera loca.

Todo este circo es por Paloma, de modo que a todos nos interesa que ella siga con vida.

—Tu prima —prosigue— será la primera en llevarse un balazo si no te apresuras a hablar.

Vuelve a agarrarme de la camiseta, y entonces se desata una batalla de miradas. Tiemblo como una hoja, pero aguanto. Hago acopio de las últimas migajas de coraje que me quedan y respondo:

—Entonces ya puedes ir espabilándote si quieres encontrar tu…

Termino la frase con un grito, porque él me agarra del cuello con fuerza y empieza a apretar, y de pronto me quedo sin aire.

—¿Acaso crees que puedes plantarme cara solo con tus putos ojos verdes? —me espeta.

No me da tiempo a recrearme en su respiración entrecortada, porque la falta de aire me obliga a boquear como un pez fuera del agua. Él me lanza una mirada glacial. Aprieta las mandíbulas y aumenta la presión de la mano.

Cierro los ojos, y al hacerlo veo los rostros de los miembros de mi familia. Abuelita y tía Carmen deben de estar en un sinvivir. Una sombra de culpabilidad me oprime el pecho, y entonces se me aparece, tras los párpados, el rostro lívido del señor Suárez.

No quiero morir aquí.

Agarro a Preto del brazo y le araño la piel, esperando que así afloje la presa. Creo haberlo conseguido, porque me suelta. Mis pies vuelven a estar totalmente en contacto con el suelo, así que pruebo a escapar, pero él me sujeta nuevamente del brazo.

Antes de que comprenda lo que está pasando, me arroja directamente contra la pared. Primero impacto violentamente con la espalda, las piernas dejan de sostenerme; a continuación me golpeo la cabeza con el suelo, se me nubla la vista y todo se vuelve negro.

CAPÍTULO 10

Ojos verdes

PRETO

A cada segundo que pasa estoy más cabreado.

Con la Glock apoyada en el muslo, los músculos en tensión, espero, inmóvil, a que ella vuelva en sí, cuando un carraspeo rasga el macabro silencio reinante. Me contengo para no saltar sobre ella, y entonces veo que se lleva una mano a la garganta e intenta apoyarse en los codos sin mucho éxito.

Sus grandes ojos verdes barren torpemente la estancia hasta que repara en mí. Emite un gimoteo de miedo y hace ademán de retroceder. Aunque me joda, dejo que pruebe a incorporarse y espero unos instantes. Se pone de rodillas a duras penas y gatea hasta la pared que tiene a su espalda.

Baja la vista hacia mis piernas y se fija en el arma que sostengo con mi mano derecha. Unas lágrimas nuevas despuntan en las comisuras de sus ojos. Ya no le queda mucho tiempo… ¡Pero la devoción que siente por su prima me está suponiendo una pérdida de tiempo brutal, me cago en la puta!

—¿Crees que puedes permitirte el lujo de jugar a hacerte la valiente conmigo, ojos verdes? —musito.

Percibo una mezcla de miedo y determinación en su rostro.

Sé que debo ser prudente y, sobre todo, no actuar sin pensarlo antes.

Mi arrebato de furia le ha hecho perder el conocimiento estos últimos veinte minutos. Y, si decide no soltar prenda, yo estaré más cerca de la muerte que ella. Ahora bien, mi paciencia con esta tía está empezando a llegar al límite.

Nos miramos, y busco en lo más profundo de sus ojos verdes algún punto débil que me permita cambiar las cartas. Sé que la intimido, pero, joder, ella no cede ni un milímetro. Acurrucada en esa pared, la chica no da su brazo a torcer y sigue desafiándome con la mirada. ¿Cuánto tiempo resistirá si me levanto con la Glock en la mano?

Eso es, está gimiendo, aterrorizada. Perfecto. Me arrodillo para situarme a su altura, apoyo los codos en los muslos y le dejo el arma a la vista, intencionadamente. Horrorizada, jadea con fuerza, como una oveja cazada por su depredador.

—¿Por qué te arriesgas tanto, ojos verdes? —musito controlando la entonación.

Me la quedo mirando y noto que pasa del pánico a la confusión. Mueve los labios. Pero transcurren unos segundos hasta que por fin dice:

—Era… el… el único medio de que nos tomaras en serio.

—¿«Nos», es decir, tu prima y tú?

Asiente con la cabeza.

La acaricio con mi voz, que ahora suena falsamente comprensiva.

—¿Me has robado dos millones de dólares porque tu prima y tú teníais un buen motivo para hacerlo?

Asiente de nuevo con la cabeza.

Ahora ya no llora tanto. Veo arrepentimiento en sus ojos húmedos, que me suplican que la deje con vida… Que le dé una oportunidad.

—Yo no tendría por qué recurrir a la violencia, Valentina. Solo tienes que decidirte a hablar conmigo. Juntos, tú y yo, resolveremos este pequeño contratiempo, ¿no te parece?

Valentina se sorbe la nariz y a continuación la oigo balbucir el nombre de la puta de su prima. Tengo que reprimirme para vencer la tentación de arrancarle la lengua.

—No querrás morir por ella, ¿verdad?

Niega con la cabeza, pero en su mirada hay más determinación que nunca.

—¿Dónde está mi cargamento, Valentina?

—Yo solo te pido que no lo pagues con ella.

—¿Dónde está?

Mi voz denota frustración, e inconscientemente tenso el dedo en el arma. Tengo el índice en el gatillo y estoy a punto de cometer algo irreparable.

—Quiero garantías de que no le haréis nada.

Siento que mi paciencia está a punto de evaporarse. Contraigo la mandíbula con fuerza y le espeto:

—¿Acaso crees de verdad que tus bonitos ojos verdes bastan para que puedas negociar conmigo?

Ella se estremece y respira profundamente mientras se enjuga las lágrimas.

—Valentina —la interpelo.

—Yo… Yo quiero verla.

No puedo evitar que se me escape una risa nerviosa. Ella lo ha querido, ha llegado el momento de dejar de ser amable.

—Verás, tu numerito ya está empezando a tocarme los cojones.

Me incorporo bruscamente y tiro de su brazo para que se levante conmigo. Ella gimotea algo que no logro entender justo antes de que la empuje contra la pared y apunte con mi arma a su sien. Se le nubla la vista mientras yo decido qué parte de su cuerpo podría atravesarle sin que se desmaye de nuevo.

No. La verdad es que ya sé lo bastante de esta mujer como para tener claro cuál es la peor tortura que se le puede infligir.

—Te voy a dar una última oportunidad. Valentina, o hablas, o te traigo aquí a la perra de tu prima, pero solo para meterle una bala entre ceja y ceja. Y así tendrás todo el tiempo del mundo para charlar con su cadáver, ¿qué te parece?

Sus súplicas cargadas de pánico hacen que me entren ganas de aniquilarla a ella.

Me fijo en sus ojos almendrados, en su piel sutilmente bronceada y se me ocurre que no es cien por cien mexicana. ¿De Argentina? ¿Venezuela? ¿Colombia? ¿Chile? ¿Por qué me ha dado por pensar en eso? Suspendo de inmediato este debate interno, aumento la presión de mi mano sobre su brazo lleno de rasguños y recibo una mueca de dolor por toda respuesta.

Me acerco lentamente a su oreja, hasta que siento su respiración en mi nuca, y murmuro:

—¿Quieres ver cómo aprieto el gatillo, Valentina?

Cuando deslizo el cañón hasta su cintura, sus gemidos de terror resuenan por toda la celda improvisada.

—¡Vale! —grita al fin—. Yo… ¡Hablaré! ¡Piedad!

Alza los ojos anegados en lágrimas, cuyas largas pestañas destacan más si cabe su insólita tonalidad verde jade. Después de todo, por mucho que sea su prima, no creo que se jugara la vida por la responsable de que ahora ella esté encerrada en esta habitación.

Expulso el aire con fuerza, la suelto y retrocedo un paso. Ella se desmorona literalmente en el suelo, dobla las piernas y se abraza las rodillas.

Regreso a mi silla, dejándole suficiente espacio para que hable, y ella junta los labios, qué parecen temblarle bajo el peso de las palabras.

—Mi prima… Ella… ella mantenía una relación con su brazo derecho y…

Se interrumpe. Frunzo el ceño, confuso. Esta… esta información sin duda la desconozco.

Pero, en cuanto Valentina abre la boca para proseguir, el ruido de la puerta mientras se abre capta toda nuestra atención. Una llave da vueltas en la cerradura antes de que Sebastián, uno de mis sicarios, empuje el batiente y su cabeza asome en la habitación. Por su expresión parece intrigado, pero la piruleta que deforma su mejilla desvirtúa por completo dicho efecto. Se recompone la cazadora de cuero y le dedica una sonrisa contrita a Valentina.

—Buenos días de nuevo, señorita —la saluda ignorando su actitud suplicante.

Carraspeo, escéptico. Aquí nadie tiene ganas de reír.

—Salomón está aquí —me anuncia.

¿Desde cuándo Salomón Rivera osa presentarse aquí cuando le da la gana? Me incorporo hecho una furia y me acomodo la pistola en la parte de atrás del cinturón. Ignoro los gemidos de Valentina, que sigue en el suelo, voy hasta donde se encuentra Sebastián y salgo de la habitación detrás de él, sin mirarla. Ya en el pasillo, no espero a que el sicario acabe de cerrar con llave. Avanzo a grandes zancadas hacia el salón y me cruzo con Rubén, ni más ni menos, que lleva un vaso de whisky en la mano. Al ver su fea cara me entran ganas de bombardearlo a preguntas sobre el rollo de folleteo que se traía con la que nos ha robado el polvo, pero eso tendrá que esperar.

—Esteban está con ellos —me previene.

Lo fulmino con la mirada y sigo mi camino sin responderle.

—No es el mejor momento para alcoholizarse, hermano —le suelta Sebastián con sorna.

—No soy tu hermano —le replica Rubén al instante.

—Desde luego, no recuerdo que hubiera ningún panocha en mi familia —se la devuelve el sicario.

Cuando llego a la entrada ya no oigo sus rifirrafes. Me concentro en mi invitado. Mientras espera, Salomón está saboreando, él también, un generoso trago de mi whisky, bajo la suspicaz mirada de Esteban. Él tampoco ha venido solo. Varios miembros de su cártel, entre ellos don Irnesto, el hermano mayor, que debía recuperar el cargamento ayer por la noche, entorpecen el paso. Cubren las distintas salidas de la sala. Paco, Daniele, Goto y J. J., mis fieles lugartenientes, me escrutan con preocupación.

—¿A qué debo esta visita? —pregunto en un tono que delata mi irritación.

Salomón deja de charlar con su hermano y se vuelve hacia mí, limitándose a alzar una ceja, como si mi pregunta fuera la más estúpida que haya oído en su vida. Me contengo para no estamparle mi puño en su cuello deformado por el bótox. Sus modales de niño malcriado son bien conocidos en este mundillo, y todos saben que es peligroso llevarle la contraria. Sin embargo, no ha hecho nada para merecer los anillos de oro que luce en los dedos. Acaba de heredar el imperio de su padre, como yo. Pero, a diferencia del mío, el suyo es más próspero, y cuenta con su hermano para velar por sus intereses.

En realidad, si este bastardo ha aceptado hacer tratos conmigo por esta vez, ha sido para honrar la alianza de nuestros padres, que desató la guerra en México, se cobró la vida del mío y dejó todo el territorio en manos de los Rivera. He tenido que trabajar duro para convencerlo de que respetara los antiguos acuerdos, a pesar de que yo podría convertirme en una amenaza si él me ayudaba a crecer demasiado rápido en México. En la actualidad, su red permite asegurar la mía, y por el momento, a causa de los errores de mi padre, nadie salvo él está dispuesto a ayudarme en la reconstrucción del imperio de los Cruz.

—Echaba de menos este pequeño piso —comenta Cruz en tono sarcástico, abriendo los brazos para darse importancia.

Aunque estamos en un dúplex situado en pleno centro de la capital, aunque tiene dos plantas y más de cinco habitaciones, todo el mundo sabe que esto no es nada comparado con los bienes que poseen los Rivera. Yo aún no soy nadie en este mundo y heredé la sombra de lo que fue la Hoja, tal como era conocido mi padre y que ahora es el hazmerreír de mis enemigos. Salomón se regodea recordándomelo cada vez que nos vemos. Observo a sus guardaespaldas, todos ellos fuertemente armados, todos ellos dispuestos a actuar en cualquier momento. Algunos incluso empuñan con firmeza sus fusiles de asalto. A decir verdad, la cosa no pinta bien. Esteban se mantiene erguido, en alerta, pero espera juiciosamente a que le haga una señal para intervenir. Sin embargo, aunque Sebastián y Rubén me cubren las espaldas, estamos en inferioridad de condiciones, y los Rivera lo saben.

Le hago una seña a Salomón para que me siga al salón y me acomodo en el sofá de terciopelo. Este dúplex es el último recuerdo que conservo de mi padre. Aquí pasábamos largas semanas mientras él despachaba sus asuntos. Yo me quedaba en un rincón de la sala, con la espalda pegada a la pared naranja, justo debajo de la máscara azteca. Hacía ver que leía las revistas que corrían por la casa, pero en realidad escuchaba todas las negociaciones. En la actualidad este lugar vuelve a cumplir la misma función, y me permite activar de nuevo los negocios de los Cruz: hacer tratos, contar billetes, tirarme a alguna tía cuando la situación se tercia…

Busco en mi bolsillo y saco el paquete de cigarrillos y el encendedor.

—Tengo entendido que hay un pequeño problema —me suelta Salomón con la vista fija en la llama que hago danzar ante sus ojos.

Aspiro una larga bocanada de nicotina.

Eso no ha sonado nada bien.

—Te estás retrasando con la entrega, Preto —sigue diciendo mientras se repantiga en el sofá, frente a mí.

Deja con brusquedad el vaso de whisky Macallan en la mesita, y algunas gotas caen en la alfombra. ¡Cincuenta mil pesos, joder!

¿Cuánto tiempo tendré que seguir soportando a este hijo de puta?

—Eso no responde a mi pregunta. ¿A qué debo tu presencia aquí?

Extiendo el brazo hacia el cenicero y le doy unos golpecitos al cigarrillo con la punta del índice para hacer que caiga la ceniza.

—Nadie coge el jodido teléfono. Y no me gusta que me toreen.

Miro de soslayo a Rubén. ¿Por qué el muy cabrón no le ha largado cualquier jodida excusa a este hijoputa? La incompetencia de mi presunto brazo derecho empieza a ponerme de los nervios.

—Tendrás tu mercancía —le aseguro con frialdad—. No sirve de nada que te presentes aquí por sorpresa.

Entorna los ojos y se inclina para recuperar su vaso. Siento cómo me crece la cólera, pero logro contenerla razonablemente. Por el momento.

—Verás, Preto, he oído por ahí que mi «mercancía» había… Irnesto, ¿cuál era la palabra?

—Desaparecido —le responde al instante el aludido.

Desde que tengo memoria, el tal Irnesto siempre ha tratado de parecer más alto usando alzas. Y, aunque siempre lleva trajes a medida y gemelos de oro, es más discreto que su hermano, menos exuberante.

—¡Ah, era esa! —prosigue Salomón—. Creo que mi polvo ha desaparecido.

Se termina el whisky de un trago y extiende el brazo sobre el cabezal del sofá, como si fuera el amo. En este momento tengo unas ganas locas de cargármelo.

—Tendrás tu mercancía, Salomón —le repito, sin más.

Mis palabras suenan falsas. La tensión aumenta por momentos en la sala.

En un instante contemplo todos los posibles finales, entre ellos que Salomón ordene una matanza aquí y ahora. Acabar con un baño de sangre no me parece una opción plausible, al menos por el momento. Sin embargo, ¿qué puedo hacer si no?

Sebastián se ha unido a Esteban, y ambos hermanos están de pie en la entrada del salón, listos para cargárselos a todos. ¿Lo lograrían? Aunque sobreviviéramos, no sería bueno para mis negocios. No tengo capacidad para absorber la red de Salomón.

Procuro aparentar que estoy tranquilo, a pesar de que me noto la mandíbula tensa.

—Circula el rumor de que dos tías se han agenciado mi mercancía —añade Salomón—. ¿Puedes explicármelo?

Hago un esfuerzo sobrehumano para que no se me note, pero estoy hirviendo por dentro. Doy una calada tan larga que la quemazón de la nicotina me irrita la garganta. ¿Cómo ha podido enterarse, joder? Esto supone el enésimo mazazo a mis negocios y a mi reputación, la misma que mi tío me ha conminado a proteger.

—Solo es un leve contratiempo —rectifico sus palabras esbozando una sonrisa nerviosa.

—¿Dónde están las ladronas?

Clavo mis pupilas en los risueños ojos de Salomón. Trago saliva, despacio.

—No me digas que aún no les has echado el guante —inquiere, divertido.

—No es más que un mero contratiempo —le aseguro.

—No te lo tomes a mal, chico, pero prefiero comprobarlo por mí mismo.

Se me tensa la espalda ante esta última tentativa de humillarme aún más si cabe. Su arrogancia desemboca en un enfrentamiento visual que no tengo intención de perder. Solo me urge hacer una cosa: enterrar su pelo grasiento después de haberle metido una bala en mitad de la frente.

Poniendo especial cuidado en cada una de las palabras que salen de mi boca, le respondo:

—Salomón, no pretendo incumplir ninguno de nuestros acuerdos. Te aseguro que mañana tendrás tu mercancía. Dicho esto, los responsables quedarán bajo mi vigilancia. Este punto es innegociable.

El muy jodido se echa a reír. Se incorpora, deja el vaso sobre la mesa, se pone de pie y se me acerca lentamente. Le echo un vistazo rápido a Rubén para comprobar si está atento a mi señal en caso de que la cosa se tuerza. Bien. Quiero llenar de plomo a estos cabrones, pero Salomón se limita a frotarse las sienes y a dar una vuelta a mi alrededor.

—Creo que ha habido un malentendido, pequeño Preto —exclama teatralmente—. Te concedo un pequeño aplazamiento para que me entregues la mercancía, como encomiable gesto de amistad en memoria de los años de cooperación entre nuestras familias, pero tampoco es necesario que me hagas este desprecio. Lo único que te pido es ver a esas que han tenido la audacia de llegar tan lejos, ¿y tú no quieres concedérmelo, joder?

No respondo al instante. Una palabra fuera de lugar podría provocar una carnicería en esta residencia. Al cabo de unos interminables segundos, agacho la cabeza para aplastar mi cigarrillo en el cenicero y por fin le respondo:

—Te ruego que me comprendas, Salomón, la situación es demasiado complicada para que te deje verla.

—¿«Verla»? ¿No eran dos?

Hago una mueca, aunque es posible que un poco de transparencia lo anime a dejarlo correr.

—Solo una de ellas sabe dónde está la mercancía.

Salomón sacude la cabeza, parece estar asimilando la información, tras lo cual intercambia una mirada con su hermano y vuelve a dirigirse a mí.

—Ya sabes, Preto, que tu padre tenía una determinada forma de hacer las cosas. Tú quieres ocupar su lugar, me parece bien, pero tienes que aprender a jugar según las reglas de la calle. Ahora la chica, esa que cree que puede jugar a los químicos en nuestro lugar, también forma parte del trato.

¡Maldita sea!

¿Este cerdo, que ha nacido con una cucharilla de plata en la boca, se atreve a hablar de las reglas de la calle como si alguna vez en su vida la hubiera pisado? Me encantaría hacerle tragar su orgullo, pero no lo haré. No ahora. No puedo permitirme perder su apoyo.

Dejo escapar un largo suspiro. La verdad es que no tengo elección… Me pongo en pie mientras Salomón sonríe satisfecho y añade:

—Así está mejor. Aprecio sinceramente tu cooperación, Preto.

Tengo claro que esta será la primera y la última vez que transijo con sus exigencias. La próxima etapa será un baño de sangre.

Mientras subo las escaleras que conducen a la planta superior, presiento que esta «cooperación» pende de un hilo. Avanzo lentamente; conmigo también viene Salomón, que camina dando saltitos, seguido de sus secuaces, hasta que nos detenemos frente a la habitación que ha sido condicionada como celda.

En cuanto abro la puerta, la mirada de Valentina se aferra a la mía. Sin embargo, al instante se percata de que no estoy solo y se encoge sobre sí misma, implorándome en silencio. Esta extraña partida empieza a jugarse en este momento, y ahora entreveo una posibilidad de ganarme en mayor medida su confianza.

CAPÍTULO 11

Mi prisionera

PRETO

Salomón se acerca lentamente a mi prisionera. Emite una serie de sonidos roncos y guturales mientras gira a su alrededor y la señala con el dedo, exhibiendo una amplia sonrisa que deja al descubierto sus caninos.

Así que esto era lo que me ocultabas —susurra.

El rostro de la chica se deforma en una mueca de asco. Desde donde me encuentro, percibo que está conteniendo la respiración, pero a mí solo me interesa esa mirada de desesperación que me lanza, como si yo fuera el único escudo que puede protegerla de la muerte.

—¡Joder, está buenísima, Preto! Ahora entiendo por qué no querías que la viera —exclama Salomón entre risas.

El muy cerdo se frota las manos, y los anillos entrechocan los unos con los otros. Al verlo tan excitado contraigo la mandíbula.

—Ya te he mostrado lo que querías —le digo con frialdad—. Tendrás tu droga, eso es todo.

Salomón se inclina hacia ella sin dejar de reír, lo cual significa que no se dará por satisfecho tan fácilmente.

—Vamos, en serio, mírala. Ella podría hacerme olvidar este «leve contratiempo», como tú lo llamas. Mmm, sí. Bien vale los dos millones que andan quién sabe dónde.

Valentina gime aterrorizada cuando él la olfatea a fondo, como un animal en celo.

—No está en venta, Salomón. Dejémonos de historias y no compliquemos más las cosas.

Se vuelve hacia mí. Frunce sus pobladas cejas componiendo una expresión divertida que ilumina su rostro estirado.

—¿Desde cuándo eres tú quien pone las condiciones? Olvidas que te tengo pillado por los huevos.

Aprieto los puños, pero lo dejo ahí. No puedo negar los hechos, por mucho que me joda que me lo esté recordando constantemente. En vista de mi silencio, Salomón asiente con la cabeza, satisfecho. Me entran ganas de retorcerle el pescuezo, de clavarle las garras en la garganta y ver cómo se desangra hasta morir. ¡Sí, ese sería un plan estupendo!

—No seas tímida, tesoro —dice dirigiéndose a la prisionera, que se ha hecho un ovillo—. Has hecho todo esto para llamar mi atención, ¿no es así?

Ella sacude enérgicamente la cabeza, y Sebastián, que está detrás de mí, al ver su reacción reprime una carcajada. Es el único que encuentra divertido lo que está pasando.

—Creo que ya va siendo hora de que te vayas, Salomón —pruebo a decir de nuevo, con la voz más serena.

—Oh, desde luego, ya me voy —concede, demasiado complaciente.

Se vuelve de nuevo hacia mí y me sonríe convirtiendo sus facciones, habitualmente tan tersas, en una mueca.

—Pero me llevo a la chica —anuncia al tiempo que le hace una señal a su hermano, que sigue en la entrada de la habitación.

Valentina grita horrorizada, justo antes de que la tensión estalle. Irnesto avanza hacia ella, y, cuando Rubén le cierra el paso, aprovecho para liberar mi cólera. Agarro a Salomón del cuello y le aprieto la garganta con fuerza mientras él gime sorprendido. Tengo unas ganas locas de seguir apretando hasta sentir cómo crujen sus huesos entre mis manos. El olor de su puta colonia me inunda las fosas nasales mientras desliza desesperadamente los dedos por mis muñecas.

Tal como era de esperar, sus hombres reaccionan ante la trifulca, y al cabo de un segundo varias ametralladoras me están apuntando. Sin necesidad de que diga una palabra, Esteban apoya el extremo de su silenciador tras el cráneo de Salomón, al tiempo que, detrás de mí, Sebastián y Rubén sacan sus Glock y me cubren. Finalmente, en la entrada de la habitación, Goto y Paco no se lo piensan dos veces y también han sacado sus armas.

Nadie se atreve a disparar, porque sin duda Salomón y yo caeríamos.

—Ya he jugado bastante contigo —le espeto mientras lo obligo a retroceder y aplasto su imponente cuerpo contra la pared—. No soy tu puta. A ver si te lo metes de una vez en la mollera: la chica se quedará aquí hasta que recupere la droga. ¡Y, si tienes algún problema con ello, lo arreglamos ahora!

Trata de zafarse de mi presa, pero puedo leer en sus ojos que tiene miedo de morir. Sabe que ha ido demasiado lejos y que a mí me importan una mierda las consecuencias, aunque tenga que dejarlo fiambre y su hermano quiera vengarlo.

—¿Acaso crees que sin mí tendrías algún futuro en las calles? Puede que recuperes este polvo, pero ¿a quién se lo venderás? ¡Solo te doy unos meses antes de que tu foto aparezca en la última página de un periódico que nadie leerá, anunciando tu muerte y la de todos tus cachorritos!

Lo empujo violentamente hacia la puerta, lejos de la chica, que se lleva las manos a la cabeza. Salomón avanza tambaleándose un metro o dos, hasta que Irnesto y algunos de sus chicos se hacen con él.

—Fuera. La próxima vez que irrumpas en mi casa, saldrás de ella en una caja de pino. —Salomón saca pecho, pero observa que las armas siguen apuntándole: Rubén, Esteban, Sebastián, Goto, Paco; sabe que ellos están allí con la única misión de amenazarlo a él y neutralizar a su escolta.

—¡Vamos, despejad! —grita Rubén señalando la puerta de la celda, que sigue abierta—. ¡Despejad!

En cuanto todo el gentío abandona la habitación, le ordeno a mi brazo derecho que se mantenga detrás de nosotros. Junto con J. J. y

Daniele, el resto de mi cártel escolta a los Rivera hasta la entrada con las armas a la vista.

—Acabas de cometer un grave error —me increpa Salomón cuando termina de bajar las escaleras.

No le respondo. Me lanza una última mirada asesina, se alisa el traje y abandona el apartamento en compañía de sus hombres.

Soy consciente de lo que acabo de desencadenar, pero no tenía otra opción. Si le hubiera entregado a la chica, entonces Salomón sabría el lugar donde ella había escondido la droga. Dicho de otro modo, me habría excluido del trato y ya podía despedirme de mis dos millones. Así que, aunque tenga que escalar posiciones sin contar con él, prefiero recuperar la droga y mi dignidad que la vergüenza de tener que depender de Salomón.

La puerta se cierra cuando Irnesto sale el último sin tan siquiera mirarnos.

—Oficialmente, ahora estamos aún más hundidos en la mierda —anuncia Sebastián.

—Salomón reaccionará de forma impulsiva —me advierte Esteban pasándose una mano nerviosa por la mandíbula.

Trago saliva, pero no permito que el pánico se abra camino a través de mis venas.

—Sí, no parará hasta que hunda mi negocio, pero, si me mata ahora, tiene mucho que perder.

Esteban sacude la cabeza, y por el modo en que me mira intuyo que no opina lo mismo.

—Preto, seguro que tomará represalias.

—Este cargamento iba destinado a él, y tanta necesidad tengo yo de que llegue a sus manos como él de recibirlo. No, yo no dispongo de los recursos suficientes para exportar, distribuir y vender doscientos kilos de cocaína a Estados Unidos, pero seguramente él también habrá cerrado acuerdos por su parte, y tiene que cumplirlos. Aún nos necesita.

—Sobre todo la necesita a ella —puntualiza Sebastián, sonriendo divertido.

Los nervios me agarrotan los músculos. Esta vez, más que nunca, se me acaba el tiempo, ¡así que esta idiota va a tener que abrir la boca!

Aún no me ha dado tiempo de responder a Esteban cuando Rubén se acerca dando grandes zancadas. Baja las escaleras a todo correr y apoya una mano en mi hombro.

—¡Es jodidamente arriesgado, Preto! —exclama con los ojos muy abiertos—. Salomón no se quedará de brazos cruzados.

—¿Acaso crees que no lo sé?

Rubén guarda silencio, desconcertado por la aspereza de mi respuesta. No he olvidado las palabras de Valentina ni que Rubén me ha ocultado información referente a la desaparición de mi droga.

—¿Y a ti qué te pasa? —me pregunta contrariado.

Lo ignoro y me dirijo a mi despacho, no sin antes hablar con mi sicario.

—Sebastián, quiero que convoques a todos los nuestros aquí. Este dúplex debe estar vigilado las veinticuatro horas del día. Llévale comida a la chica de los ojos verdes y hazla hablar. Esteban, nuestra prioridad es recuperar la mercancía, procura que hable su prima. En cuanto a ti… —apunto a Rubén con el dedo—, tenemos asuntos que resolver.

CAPÍTULO 12

Por tu cuenta y riesgo

VALENTINA

La espera se me hace interminable.

Aún veo a todos esos hombres amenazándose los unos a los otros, la risa del que va vestido de blanco aún resuena en mis oídos, y el olor de su colonia sigue flotando en la habitación. Sin embargo, al cabo de un momento, solo quedo yo.

Me llevo un buen susto cuando llaman a la puerta. Al instante, la cerradura hace clic, el batiente se abre despacio y aparece el perfil del hombre de la piruleta. Entre los largos mechones que le caen sobre los ojos distingo una amplia sonrisa, pero esta vez sin caramelo. Sostiene un plato humeante y una botella pequeña de agua. Me muero de hambre.

—Te he echado de menos, querida —me dice sin dejar de sonreír mientras cierra la puerta tras de sí.

Su comentario me desconcierta. Tiene una constitución física tan imponente que incluso me atrevería a decir que es más fornido y musculoso que Preto. Viste una sencilla camiseta sin mangas y unos vaqueros oscuros por encima de sus botines de piel. Unas calaveras cubren por entero su brazo derecho, y el dibujo concluye en forma de anillo alrededor del índice.

Me pongo a temblar de nuevo cuando se planta delante de mí. Se agacha y deja el plato a mis pies. Sin querer, se me escapa un leve suspiro de sorpresa al oír el ruido seco que produce al contacto con el hormigón.

—Espero que tengas un poco de hambre —dice mientras se mete la mano en el bolsillo y saca una piruleta de fresa.

La deja al lado del plato y me susurra:

—Nadie sabe que la he cogido. Además, es la última.

Me quedo perpleja al ver que me hace un guiño de complicidad. Sin embargo, el delicioso aroma de la comida capta toda mi atención. Mi estómago está rugiendo.

—Estás ante los mejores chilaquiles de todo México —me anuncia señalando el plato con el dedo—. He ido a buscarlos personalmente a un pequeño restaurante de Tepito. Una delicia, te lo garantizo.

El olor familiar y especiado que desprende el plato me trae a la memoria recuerdos amargos. Me acuerdo de los guisos de mi abuelita. Y me pregunto si volveré a probarlos. Me invade una nube de tristeza. Solo me vienen a la cabeza imágenes de las tardes que pasaba en la cocina con mi abuela. Nos reíamos con Teresa mientras preparaba el buey, las cebollas y las alubias. Hay que reconocer que Abuelita es única mezclando especias… Me invaden las ganas de llorar. Pero mis pensamientos regresan de golpe a esta estancia sombría en cuanto veo que mi carcelero, con toda la tranquilidad del mundo, deja su arma en el suelo, junto a la bandeja. Trato de recular, pero mi espalda se topa con la pared.

—Nada como unos buenos chilaquiles para que te acuerdes de lo que te estás perdiendo mientras sigues encerrada aquí, ¿verdad? ¿No te gustaría volver a casa y comértelos con tu familia? Pero, para que eso fuera así, primero tendrías que abrir la boca, ¿no te parece?

Su sonrisa de medio lado me produce un escalofrío en la espalda. Bajo los ojos hasta el arma negra. Está al alcance de la mano… Por un segundo me imagino que la cojo y la uso para liberarme. O para agravar definitivamente mi situación.

Me muerdo el interior de la mejilla, nerviosa. Mis emociones a flor de piel me impiden reflexionar como es debido. Y la mirada de este hombre, que lleva una eternidad sin quitarme el ojo de encima…

—Vamos, sé que te estás muriendo de ganas.

Pongo unos ojos como platos. ¿Qué está dicien…?

—¡Te lo aseguro, no contiene veneno, totalmente garantizado! La verdad es que eres una tía con suerte. ¿Qué clase de secuestrador te ofrecería un manjar local y cien por cien mexicano como este, querida niña? —me interpela, obsequiándome con otro guiño.

Mi cuerpo acaba de recordarme que debo seguir respirando, y por fin inspiro profundamente y alivio la tensión.

—Ahora resulta que tú eres el poli enrollado y Preto es el malo, ¿a que sí? —balbuceo.

Él arquea las cejas y ladea levemente la cabeza, perplejo, hasta que por fin su voz juguetona rompe el silencio de la celda.

—¿De verdad acabas de compararme con un poli?

Su risa multiplica por diez mi angustia.

Yo pensaba que sus pullas falsamente divertidas eran lo más espeluznante de él, pero, al ver cómo se ha puesto serio de pronto y se le han endurecido las facciones, me quedo sin aliento.

—No, yo soy el malo de verdad —masculla—. Soy el asesino a sueldo. No soy como mi hermano, breve y expeditivo. Yo soy de los que disfrutan con ello, prefiero usar un arma blanca para cortarte en trocitos y arrojar los restos a un vertedero donde te pudrirás hasta que te devoren los buitres.

La crueldad del tono de su voz me hiela la sangre. Su mirada de color chocolate se ensombrece cuando clava sus fríos ojos en los míos mientras espero una reacción que no llega, hasta que una sonrisa infantil asoma de nuevo a sus labios.

—En fin, puedes estar tranquila. Sebastián no es tu peor enemigo. Al menos… de momento. Bien, ¿te animas o qué?

Señala los chilaquiles con el dedo, y el borboteo de mis tripas responde por mí. Muerta de hambre, decido obedecer juiciosamente, y de paso mitigar su desconfianza. De todos modos, el arma sigue desafiándome, apenas a unos centímetros de mi mano, cuando cojo la cuchara.

Él me deja hacer, pendiente de cada uno de mis movimientos cuando me agacho hacia el plato, pero en el último instante coge un extremo del plato y lo desliza dejándolo fuera de mi alcance. No me lo va a poner tan fácil.

Sebastián me mira como si estuviera contrariado, pero comprendo al instante que está haciendo esa mueca y entorna los ojos para fingir que está enfadado.

—Tengo una ridícula, minúscula, insignificante, pequeñísima pregunta antes de que te obsequies con esta maravilla, querida.

Sebastián mantiene el suspense, aunque ambos sabemos lo que vendrá a continuación, y por fin deja caer:

—¿Dónde está el cargamento?

El tono de su voz es firme, pero con un matiz de sarcasmo. Me había hecho la ilusión de que este plato supondría un descanso en mi calvario, pero estaba equivocada. Preto no tardará en venir con un nuevo hombre que querrá comprarme, jugar conmigo o vete a saber qué, o bien será él en persona quien vuelva a estamparme contra la pared.

Dejo la cuchara en el plato y afirmo con voz temblorosa:

—No diré nada. Si no es a Preto.

Solo obtengo un pesado silencio por respuesta, hasta que de pronto se echa a reír.

—¿Por qué será que no me sorprende, joder? —me dice risueño.

Se incorpora con el plato en la mano, pero sigue dejando su arma cerca de mí. Lo observo por el rabillo del ojo, con el corazón desbocado. Me siento débil a causa del hambre y la ansiedad, pero ¿será esta mi única oportunidad?

—La cosa es que a Preto se le está acabando la paciencia —prosigue mientras recoge la silla plegable, junto a la puerta.

Apenas oigo su voz. Solo veo la pistola que tengo justo enfrente. La idea me parece loca y desesperada, pero cada vez ocupa más espacio en mi mente. Él me da la espalda, dejándome el campo libre.

«Es mi única oportunidad. ¡No! ¿Y si pudiera salvar a Paloma? ¡No puedo hacerlo!».

Sebastián silba tranquilamente, sujeta la silla por el respaldo y se pone a mirar la tubería con la que me ensañé después de que el famoso Salomón se fuera, con la esperanza de hallar una posible vía de escape. El corazón se me dispara. Acerco la mano al arma. Aprovecho el momento en que Sebastián se vuelve para poner la silla delante. Deja de silbar. Lo tengo en el punto de mira. Guarda silencio durante unos segundos que se me hacen eternos mientras empuño la helada culata con dedos temblorosos. Me estoy preguntando qué voy a decir, cómo amenazarlo y obligarlo a abrirme la puerta, cuando en sus labios se dibuja una gran sonrisa. No tiene miedo, ni por un instante, mientras que yo sí lo tengo.

—Por favor —balbuceo con un hilo de voz que suena desesperada—. No… no quiero lastimar a nadie. Solo quiero salir de aquí con mi prima.

Con el plato de chilaquiles aún en la mano, Sebastián me analiza cuidadosamente, asiente con la cabeza y responde:

—Sí, te comprendo, querida. El problema es que debemos facturas. Tenemos una deuda de dos millones de dólares que solo tú puedes satisfacer, ¿sabes? Así que, o bien disparas y te lo juegas todo a una carta, o bien hablas, nos das la respuesta y te vas con vida, llevándote contigo estos soberbios chilaquiles con carne elaborados con productos sostenibles.

El arma cada vez me pesa más en la mano. Mis trembleques empiezan a ser ridículos. El corazón me late con fuerza y los brazos se me están debilitando. Estoy a punto de romper en sollozos. Soy incapaz de disparar… Soy incapaz de matar. Aunque eso implique firmar mi sentencia de muerte.

La pistola cae el suelo, y yo me odio a mí misma por haber llegado a pensar que apretaría el gatillo. Eso va en contra de lo que soy, de aquello en lo que creo, sea quien sea el que me amenaza.

—Muy buena elección —me felicita Sebastián con voz risueña.

Sujeta la silla por el asiento y la gira hacia mí. Las patas rascan el suelo produciendo un ruido ensordecedor, y a continuación vuelve a poner el plato en la bandeja y recoge su pistola del suelo.

—Deja que nos vayamos —le suplico entre sollozos.

—Para matar a un tío como yo —me dice, ignorando mis palabras, mientras saca un objeto rectangular de su bolsillo—, haría falta que el arma estuviera cargada y sin el seguro puesto.

Introduce lo que deduzco que debe de ser el cargador en la culata del arma, tira del cerrojo y este vuelve automáticamente a su lugar emitiendo un ruido seco y metálico. En cuanto veo que apunta el arma hacia su sien me quedo petrificada.

—Aquí puedes matar a quien quieras —me explica con voz gélida clavando su mirada en la mía.

Me estremezco de miedo, convencida de que voy a desmayarme de un momento a otro.

—No soy tan tonto como parece, ¿eh? —bromea de pronto mientras descansa el arma en el muslo, con un matiz cómico en la voz.

Sacudo la cabeza, incapaz de articular una sola palabra coherente.

—¡Eso sí! Durante un minuto me has dado miedo —confiesa sonriente, sentándose en la silla.

«¿Este tío está loco? ¿Necesita ayuda?». No me cabe la menor duda de que es extremadamente peligroso; y, además, esa capacidad que tiene de pasar de la risa a la cólera me parece de lo más antinatural.

—En fin, eres muy mona, querida niña, pero el jefe llegará en, hummm… —Echa un vistazo a su reloj y me anuncia—: Poco menos de quince minutos. Si he de serte sincero, no quiero que te meta una bala en la cabeza. Ahórrame un día de lamentos por no poder ver nunca más tus hermosos ojos y cántame cómo se va hasta el cargamento.

Estoy dispuesta a hablar. Es mi única opción y, además, así aún podría poner en práctica el plan de Paloma. Entrar en contacto con Preto y explicarle… Después de todo, el robo del camión ha logrado captar su interés hacia nosotras.

—Yo… Yo hablaré. Con Preto —exhalo al borde del agotamiento.

Sebastián inclina la cabeza y se encoge de hombros.

—Me siento ofendido. Más te hubiera valido negociar conmigo que con él, pero, si insistes, que sepas que lo haces por tu cuenta y riesgo.

CAPÍTULO 13

Negocios

PRETO

Sentado indolentemente en la mesa de mi despacho, observo la luz anaranjada de los últimos rayos de sol reflejándose en el bosque. Repiqueteo con un ritmo regular en el reposabrazos. Mientras, Rubén, sentado en el sofá, me presenta el inventario de nuestra armería en vista de que se avecina un enfrentamiento con los Rivera.

Tras las paredes blancas desprovistas de decoración, hay una voluminosa biblioteca con un sinfín de libros que jamás he llegado a tocar. Todo eso ya estaba aquí cuando mi padre compró el dúplex. ¿Llegaría él a abrir alguno?

—¿Y bien?

La voz de Rubén me devuelve al presente.

Con las deportivas apoyadas en la mesa, mi brazo derecho se distrae tirando compulsivamente de un hilo descosido que sobresale de su camiseta. Le lanzo una mirada asesina.

—Rubén, ¿tú sabes que estoy volviendo a empezar de cero con este negocio?

Se queda paralizado. Cruzo los tobillos bajo la mesa y escruto su expresión perpleja en busca del menor rastro de ocultación. Tiende a adoptar esa actitud cuando ha cometido alguna estupidez y teme que me desfogue con él.

—¿Qué has hecho con la chica del club?

La atmósfera se enrarece en el despacho. Aprieta los labios, y sus iris negros rehúyen mi mirada. Puede que él no lo sepa —y yo no se lo diré jamás—, pero cuando Rubén está en apuros se frota la nariz. Sin embargo, su silencio basta para desatar la pequeña locura que dormita en mi cerebro.

—¿Has permitido que tu polla joda mis negocios, Rubén?

Expongo el asunto con serenidad, pero mi mandíbula se contrae hasta el extremo, y la cadencia del repiqueteo de mi dedo índice sobre el reposabrazos decae a medida que transcurren los segundos. Rubén se pasa una mano por la melena rojiza, se rasca el cráneo y me mira con expresión implorante.

—Escucha, Preto, esa tía… solo era un pasatiempo. No podía imaginarme que se le fuera la olla de esa manera.

—Y aquí nos tienes a nosotros —mascullo, a punto de estallar de rabia.

—¡Yo no sabía que esa puta era tan viciosa, joder! —me replica—. ¡No tenía ni idea de lo que había planeado!

Como un puñetero niño mimado, encima tiene el descaro de ofenderse cuando le pido que rinda cuentas por sus acciones. No sé qué me retiene de aplastarlo contra esta inútil biblioteca de mierda, pero, si sigue por ese camino, sus posibilidades de sobrevivir acabarán siendo inexistentes.

—Rubén, desembucha de una vez. Dime exactamente cómo es posible que esas dos capullas hayan logrado birlarme dos millones de dólares en una sola noche. Explícame por qué he perdido al único socio que aceptaba distribuir mi droga.

Rubén se pone en pie y espira ruidosamente.

—¡Joder! —gruñe para sus adentros.

Sus pasos hacen crujir el parquet. Se acaricia compulsivamente la barbilla, pero no permanece de pie mucho tiempo más. Cuando vuelve a sentarse me anuncia:

—¡Voy a arreglar este estropicio! Voy a encargarme…

—No quiero saber nada de cómo lo has gestionado. No tomaste las debidas precauciones, y ahora me tocará a mí pagar un alto precio por tus cagadas. Quiero saber qué ha pasado realmente y por qué hemos llegado a esta situación, así que empieza a largar y aclarémoslo de una vez.

—Había otra chica con Paloma, Sofía. Estábamos en plena faena y entonces me llamaste para darme los detalles del cargamento.

—¿Así que respondes mis llamadas delante de las tías que te estás tirando?

Se rasca la nuca.

—No fue así como sucedió en realidad. Esa puta me siguió y escuchó todo lo que dije. La sorprendí cuando estaba enviándole un SMS a alguien con la información. ¡Yo no podía saber que esa zorra iba a pegármela!

—¿Y a quién se lo contó?

—No tengo ni idea, Marcus la liquidó antes de que pudiera hablar, y Esteban no sacó nada en claro del teléfono. Era de prepago y fue destruido inmediatamente después.

No solo la ha cagado a base de bien, sino que encima ha preferido actuar por su cuenta como un principiante y ocultármelo en lugar de dar la cara ante mí… Desde luego que acabará despachurrado en esta puta biblioteca. La verdad es que como mueble no vale nada, y de este modo contribuirá a que se me pasen los nervios.

—Has puesto en peligro mi cártel por el simple gusto de vaciarte los huevos —le espeto.

Se cubre el rostro con manos temblorosas mientras se hunde en el respaldo del sofá y se las pasa por el pelo.

—Podemos prescindir de Salomón —concluye, muy convencido. Se yergue de nuevo y clava el dedo índice en la mesita para dar más énfasis a sus palabras.

—No, Rubén, ¡debemos prescindir de Salomón! —le grito exasperado—. Vas a obligarnos a retomar todas las negociaciones para encontrar un comprador y colocar esta jodida droga. ¡En cuanto vuelva a nuestras manos, por supuesto!

—¿Nos lo cargamos, entonces?

Resoplo y hago un esfuerzo para serenarme.

«No voy a cargármelo por la gilipollez de pregunta que acaba de hacerme».

«No voy a cargármelo por la gilipollez de pregunta que acaba de hacerme».

«No voy a cargármelo por la gilipollez de pregunta que acaba de hacerme».

—Sí, Rubén —prosigo, ahora con la voz más sosegada—. No tengo elección. Si no ocupo su lugar, estaremos muertos incluso antes de haber empezado. Pero tenemos que obrar con inteligencia. Empezando con las pequeñas bandas que trabajan con Salomón y, al mismo tiempo, reemplazando la cobertura que les proporcionaba Salomón por la que les brindaremos nosotros.

Rubén asiente con la cabeza, y yo sigo explicándole mi plan:

—No hay que verter sangre inútilmente. Prefiero que forjes alianzas con las autoridades locales, los comerciantes, los traficantes o con cualquier otro que pueda facilitar la distribución de mi droga.

Si no llevara diecisiete años sirviéndonos con lealtad, ya se hubiera llevado un tiro en la cabeza y su cuerpo estaría flotando sin la menor dignidad en un río, a la vista de todos. Este mundo es demasiado oscuro para ir perdonando... Pero de momento mi prioridad es salvar el negocio que mi padre dejó que se echara a perder, y para eso necesito a Rubén.

—Me juego demasiado para que vuelvas a cagarla una segunda vez, Rubén. Esta es tu última oportunidad.

—No sucederá, te lo aseguro.

Estoy a punto de añadir que ya puede empezar a hacer milagros si quiere contar con mi clemencia cuando el teléfono me vibra en el bolsillo. Miro quién me llama y me sorprendo al leer el nombre de Sebastián. ¿Pero no está en el dúplex?

—¿Por qué me llamas? —le pregunto en cuanto descuelgo.

—Jefe, la señorita Valentina insiste en hablar contigo.

Su permanente estado de alegría me saca de quicio, aunque no tanto como sus palabras. Le respondo con un gruñido exasperado:

—¿Qué quiere?

—A ti. Es lo único que quiere, diría yo.

Aprieto los puños y cuelgo con rabia bajo la atenta mirada de Rubén. Salgo del despacho sin molestarme en darle explicaciones. El estómago me arde de cólera, pero debo contenerme todavía un poco más. Por el momento.

CAPÍTULO 14

Tu brazo derecho

VALENTINA

—Déjanos solos —le ordeno a Sebastián.

Desde que he entrado en la celda no he quitado ojo a Valentina. Se ha refugiado cerca del colchón, con las piernas replegadas contra el vientre. Por una vez, sus largas pestañas negras están secas. No hay lágrimas, pero percibo una mezcla de miedo y de vaga esperanza en su mirada.

—Buena suerte —me susurra Sebastián con un matiz de picardía en la voz.

La puerta se cierra a mi espalda con un chasquido sordo. Apoyo la espalda en la pared que hace esquina y cruzo los brazos.

—Ya estoy aquí —le digo con voz suave—. Ya puedes empezar a hablar.

Mi voz resuena en el espacio vacío. Ella traga saliva y se recoge un largo mechón moreno tras la oreja.

—Yo… Yo tengo una petición, Preto. Quiero que mi prima no corra peligro. Y quiero… quiero hablarte de Rubén.

La noto más segura, con más determinación. Ahora incluso me tutea. Creo que me gusta tener delante algo más que una pequeña llorona. ¡El juego cada vez se vuelve más interesante!

Suelto el aire y arqueo lentamente una ceja.

—Continúa —le ordeno.

111

Valentina parece tener escalofríos, pero se esfuerza en mantener el contacto visual. Inspira profundamente y empieza con su explicación:

—Él… Él te ha traicionado. Rubén engañaba a Paloma con Sofía, y cuando ambas fueron a pedirle explicaciones, descubrieron que Rubén estaba vendiéndole tu droga a otro. ¡Quiso matarlas a las dos, pero solo pudo asesinar a Sofía! Paloma logró huir antes de que pudiera alcanzarla…

Exhibo un rostro impasible, pero mi aparente calma amenaza con volar en pedazos de un momento a otro. Según la versión de Rubén, él solo quería tirárselas, pero las muy zorras habían concebido un plan para desplumarnos. Si la escucho a ella, la presunta infidelidad de mi brazo derecho habría conducido a una situación rocambolesca en la que dos idiotas habrían ido a parar, como por arte de magia, al lugar donde se encontraba mi cocaína.

El rostro de Valentina ahora ya está lívido y deformado por la angustia. Lo sé porque he avanzado hasta ella y me planto delante sin poder seguir conteniendo mi impaciencia.

—Prosigue —le ordeno con voz glacial.

—Nosotras solo… solo queríamos hablar contigo antes de que Rubén nos echara el guante. Pero mi… mi prima tenía miedo de que no la creyeras o de que… Rubén te previniera antes. Entonces ella decidió utilizar la información que tenía en su poder para llamar tu atención y tratar de localizarte y confesártelo todo. Era su única salida, ¿comprendes?

¡No puedo creer que el motivo de todo este jaleo sea semejante gilipollez! Sin embargo, cuando me arrodillo frente a Valentina, veo que se cree a pies juntillas este cuento.

—Rubén se acuesta con un montón de tías. Tu prima no fue la excepción a la regla, y la regla no iba a cambiar por ser ella. Sabía perfectamente en qué jardín se metía y con quién estaba tratando.

Se le descompone el rostro, horrorizada, y niega con la cabeza. Ni siquiera contempla la posibilidad de que su prima haya vendido su cuerpo. No pienso perder el tiempo quitándole la venda de los ojos. Sin embargo, su deseo de proteger a Paloma excede toda lógica. A fin de cuentas, está dispuesta a morir por ella.

—Ella… Tienes que creerme. Los he visto juntos. ¡Estaban saliendo! —me grita, puede que para convencerse a sí misma.

Si no es idiota, enseguida comprenderá que el término «salir con alguien» no forma parte del vocabulario de los miembros de un cártel. Joder, tengo dos millones de dólares perdidos por ahí porque una gilipollas creyó que una historia de amor en el seno de mi cártel podría acarrear la pérdida de su prima. ¡Voy a joderla bien jodida!

—¿Te estás riendo en mi jeta, ojos verdes? —le espeto en voz baja, controlándome a duras penas.

—¡Te juro que no! Por lo que más quieras, tienes que creerme. Tu brazo derecho es un traidor. Si no, ¿cómo podría haber dispuesto ella de tanta información sobre tu mercancía?

Su actitud suplicante me exaspera. Una sola razón me impide meterle una bala en el cráneo ahora mismo.

—¿Dónde está mi droga? —le pregunto.

—La tengo escondida, pero te conduciré hasta ella. Lo haré si prometes que nos protegerás a mi prima y a mí.

—Valentina —mascullo—, ¿sigues pensando que estás en condiciones de poder negociar conmigo?

El tono frío y cortante de mi voz la hace temblar.

—Tienes que escucharme —gimotea, al borde de la desesperación—. ¡Tu brazo derecho es un traidor!

Al ver que hago oídos sordos a sus palabras, aprieta los labios y añade en un susurro:

—En cualquier caso, si no me lo prometes, no tendrás nada.

Clavo mi mirada en la suya. Esos putos ojos verdes me revuelven el estómago, como si pudieran penetrar en mi alma y forzarme a ceder. Acerco lentamente mis labios a su oreja y le susurro:

—Si mientes, Valentina, degollaré a la puta de tu prima a tus pies.

En cuanto me aparto, las lágrimas que vuelven a anegar el extraordinario jade de sus ojos me confirman que ha comprendido el mensaje con toda claridad. Los ojos hablan un lenguaje distinto cuando su dueño sabe que va a morir. Por un segundo casi tengo ganas de dejarla partir, de tanto como me conmueve su ingenuidad.

—Preto —musita ella, suplicante.

Su voz y el cálido aliento que escapa a través de sus labios carnosos me devuelven a la realidad. Me enderezo, la agarro del brazo y la arrastro hasta la silla. Mientras ella jadea, cojo el teléfono y llamo a mi brazo derecho.

En cuanto descuelga, no le doy tiempo a responder.

—Mueve tu culo y el de tu puta hasta la celda.

CAPÍTULO 15

Tu prima, Paloma

VALENTINA

La puerta de la habitación se abre bruscamente. No veo a Sebastián ni a Rubén porque toda mi atención se centra en la silueta que el traidor zarandea para que entre. Las heridas en su rostro, el ojo morado y la sangre en el labio me dejan sin respiración.

—¡Paloma! —grito levantándome de la silla.

Una mano firme presiona mi hombro y me obliga a permanecer sentada contra mi voluntad. Este simple contacto es suficiente para atizar un fuego que se propaga por mi cuerpo y me incendia las entrañas desatando una cólera sorda. Todo lo que tiene que ver con Preto, desde su arrogancia hasta la violencia que veo danzar en sus ojos azules, me horroriza.

—Quédate sentada —me ordena.

Pese a mis vivos deseos de soltarle el primer insulto que me venga a la cabeza para bajarle los humos, decido ser juiciosa y obedezco.

Paloma, de rodillas a los pies de Rubén, mira al suelo.

Una lágrima solitaria se desliza por su mejilla magullada.

—¿Qué le has hecho? —le grito a Rubén, consternada ante semejante injusticia.

Él me mira con una expresión de asco evidente, hace una mueca y se vuelve hacia Paloma.

—Esto no ha sido cosa mía, por suerte para ella —me espeta—. Después del desastre que ha organizado, sueño con hacerle algo mucho peor.

—No tenéis derecho…

—Cállate —gruñe la voz de Preto.

Desliza la mano por mi brazo y lo aprieta para obligarme a ponerme en pie. Veo a Sebastián, cerca de la puerta, que asiste a la escena con los brazos cruzados y la espalda apoyada en la pared. No deja de mirarme con una expresión semejante a la ternura, lo cual casi me hace albergar la esperanza de que quizá pueda ayudarme. Sin embargo, justo después de que este pensamiento haya cruzado por mi mente, Preto me sujeta la barbilla y me obliga a alzar el rostro para mirarlo.

Me sumerjo en ese azul turquesa que parece sondear hasta los rincones más secretos de mi alma. Afianza la presa que ejerce con su mano, suscitándome una mezcla de estremecimiento e intimidación. Cuando se inclina lentamente hacia mí, su proximidad me hace sentir extremadamente incómoda. Me siento vulnerable. A su merced. Por mi parte, soy incapaz de vislumbrar la menor emoción en su rostro inmutable. Aparte de sus dedos apretándome la mandíbula, señal inequívoca de que apenas puede contener su ira.

En voz baja, pero con el volumen suficiente para que todos los presentes lo oigan, me dice:

—Te escuchamos, ojos verdes, repite lo que acabas de contarme.

Su voz irradia autoridad. En cuanto me suelta, retrocedo un paso, aterrorizada, y a continuación me vuelvo hacia Paloma. Esta vez ella levanta la cabeza. Su larga melena rubia ha perdido el brillo. Unos cuantos mechones sucios enmarcan su rostro magullado. Me mira con evidente desesperación y las manos unidas en una plegaria silenciosa. Tengo su destino en mis manos, ambas lo sabemos. No puedo permitirme flaquear, ¡es nuestra última oportunidad!

Apunto con mi dedo al verdadero culpable.

—¡Rubén! —exclamo sin dejar de señalarlo—. Vende información a vuestros rivales. Él es el traidor.

—¿Qué? —grita el principal implicado—. ¿A qué viene esta mierda, Preto?

Finge estar sorprendido y hace una mueca con la que pretende transmitir que mi acusación es la cosa más insostenible que ha oído en su vida.

—Utilizó a Paloma y a Sofía. Les mintió, las engañó a ambas, pero, sobre todo, ha traicionado a este cártel —argumento—. Iba a matar a Paloma, no tuvimos elección. Yo… ¡yo solo quería proteger a mi prima!

—Pero… ¿qué cojones? ¿De qué está hablando esta tía?

Esta vez Rubén estalla en una carcajada. ¿Acaso cree que así resultará más convincente? Cuanto más ríe, más estresado parece.

—Está completamente pirada —añade, pero su voz no logra ocultar que está furioso.

Preto pone fin a la hilaridad de su brazo derecho alzando apenas la mano en su dirección para indicarle que se calle.

—Esta tía delira —masculla Rubén, fuera de sí—. ¡Me cago en la puta!

Preto lo ignora. No me quita los ojos de encima.

—Continúa —me interpela.

Inspiro profundamente y espero ser lo bastante elocuente para convencerlo de que tenga clemencia con nosotras.

—Él… Rubén no solo manipula a las mujeres. Ha llegado a un acuerdo con otro cártel para vender la droga. Uno de sus miembros debía hacerse con el camión esa noche. Nosotras… Nosotras llegamos justo antes y… Díselo, Paloma. Diles que ese cabrón te engañó. Diles todo lo que viste y oíste.

Las lágrimas vuelven a correr por las mejillas de mi prima. Contrae los labios, agacha de nuevo la cabeza, pero no dice nada. ¿Por qué no aprovecha la ocasión para hacer que podamos salir de aquí?

—¡Ella miente, joder! —Rubén se revuelve mientras sujeta el brazo de Paloma y se lo muestra a Preto—. ¡Esta puta nos la ha querido meter doblada!

Preto y Sebastián intercambian una mirada furtiva que soy incapaz de descifrar. Presiento que las cosas se están torciendo. No bastará solo con mi palabra. Es necesario que Paloma intervenga, ahora.

—Díselo —le imploro a Paloma acercándome a ella con la intención de que me mire—. Puedes hablar, nuestro plan está funcionando. Preto te escucha. No permitirá que Rubén te haga daño.

Se me hace un nudo en la garganta cuando mi prima se lleva las manos a la boca, sin mirarme.

—Paloma —musito.

Un pesado silencio se cierne sobre la estancia. Me da la impresión de que su cuerpo merma, su espalda se encorva, sus hombros se hunden. Como si tratara de desaparecer. De pronto, estalla en sollozos y todo su cuerpo es presa de unos espasmos incontrolables. Quisiera acariciarle la espalda para reconfortarla, pero no distingo un solo centímetro de su piel que no esté cubierto de cardenales.

—Tu prima te está hablando —la interpela a mi espalda la voz inquisitorial de Preto—. ¿No tienes nada que añadir?

Paloma permanece en silencio mirando el suelo, con las lágrimas anegando sus mejillas. ¿La habrán aterrorizado hasta el punto de ser incapaz de defenderse?

—Ay, ay, ay —resuena de pronto la voz de Sebastián—. Querida niña, tu prima te la ha jugado bien.

Por primera vez no hay ni rastro de sorna en sus palabras. Solo conmiseración.

Una extraña sensación de calor me sube por el cuerpo; es una mezcla de rabia, de inquietud y de… ¿desilusión?

Aunque yo no me escucho a mí misma pronunciando el nombre de mi prima, sin embargo mis labios se mueven.

Ella me mira un instante, abatida.

«No. Paloma, por lo que más quieras… Mi mejor amiga, mi confidente, mi hermana, mi todo, no quiero creer lo que estoy leyendo al verte. Tú, la persona junto a la cual he crecido. Tú, que siempre me has tendido la mano. Tú, que me prometiste que viviríamos experiencias maravillosas. Tú, que me prometiste que jamás me ocultarías nada».

—¿Paloma? —le digo a modo de última esperanza—. Diles la verdad, te lo ruego. Aún podemos salir de esta.

No hay respuesta.

Miro a Preto implorándole en silencio que espere uno o dos minutos más. Me observa durante unos segundos que se hacen eternos. Es como si sus pétreos ojos quisieran penetrar más allá de mí y su ceño fruncido me indicase que está profundamente concentrado. No logro apartarme de él. Un sentimiento de urgencia me impele a seguir aferrada a sus iris y a dejarme abducir por su mundo. Este intercambio silencioso me hace comprender de un modo sutil que él lee mi desesperación y mis súplicas, y que yo percibo en él un destello que endulza levemente su crueldad. Sin que pronuncie una sola palabra, yo sé que me concede un breve aplazamiento. Cruza lentamente los brazos sobre el pecho, y con un movimiento casi imperceptible del mentón me invita a proseguir mi diálogo con Paloma.

—Te lo suplico, Paloma —exclamo volviéndome hacia ella—, ¡respóndeme!

—Lo… lo siento, Valentina. Yo… yo te mentí.

Esas pocas palabras vuelven mi mundo del revés.

Y duele.

Su voz se rompe con un nuevo sollozo, y yo dejo escapar un gemido de dolor. Me enderezo y retrocedo un paso, hasta que mi espalda se topa con el fornido pecho de Preto. Sobresaltada, me doy la vuelta; ahora estamos frente a frente. El jefe del cártel me observa sin decir palabra. Su mirada letal escruta cada parcela de mi rostro. Apenas puedo recobrar el aliento. Por el modo en que mi corazón late desbocado, sé que mi muerte está cerca.

—¡Piedad! —imploro—. Paloma no quiere hablar. Pero lo que te he dicho es verdad. Ru… ¡Rubén es un traidor! ¡Y fue ella quien me lo explicó!

—Yo… no quería —me interrumpe mi prima con la voz rota. Creía que… —Los sollozos le impiden continuar, pero al fin logra retomar la palabra—: Te pido perdón, Valentina. He cometido un grave error.

Las piernas apenas me sostienen, inmersa como estoy en este mar de embustes y manipulaciones. ¿Por qué me habrá hecho esto? Me precipité de cabeza en esta pesadilla porque ella me lo pidió. ¿Y todo esto a santo de qué? ¿Por la familia? ¿Qué clase de familia somos en esta lúgubre habitación, rodeadas de hombres armados, llorando como dos idiotas?

—¿Por qué, Paloma? —inquiero—. ¿Por qué me has mentido? ¿Por qué me has involucrado en esta historia?

Hubiera preferido sufrir mil accidentes, dejarme torturar cien veces por Preto o por Rubén, antes que sentir este dolor de ahora. Y, sin embargo, lo único que me digo es que no puedo abandonar. ¡No puedo permitir que muramos de este modo!

Me vuelvo hacia Preto, pero apenas lo distingo a causa de las lágrimas que me anegan los ojos. A pesar de que me tiemblan los labios, logro decirle:

—Preto, te lo suplico, no nos hagas daño. Te diré todo lo que quieres saber. Te llevaré hasta el cargamento, ¡te lo juro por Dios!

Avanza hacia donde yo me encuentro, sin parpadear. Cuando posa su mano en mi hombro me parece estar soportando un peso insostenible, y, sin la menor concesión, me obliga a encararme con mi prima. Acerca los labios a mi oído y me susurra con sorna:

—¿Estás lista para enfrentarte a la verdad, Valentina?

Preto señala a Paloma con el dedo y prosigue mientras su aliento se desliza por mi nuca:

—Tu prima, que ahora está vertiendo todas las lágrimas del mundo, empezó a trabajar en el club de estriptis porque quería sacarse un buen dinero. Hasta que un día, al ver pasar tantos billetes ante sus narices, también quiso más.

Me niego a mirar a Paloma, pues soy incapaz de imaginarme a mi prima de ese modo: fría, avariciosa, manipuladora… Tan alejada de los valores que nuestra abuelita nos ha inculcado.

—Ella y la otra putita empiezan a prestar atención a las conversaciones de mi brazo derecho —sigue explicándome Preto—. Como resulta que este tarado solo piensa con el rabo, no desconfía de ellas. Y les sirve en bandeja de plata la dirección donde se encuentra el cargamento de cocaína recién llegada. Ese par de idiotas ven la oportunidad de su vida y deciden asociarse para darme el palo. Un plan arriesgado, me dirás, tanto como el que tú pusiste en práctica, pero, joder, ¡imagínate los beneficios que les habría reportado!

Me parece percibir un matiz divertido en la fría voz de Preto. Hace una leve pausa, desliza suavemente la mano por mi hombro hasta la garganta y presiona para obligarme a alzar la cabeza hacia mi prima.

—Por haber tenido una idea tan estúpida, tu prima merece morir hoy mismo —concluye—. Pero tú, si tu información es correcta, aún tienes una oportunidad de salir de esta con vida.

Giro la cabeza de nuevo. El impacto que acaban de producirme sus últimas palabras me impele a reaccionar. Quisiera seguir suplicándole a Preto, implorarle misericordia. Pero todos los presentes saben que no la tendrá. Sin embargo, no puedo renunciar a intentarlo, no en este momento. Poco importa lo que haya hecho Paloma, lo que haya dicho, cuánto haya mentido, ella es de mi sangre.

—Ocúpate de ella, Rubén —le ordena Preto sin dejar de mirarme.

No comprendo a qué se refiere hasta que Rubén saca un cuchillo que llevaba prendido del cinturón. Me quedo lívida en cuanto veo que Rubén agarra a mi prima del pelo y la obliga a incorporarse. Ella obedece, él la inmoviliza contra la pared y apoya la parte afilada de la hoja en su garganta.

Nuestros gritos de terror resuenan en el centro de la habitación cerrada a cal y canto, pero todos los presentes nos ignoran.

—¿Para quién trabajas? —le grita Rubén haciéndole un corte en la piel a Paloma.

La sangre se desliza por su cuello y por el pecho. Paloma gime, llora, grita, pero él se muestra insensible.

—¡Parad! ¡Parad, os lo suplico! ¡Os lo diré todo! —exclamo con la voz rota.

Trato de dar un paso hacia ellos, pero Preto me agarra del brazo. Me giro, le golpeo el pecho con los puños, le imploro con los ojos anegados en lágrimas, pero es en vano. No muestra ninguna piedad. Ninguna.

Me sujeta con firmeza y a continuación me inclina hacia Paloma para satisfacer el perverso deseo de obligarme a contemplar cómo la tortura Rubén. Desesperada, grito el nombre de mi prima.

—Paloma, defiéndete —la interpelo con un gemido.

—No… no trabajo para nadie —logra decir con un soplo de voz.

—¿A quién pensabas revenderle esta droga? —vocifera Rubén, implacable, mientras le hace un nuevo corte—. ¿A quién?

Mi prima gime de terror bajo la mirada demente de su torturador. Preto permanece impertérrito y sigue sujetándome con fuerza.

—Ibas a revendérsela a…

De pronto, oímos una explosión ensordecedora, tan intensa que tengo la sensación de que toda la habitación tiembla. Me pego al brazo de Preto y él me cubre con su cuerpo. Rubén retrocede y se nos queda mirando, desconcertado.

—¿Pero que…?

—Joder, ¿qué ha sido eso? —exclama Preto aflojando un poco la presa que ejerce sobre mi cuerpo.

Tras vacilar un instante, corro hacia Paloma, que en este momento también está libre de la sujeción de Rubén. Nos abrazamos, y la estrecho muy fuerte contra mi pecho. Sin embargo, la sensación de que estoy aprendiendo a respirar de nuevo mientras abrazo a mi prima solo dura hasta que los tres hombres sacan sus armas. Rubén se aparta y se une a Preto. Sebastián se aposta en la puerta, empuñando una pistola en cada mano.

Procuro ganar el máximo de distancia entre ellos y nosotras valiéndome del maltrecho colchón, cuando de pronto la puerta se abre bruscamente.

—¡Soy yo! —grita el asesino del señor Suárez.

Y hace bien, porque todos apuntan sus armas contra él y tienen el dedo puesto en el gatillo. Levanta el brazo para protegerse, con los ojos muy abiertos.

—¡Me cago en la puta! —exclama Sebastián bajando los brazos—. ¡Esteban, he estado a punto de matarte!

Una segunda explosión resuena a nuestro alrededor.

—¡El cártel de Salomón está tomando al asalto el edificio! —se apresura a explicar Esteban.

No necesitan más información. Todos se precipitan al pasillo como un solo hombre. Al cabo de unos segundos nos llega el sonido de unas ráfagas de disparos.

—Paloma, es nuestra última oportunidad —exclamo mientras mi prima sigue gimoteando pegada a mi cuello.

La obligo a que me mire y le anuncio sin titubear:

—¡Nos vamos!

CAPÍTULO 16

Las últimas llamas

PRETO

Desde lo alto de la escalera les disparo a la cabeza a dos tíos que acaban de cruzar el umbral del dúplex.

—¡Estos perros están por todas partes! —grita Rubén a mi espalda.

En efecto, llegan más hombres, armados con ametralladoras. Nos vemos obligados a ponernos a cubierto, y ellos aprovechan para tomar posiciones en la planta inferior. Sebastián dispara una ráfaga contra la entrada, y eso nos permite bajar las escaleras. En el pasillo le aplasto el pecho con mi deportiva a un tipo que se abalanza sobre mí y lanzo su cuerpo contra la puerta de entrada. Mi maniobra basta para entorpecer el avance de los demás que lo seguían. Sebastián aprovecha para acribillarlos.

Me precipito en el salón y me parapeto junto con Rubén tras uno de mis sofás. Sebastián y Esteban nos siguen y se deslizan por la barra. En todo el dúplex reina el caos. La puerta de entrada se parte por la mitad y los hombres de Salomón invaden la pieza.

—¡A la derecha, Preto! —grita Rubén, que está a mi lado.

No me paro a pensar. Saco el cuchillo de la funda que llevo prendida en mis vaqueros y la hundo en una piel bronceada sin saber quién es su propietario.

—¡Joder! —exclamo en cuanto retiro la hoja de su garganta.

Cuando el hombre se desploma a mis pies, me salpica un géiser de sangre. Recupero su arma y aparto lo más lejos que puedo su cadáver con el pie.

Nos disparan sin cesar con ametralladoras. Las plumas de los cojines revolotean, los agujeros de bala están convirtiendo mis muebles de madera en un colador, hasta el punto de que una cómoda se desmorona produciendo un gran estruendo.

—¡Cargáoslos a todos —ordena Irnesto—, no quiero prisioneros!

Rubén, arrodillado en el suelo, lanza un gruñido cada vez que dispara.

Detrás de la barra, Esteban cubre a Sebastián, que se incorpora y dispara una ráfaga de ametralladora en este improvisado campo de batalla.

Mi corazón late al ritmo de los impactos de bala. El olor acre de la pólvora y la sangre asciende hasta mis fosas nasales. Los gritos y las explosiones me producen la sensación de estar en plena guerra. Me muero de calor mientras deslizo la mano por la culata de mi Glock.

Están por todas partes.

Aunque por el momento mantenemos nuestra posición, no tardarán en abatir a alguno de mis muchachos. ¡Tendría que haberme cargado a esos hijos de puta cuando tuve ocasión!

La rabia se apodera de mí, y un velo negro ensombrece mi visión. Abandono mi refugio para disparar contra la puerta, por donde siguen entrando enemigos, cuando un movimiento en la escalera me hace entrar en pánico.

—¡Cubridlas! —les grito a Rubén, Sebastián y Esteban.

Valentina y su prima están intentando bajar por las escaleras con los brazos delante de la cabeza a modo de escudo. ¡Como si así pudieran detener las balas! Empiezo a disparar inmediatamente y elimino a algunos de los que pretenden llegar hasta ellas.

Intento desplazarme hacia el segundo sofá, que queda más cerca de las chicas, para asegurarme de que Valentina no escape si logra llegar a la entrada, pero, en cuanto doy el primer paso, una bala pasa casi rozándome la oreja.

—¡Es un suicido tratar de llegar hasta ellas! —grita Rubén.

El ruido y la adrenalina me impiden pensar con lucidez, pero tengo claro que no puedo dejarlas marchar.

Valentina y Paloma acceden milagrosamente al salón sin un solo rasguño. Pero se ven obligadas a replegarse y se escudan tras el sillón que hay enfrente del nuestro.

Cuando ya estoy a punto de ir hasta donde están ellas, caigo en la cuenta de que Salomón no ha venido aquí únicamente para eliminarme. Pretende cumplir su promesa.

Quiere a mis prisioneras.

En efecto, el tiroteo cesa al instante, y todas las miradas convergen en las dos mujeres.

—Queremos a la morena —nos espeta Irnesto desde la cocina.

Miro a Rubén, y él capta al vuelo que tiene que recuperar a la chica. Ahora.

—¡Joder! —maldice antes de emplear la pequeña mesilla circular que está junto al sofá a modo de escudo para poder avanzar.

Lo cubro lo mejor que puedo, impidiendo el acceso a las chicas, que están agachadas en el suelo para protegerse. La prima aprovecha el caos reinante para deslizarse a rastras hasta mi despacho.

—¡Paloma! —la llama Valentina, petrificada en su escondite.

Está temblando como una hoja, solloza y se tapa los oídos.

Esteban se apresura a alcanzar a la fugitiva cuando, de pronto, una violenta explosión pulveriza las paredes que hay a nuestra espalda, engullendo la cocina, las habitaciones de la planta baja y el despacho. Oímos un grito de mujer, pero desaparece al instante, absorbido por los ruidos de las paredes que se están derrumbando y siembran de ruinas esa parte de la vivienda.

La polvareda llega hasta donde nos encontramos nosotros, descartando con ello cualquier posibilidad de que Paloma haya sobrevivido.

Rubén no logra llegar hasta Valentina, puesto que los autores de la explosión han estrechado el cerco y se ve obligado a girarse rápidamente en mi dirección para que la mesa nos proteja a ambos. Y entonces llega lo peor cuando detrás de nuestros nuevos asaltantes se declara un incendio.

Pese a lo horrible de la escena, me centro en la ladrona.

—¡Valentina!

Se asoma fuera de su escondite. Sus ojos verdes relucientes de pavor se encuentran con los míos. Con un gesto de mi mano le ordeno que venga hacia mí. Cuando niega vigorosamente con la cabeza, paralizada por la desesperación, su larga melena morena se desliza hasta cubrirle prácticamente el rostro.

¡Joder, tiene que reaccionar!

Abro la boca para decirle que la cubriré, pero su grito me frena. Un hombre aparece a su espalda y se hace con ella, como si fuera la bolsa de la compra.

—¡Ya es mía, jefe! —exclama.

—¡Seb! —digo al instante.

Me incorporo, abandonando la protección que me ofrece Rubén, y mi sicario comprende enseguida que debe cubrirme mientras me precipito hacia Valentina.

Observo por el rabillo del ojo cómo crecen las llamas detrás de los hombres de Salomón. Oigo cómo crepitan y percibo el olor a muerte que las acompaña, hasta el punto de que aquellos que han provocado el incendio comienzan a lamentar haberlo desatado.

Valentina ya está casi a mi alcance. Me tiende la mano, consciente de que esta es la última esperanza de salvación con que cuenta, pero me detengo de golpe porque alguien acaba de asestarme una patada en los gemelos que me obliga a hincar la rodilla en el suelo. Estoy a punto de responder con un puñetazo cuando una bala disparada por Esteban atraviesa la cabeza de mi atacante. Me incorporo sin perder un segundo y empiezo a perseguir al tipo que está huyendo con mi prisionera.

—¡Preto! ¡Joder, cuidado! —me grita Rubén.

Se me echa encima. Me sujeta por el torso y me lleva de vuelta al salón mientras Valentina cruza la puerta. Al instante, un cohete atraviesa la entrada en dirección a la escalera.

La explosión destruye la escalera, condena el piso superior y obliga a todos los tiradores a echarse al suelo para evitar la lluvia de escombros.

Un segundo más tarde, y esa arma de asalto me habría pulverizado.

Los gritos desesperados de Valentina me incitan a tratar de recuperarla, pero los hombres de Salomón se dirigen hacia la entrada para replegarse.

Ya tienen lo que querían.

No puedo acercarme sin llevarme un balazo. Es más, nos vemos obligados a refugiarnos tras las paredes que aún siguen en pie.

Los pulmones se nos están llenando de humo, y, por si eso no bastara, nuestros atacantes lanzan una última bomba de gas lacrimógeno que nos obliga a correr hacia el balcón.

Alcanzo el exterior tosiendo y, aunque me pican los ojos y apenas veo nada, me deslizo por la escalera de incendios detrás de Sebastián y de Esteban. En cuanto recobramos el aliento, constato que mis hombres han seguido el plan que habíamos trazado unos meses antes del ataque. Están todos aquí, han logrado replegarse, un poco chamuscados, pero vivos: J. J. y su hermano Daniele, Horacio, Paco, Goto, Simón.

Cuando Rubén llega detrás de mí, jadeante, le pregunto:

—¿Y los demás? Hemos perdido a…

—No —responde Goto—. A los otros no les ha dado tiempo de llegar. Horacio ya había previsto que se replegarían, tú sabes dónde.

Asiento y me dejo resbalar por la pared de ladrillo del edificio contiguo. En sus rostros se percibe el agotamiento. Detrás de ellos, las llamas asoman por las ventanas. El olor a madera carbonizada y a polvo sabe a desesperación. Este dúplex ya no es más que un montón de ladrillos a punto de derrumbarse.

Mientras la espesa humareda negra se eleva hacia el cielo, busco la cartera en mi bolsillo. Saco la Polaroid que me acompaña desde hace años todos los días: mi familia.

Mi hermano, mi hermana, mi madre, mi padre y yo.

¿Qué edad tendría ahí? ¿Cinco años? Tal vez seis. Nadie sonríe, salvo mi madre, pero probablemente es la última imagen que queda de mi familia. Resulta extraño. No tengo buenos recuerdos vinculados a ese momento, pero una parte de mí lo ha dado todo por ellos, por el nombre de los Cruz.

He fracasado.

En este momento solo deseo quemar la puta foto.

Saco mi encendedor del bolsillo y hago rodar el pulgar por la ruedecita. La llama acaricia con dulzura el papel brillante mientras el calor roe los recuerdos.

Hipnotizado por la acción del fuego, no presto atención a las palabras cargadas de remordimientos de Rubén. Los colores de la foto arden y nuestros rostros desaparecen mientras el papel se retuerce. Antes de que la última llama alcance mi índice, arrojo los restos a los escombros que tengo a mis pies.

En este momento solo siento un odio devastador.

Dos años. Dos años tratando de limpiar lo que ha dejado atrás mi padre. Dos años intentando que mi nombre suene en las calles de esta ciudad. Dos años luchando por hacerme respetar. Y nada.

Hubo un tiempo en que este dúplex albergó las risas agudas de mi hermana, los deliciosos platos de mi madre y alguna que otra riña entre hermanos. Ahora bien, sobre todo, esta casa fue la primera base de mi padre en México. La última herencia de Ryan Cruz.

Esto y la droga. No soy más que eso: el hijo de un narcotraficante.

Sin embargo, ahora he comprendido que no puedo seguir los pasos de mi padre, tengo que decirle adiós y dejar atrás sus errores.

Rubén tiene razón: debo reconstruirlo todo. De nuevo.

Ha llegado la hora de levantar mi propio imperio.

CAPÍTULO 17

Salomón

VALENTINA

«Respira».

«Respira».

Inspiro profundamente. El aire entra y sale con dificultad de mis pulmones, como si no recibiera suficiente oxígeno. Aunque jadee para inflar el vientre, la gruesa tela que cubre mi cabeza me asfixia por completo.

«¡Respira, Valentina!».

Sumida en la negrura más absoluta, la angustia me oprime la garganta. La áspera cuerda con que me han atado las muñecas me quema la piel.

Encerrada en el maletero de este coche, escucho mis propios gemidos de terror. Una curva me desplaza contra uno de los lados, y al instante mi cuerpo se desliza hacia el lado contrario a causa de un violento frenazo.

Nos hemos detenido. Oigo movimiento delante del vehículo. El corazón me traquetea en el pecho cuando se abren las portezuelas.

—¡Sacadla!

Me hago un ovillo en el espacio donde estoy confinada, aunque sé que nada puede salvarme. Al cabo de un instante el maletero se abre y me llega una brisa fresca, pero a continuación una mano me sujeta dolorosamente del brazo. Me sacan con brusquedad del coche. Camino a trompicones, sigo sumida en la más completa oscuridad, pero no tengo más opción que seguir moviéndome deprisa.

—¿Dónde la quiere? —pregunta el que tira de mí.

—Está en la sala de recreo. Llévala allí.

Tengo ganas de gritar clamando por mi libertad, pero mantengo la boca cerrada, por si acaso. Me obligan a caminar rápido, aunque tengo que trotar para poder seguirles el paso. Cada vez respiro de forma más trabajosa y entrecortada, y mi captor aumenta la presión en mi brazo. Subo unas escaleras y noto que ya no me llega aire del exterior; oigo nuevas voces, y alguien me sienta bruscamente en una silla. Me cortan las ataduras y por fin alguien me quita la gruesa tela que cubría mi cabeza.

Inspiro una gran bocanada de aire y parpadeo, porque la luz del sol me hiere los ojos. Durante unos segundos no veo nada, pero no tardo en distinguir las siluetas de varios hombres situados a mi alrededor.

Se me para el corazón.

—Bienvenida a mi humilde morada —me saluda una voz resabiada, que reconozco de inmediato, aunque no quiera.

Me agarro con los dedos al borde de la silla cuando los hombres que me rodean se apartan para dejar pasar al hombre que me estuvo olisqueando hace unas horas. Salomón. Lleva un cigarro encendido entre los labios y, debajo del traje blanco, una camisa negra que parece a punto de reventar a causa de su prominente barriga. Cuando se me acerca, el olor de su abominable agua de colonia me invade las fosas nasales. Asqueada, retrocedo todo lo que puedo en mi silla. En una especie de acto reflejo, se ajusta la correa del pantalón con sus manos regordetas, cargadas de anillos de oro. Este gesto también me resulta muy desagradable.

—¿Entonces, te gusta? —me pregunta alzándome la barbilla para obligarme a mirarlo.

Arrugo la nariz ante la visión de su amplia sonrisa, que deja a la vista unos dientes demasiado blancos y bien alineados. No podría pronunciar una sola palabra, aunque quisiera.

Me gira la cabeza para que observe las paredes que me rodean y añade con una sonrisita:

—No me negarás que mi villa tiene mejor aspecto que el cuchitril de Preto.

Mis ojos se desplazan desde los hombres que hay a mi alrededor hasta el opulento comedor. Todas las obras de arte que cuelgan de las paredes lucen unos marcos dorados, excesivamente estilizados. Salomón se aparta un poco para que pueda contemplar, delante de una inmensa ventana, un gran león de oro que preside con orgullo la sala.

Aún sigo sumida en la confusión cuando él se inclina hacia mí. Sin que apenas me dé tiempo a contener la respiración, me susurra al oído:

—Tú no sabes quién soy, ¿verdad?

Ciertamente no lo sé, ni quiero saberlo, pero él me lo dice igualmente:

—Me llamo Salomón Caesar Jon Rivera.

Trago saliva con dificultad.

—Baqui, ponla de pie.

Reconozco al instante esa dolorosa presión que me obliga a levantarme. Mis ojos se encuentran con los del hombre que me secuestró en la casa de los Cruz. Va encapuchado y viste una especie de uniforme negro, de aire militar, así que solo logro distinguir a duras penas sus iris. En cambio, identifico a la primera el largo fusil de asalto que lleva pegado al cuerpo. Estoy segura de que no dudaría en usarlo conmigo si se lo ordenasen. Su imponente silueta me hace sentir ridícula, y su opresor silencio me obliga a ser la primera en apartar la vista.

—Ven conmigo, tesoro —me propone Salomón.

El apelativo que acaba de emplear me produce horror. Sus hombres se ponen en marcha. Baqui me impele a obedecer de malos modos. Mientras atravieso esas salas suntuosas, me siento como un trozo de carne que acarrean de un lado a otro. Pasamos por un gran vestíbulo. Una puerta abierta me permite atisbar una sala llena de monitores de vigilancia que cubren cada rincón de la villa.

—Como puedes ver, aquí no hay nada que se me escape —presume Salomón mientras le da una calada a su cigarro.

Cuando espira, el humo hace que me pique la nariz. A medida que me va guiando a través de los corredores, repite varias veces el mismo gesto: subirse los pantalones agarrándose del cinturón. Me causa una profunda aversión.

No para de hacerme comentarios de cada fruslería para hacer ostentación de su riqueza, y en un momento dado se detiene y me señala una habitación donde unas mujeres en ropa interior cuentan gruesos fajos de billetes. Un montón de guardias armados hasta los dientes las vigilan.

—Lo que trato de hacerte comprender —me explica Salomón— es que no puedes desafiarme ni escapar. Aquí no puedes hacerme nada.

—Yo… Yo no quiero más problemas.

—Cierra la boca, tesoro, en ningún momento te he dado permiso para que me respondas.

Aprieto los dientes hasta casi romperme la mandíbula y me trago la gélida humillación que se me estanca en el estómago. Tengo que hacer un esfuerzo sobrehumano para reprimir las lágrimas.

Salomón se me acerca y vuelve a ajustarse el pantalón. Trato de retroceder, pero me topo con la imponente estatura de Baqui. El hombre de confianza no hace ni un gesto, pero su simple aura a mi espalda me hace temblar.

—No es de Baqui de quien debes tener miedo —comenta Salomón con voz festiva—. Sino de mí.

Me echa el humo en la cara con socarronería. Cuando ve que contengo la respiración se me acerca al oído y murmura:

—Desde luego, apostaste por el caballo ganador cuando me robaste la droga.

Se me forma tal nudo en la garganta que apenas me entra aire, no puedo respirar.

De pronto, Salomón arruga la nariz, se aparta y me estudia atentamente.

—Estás echa un saco, tesoro —concluye—. Quiero que te laves y te prepares.

—¿Que… me prepare? —inquiero con la voz tan débil que dudo de que me haya oído.

Observo los agujeros en mi ropa, la sangre del señor Suárez que se me ha secado en las manos, el polvo que me oscurece la piel. ¿Cuánto tiempo ha transcurrido desde que me puse al volante de aquel maldito camión? ¿Cuánto tiempo ha transcurrido desde la muerte de mi vecino? ¿Cuánto tiempo ha transcurrido desde la explosión que me ha separado de Paloma?

Salomón vuelve a dar un paso hacia mí. Su expresión divertida me hace comprender que ni siquiera puedo hacerme una idea de hasta dónde llegan sus planes.

—Me reembolsarás esos dos millones de dólares —afirma—. Ya tengo un montón de ideas sobre las cosas que podrías hacerme para que olvide tu deuda.

Su cálido aliento con olor a tabaco me provoca ganas de vomitarle encima, pero a duras penas logro balbucir:

—Yo… Yo no…

—¡Ahórrame todas esas gilipolleces! ¡Será mejor que reces para que tus ojos verdes me inciten a besarte en lugar de arrancártelos para coleccionarlos!

Dejo escapar un gemido de terror. Salomón se echa a reír, y todos sus hombres se ríen con él, salvo Baqui. Me entra el pánico. Miro a mi alrededor, esperando, ingenua de mí, encontrar algún apoyo, alguien que esté de mi lado, no importa qué o quién, que pueda sacarme de esta situación desesperada, pero todos esos rostros carecen de empatía. Pensaba que ya había pasado por lo peor con Preto, pero la realidad me golpea de lleno; aquí es donde se encuentra el verdadero infierno.

—¡Vamos, fuera de mi vista! —me ordena Salomón apretando el cigarro entre sus labios.

Baqui me agarra del brazo obligándome a avanzar. Abro los ojos de par en par y dejo que el pánico se imponga a la prudencia.

—¿Adónde me lleva? —grito fuera de mí tratando de zafarme de su presa.

—Don Salomón ya te lo ha dicho, debes prepararte para reembolsar tu deuda.

Me invade el pánico. Grito y forcejeo para liberarme de la garra que me atenaza. En vano. No afloja la presión ni un milímetro. Percibo las miradas de todos esos desconocidos en mi cuerpo mientras Baqui me conduce a la planta superior, haciéndome trastabillar una y otra vez con los escalones. Me mete en una habitación con tanta violencia que aterrizo de rodillas sobre el suelo de madera barnizada. Apenas he tenido tiempo de fijarme en la cama alta, rodeada de cortinas de terciopelo, y en las esculturas que decoran la alcoba cuando Baqui me espeta:

—Don Salomón vendrá a verte esta noche. Procura arreglarte bien y asearte. El cuarto de baño está allí.

—No, no, no —suplico, desesperada.

Me precipito hacia la puerta, pero en ese momento se cierra. Echa la llave. Dos vueltas. Golpeo la dura superficie, pero no sirve de nada.

—¡Dejadme salir! —grito aferrándome al tirador.

Impotente, por fin dejo que las lágrimas corran por mis mejillas.

Oigo a Baqui moviéndose al otro lado de la puerta y a continuación veo su sombra a través del pequeño resquicio de luz que se cuela por debajo, condenándome a permanecer allí sin la menor posibilidad de escapatoria.

Respiro con dificultad mientras recorro esta cárcel de oro, repleta de tapices ostentosos. No puedo perder el tiempo autocompadeciéndome, ¡solo dispongo de unas horas para salir de aquí!

CAPÍTULO 18

Puebla

PRETO

El semáforo se pone en rojo; piso el pedal del freno, con el codo apoyado en el marco de la ventanilla. El clic del intermitente es el único sonido que perturba el silencio en el interior del Volkswagen. Dejo vagar la mirada por la calle, que empieza a animarse al caer la noche.

No dispongo de mucho tiempo. Desde que la chica se me escapó, cada vez me siento más angustiado. Sin ella, tengo las horas contadas.

—Está en verde, Preto.

Piso el acelerador y giro a la izquierda, bajo la mirada ansiosa de Rubén. Esta noche, el calor de Puebla nos envuelve hasta el punto de asfixiarnos, pese a tener el aire acondicionado encendido en el habitáculo. Aferro el cuero del volante con manos sudorosas. Aquí no estoy en mi terreno. Al menor paso en falso, el cártel que reina en la región se cobrará nuestra piel.

Diviso la fachada naranja del restaurante El Magnífico. Una música con aires africanos resuena en la calle. Aparco frente a un grupo de hombres congregados alrededor de unas mesas en el exterior.

—Reza por que salgamos vivos de esta —masculla Sebastián al salir del vehículo.

Rubén lo imita mientras compruebo el cargador de mi Glock. Coloco el arma en el cinturón, la cubro con la camiseta y me uno a ellos.

—Estamos listos para disparar, Preto —anuncia Sebastián con su voz grave, contrapuesta al aire infantil que le confiere la piruleta que tanto le chifla mordisquear.

—En principio no tenemos por qué cargarnos a nadie.

Con las llaves en la mano, avanzo hacia la entrada del restaurante fingiendo despreocupación. Inspiro hondo e ignoro las miradas amenazantes de los hombres de Coloma. Apenas me ha dado tiempo a poner un pie en el escalón cuando uno de ellos deja de barajar las cartas, se levanta y sale a mi encuentro. Lo envuelve una neblina de cannabis cuando se planta ante mí, y a continuación apoya una mano en la culata de su arma.

—¿Qué coño estás haciendo aquí, carita de ángel? —me interpela mostrándome uno de sus dientes de plata.

Contraigo la mandíbula en cuanto escucho la carcajada colectiva que provoca su comentario. Procuro conservar la calma, consciente de que Rubén y Sebastián están listos para responder con hostilidad a la mínima señal por mi parte.

—Vengo a ver a Abel Coloma —anuncio sin inmutarme.

En efecto, Puebla está bajo el control absoluto de Coloma. Su supremacía resulta incuestionable desde hace más de diez años, razón por la cual él constituiría un sólido aliado a la hora de colaborar.

—Tranquilo, lobo —interviene Sebastián en tono jocoso—. Hemos venido en calidad de amigos.

—De amigos fuertemente armados —le replica Diente de Plata sacando su pipa.

Sebastián está a punto de reaccionar, pero yo calmo los ánimos con un pequeño gesto. En estos momentos, un baño de sangre sería de todo menos productivo.

—Déjame hablar con él —insisto—. Tengo algo que podría interesarle.

—Pues yo te digo que te largues y…

—¡Santiago! Déjalo pasar.

Todo el mundo se vuelve hacia el patio del restaurante. Instalado plácidamente en una de las mesas con manteles color naranja, Abel Coloma desliza el tenedor en la boca y me invita a pasar haciendo un gesto con la mano.

Obedezco, bajo la recelosa mirada de sus hombres. Tengo la impresión de que cada cliente en realidad es un guardaespaldas encargado de protegerlo. De hecho, Abel es el único que tiene ante sí un plato de mole poblano.

El pequeño patio está decorado con varias máscaras de inspiración africana, intercaladas por cuadros tradicionales aztecas, creando una mezcla explosiva en las paredes de piedra. Abel se apoya en el respaldo de la silla y me observa mientras me acomodo en la mesa iluminada con una vela.

—Eres Preto, ¿verdad? ¿A qué debo el honor? —pregunta en tono socarrón mientras extiende el brazo sobre la silla que tiene al lado.

—Quiero hablar de negocios contigo.

Observa con un destello de malicia a Rubén y a Sebastián, que están de pie a unos metros de mí, y a continuación se toma su tiempo para escrutarme.

—Siento curiosidad por saber qué piensas proponerme —concluye al fin.

Corta un pedazo de su muslo de pollo y se lo come mientras espera pacientemente a que yo prosiga. Todo en su actitud me indica que él juega con ventaja en la partida que vamos a jugar, y esta situación de vulnerabilidad me desquicia.

—Verás, Abel —empiezo a decir cambiando de postura en la silla—, quiero proponerte una alianza… provechosa.

Observo su reacción. Se acerca el vaso de ron a los labios y me dedica una sonrisa irónica. No necesita decir nada para darme a entender que me toma por un chiflado.

—Continúa —me anima a proseguir, visiblemente divertido.

Se está riendo de mí en mi propia jeta.

—Te propongo un modo de abultar tus beneficios.

Coloma sigue comiendo sin alzar la mirada, pero no pienso darme por vencido.

—De Hayos y Berho comen de mi mano —le explico—. De modo que puedo traer el polvo hasta aquí, sin tener que preocuparme de las autoridades locales.

Con el capitán de la seguridad portuaria de Guerrero y el comandante en jefe de la policía de México en el bolsillo puedo atracar un barco proveniente de Colombia y hacer circular la droga sin problemas. Me cuesta un buen montón de pasta, pero vale la pena. Estoy seguro de obtener un buen beneficio con la inversión, pero solo si encuentro un comprador.

Abel permanece impasible. Sin embargo, me pregunta:

—Y, después, ¿qué?

—Después, la distribuyes tú.

Abel moja un pedazo de pan en la salsa y lo devora mientras los guardaespaldas, que están a su lado, se aguantan la risa. Contengo mi irritación porque no me queda más remedio, pero tener que soportar el ruido que hace cuando mastica, el chirrido de su tenedor contra la loza y las risas de su cártel requiere un esfuerzo de cojones. Tengo que convencerlo como sea.

Abel se recuesta en la silla, termina de masticar, se limpia la boca con la servilleta y por fin me lanza una mirada inquisitiva.

—Lo que yo me pregunto —empieza a decir mientras se frota las manos con la servilleta— es cómo te las ingeniarás para que yo distribuya una mercancía que no tienes. ¡Todo el mundo sabe que te la has dejado robar como una colegiala!

Esta vez las risas ya no son discretas.

Debería haberlo previsto. ¡Mi reputación ha recibido un duro golpe por culpa de esa chica! ¿Cómo convencerlo de que confíe en mí, dadas las circunstancias?

—Creo que no haces la pregunta correcta, Abel —le replico seguro de mí mismo.

—¿Ah, no?

—Has alcanzado una tregua con los Rivera, cierto, ¿pero eso no fue antes de que Irnesto desfigurase a tu abuela? Todo el mundo lo sabe. Así que, a mi entender, la verdadera pregunta es: ¿cuándo se presentará una ocasión mejor para asestarle el golpe definitivo al imperio de Salomón si tú me dices que no esta noche?

Entorna ligeramente los ojos. Al menos, el hecho de mencionar a Daniela Coloma me ha permitido borrarle de una vez esa jodida sonrisa burlona.

—Tengo un plan, Abel. Rivera me ha declarado la guerra, y yo cuento con ganarla. Tú, por tu parte, podrías ser un actor importante en la batalla que se avecina.

Abel aprieta los dientes, pero, para mi gran sorpresa, estalla en una carcajada. Incluso choca la palma de la mano con el coloso de traje negro que está sentado a su lado y cuya hilaridad parece no tener fin.

—¿Por quién me has tomado, Preto? Vienes aquí, a mi territorio, a hablar de mi familia. ¿Pensabas que ibas a impresionarme con tus grandes palabras? ¡Eres un puto tarado!

Oigo suspirar a Rubén, que está perdiendo la paciencia, al igual que yo, pues cada vez me está costando más reprimir las ganas de arrancarle los ojos. Sin embargo, permanezco impasible —o al menos lo intento— y sigo con mi argumentación.

—Si haces oídos sordos a la idea de vengarte, puede que no lo hagas tanto a la de consolidar tu poder. Te propongo convertir Puebla en el núcleo de distribución del polvo. Salomón quería mandarlo a Estados Unidos… ¿Y por qué no guardarlo aquí? Cuento con los contactos necesarios para el aprovisionamiento, y tú tienes la red de distribución. Juntos, podríamos dominar el mercado.

Toma otro trago de ron; ahora su rostro ha adoptado una expresión severa.

—Puedes creerme, querido, me encantaría meterle una bala en la cabeza a Irnesto Rivera, pero no he llegado hasta aquí dejándome arrastrar a cada batalla, llevado únicamente por mis emociones. Solo libro las que puedo ganar. En el caso de la tuya contra Rivera, no apostaría un peso por tu personita.

—Yo puedo…

—No, tú no puedes —me interrumpe—. Y acabas de probármelo. ¿Dominar el mercado desde Puebla? Si Salomón exporta la mierda más allá de la frontera y yo no toco la coca es porque ninguno de nosotros puede competir con los hermanos Cortés. Y tú, ¿crees que puedes plantarte en México y desafiar al rey, siendo como eres un triste mequetrefe? ¿A vosotros qué os parece, chicos?

Se gira hacia sus hombres, y estos se ríen con él. A mi espalda, Rubén me pregunta en silencio si ponemos fin a esta humillación. Contraigo la mandíbula y aprieto los puños, pero me aguanto, aunque arda en deseos de hundir mi Glock hasta el fondo en la garganta de Abel.

¡Joder, me encantaría vaciar mi cargador en su cuerpo y que su sangre me salpicara hasta que ya no pudiera distinguirse el color de mi piel!

Cuando, al cabo de unos minutos, dejan por fin de reírse, retomo la palabra.

—En cuanto Rivera parta para hacerles compañía a los gusanos, estarás encantado de hacer negocios conmigo. Y, en cuanto haya tomado las riendas de México, ¿quién me impedirá valerme de este nuevo poder para desembarcar en Puebla? No eres idiota, sabes de lo que estoy hablando.

Nos miramos a los ojos. De pronto, esboza una sonrisita y me dice:

—¿Acaso me estás amenazando, Preto?

—Por supuesto que no, estoy aquí para forjar una alianza. Solo digo que, si mañana no somos amigos, nada me impedirá volver aquí con una actitud menos… pacífica.

Abel saca su revólver y lo deja encima de la mesa, como por descuido. Sebastián y Rubén reaccionan al instante, provocando a su vez la reacción de los guardaespaldas de Coloma.

—Y, si decido matarte aquí y ahora, ¿cómo podría regresar aquí de nuevo tu cadáver, carita de ángel? —me suelta Abel.

Con un gesto de mi mano les indico a Rubén y a Sebastián que no hagan nada y me dirijo de nuevo a Abel:

—Puedes apretar el gatillo, pero él —digo señalando a Sebastián con la cabeza— te meterá una bala en el cráneo antes de que yo llegue a tocar el suelo. Así que, o bien salimos los dos de este mesón con los pies por delante, o por el contrario reflexionas seriamente sobre mi propuesta.

Abel cruza los dedos detrás de la nuca mientras me observa con ojos inquisidores, tratando de hallar algún signo de debilidad en mi rostro, pero no titubeo. Mentiría si dijera que estoy tranquilo, pero ni Abel ni sus hombres tienen que notarlo.

—Tienes arrestos, no te lo niego —admite por fin Abel—. Y ambición. Puede que demasiada, por desgracia para ti.

—¿Estás interesado?

—¿De verdad crees que podrás destronar a Salomón?

—Sí.

No dudo ni un instante, y mi determinación parece convencerlo, porque guarda su revólver, lo cual incita a todos los presentes a lanzar un profundo suspiro de alivio. Y, como si aquí no hubiera pasado nada, mi corazón vuelve a latir de forma suave y regular.

—Me haría muy feliz ver extinguida a la familia Rivera, pero lo de vender tu droga ya es otra historia. No le haré ascos a la indecente cantidad de pasta que se puede obtener. Pero ¿qué pasa con los hermanos Cortés? Te aconsejo que no los cabrees. Ya sabes que con esa gente no se bromea. Y, además, ¿cuántos años tienes? ¿Veintitrés primaveras, veinticuatro como mucho? Si tu padre no supo llevar sus negocios, ¿por qué he de creer que contigo será diferente?

Ahora me toca a mí esbozar una risita burlona.

—Tú también acabarás en una fosa, perdido en medio de ninguna parte, Abel. Acabarás en una fosa si no te reinventas. Me das grandes lecciones, pero resulta que tú también te hiciste cargo del negocio cuando se cargaron a tu padre. La diferencia es que tú vives con miedo. Sí, podrías valerte de tu red, pero te has estancado. ¿Piensas seguir robándoles a las abuelitas durante los próximos treinta años?

Me mira con desdén. Pero sabe que tengo razón.

—Juntos no tendríamos nada que temer de Salomón ni de los Cortés. Juntos seríamos capaces de hacerles frente y de ocupar el lugar que nos corresponde en este mercado.

Presiento que está a punto de ceder. Sus esbirros ya no se ríen y me escuchan atentamente mientras lanzo mi última carta.

—Yo soy quien asume los riesgos —añado—. Sé que tendré que enfrentarme a Salomón antes de que cerremos definitivamente nuestro acuerdo.

Al cabo de unos segundos, asiente con la cabeza.

—Te doy dos, hummm…, no, una semana. Una semana para demostrármelo.

Reprimo una media sonrisa. Abel saca un porro, lo enciende con la vela y se lo lleva a los labios.

—Si a finales de semana no has recuperado tu mercancía, el acuerdo se cancela. Y me pondré en primera fila para ver cómo Salomón te despelleja. Incluso dejaré que los niños del barrio jueguen a fútbol con tu cabeza.

—Esto no mola nada —masculla Sebastián mientras mordisquea una nueva piruleta.

Sus amenazas me resbalan; no me producen ni frío ni calor. En ese preciso instante el teléfono me vibra en el bolsillo. Lo abro y sonrío en cuanto leo el mensaje de Esteban:

Perfecto.

Mientras guardo el móvil, Abel se levanta y me tiende la mano.

—Quiero ver de qué es capaz el hijo de la Hoja —me dice con una sonrisa convincente. Hago un esfuerzo para no arquear una ceja. Él, que se había mostrado tan insolente, ahora me mira con algo más de respeto. Le estrecho la mano para sellar nuestro nuevo acuerdo.

—Debo dejarte, los negocios me reclaman.

Asiente, pero, cuando me dispongo a hacerle una señal a Sebastián y a Rubén, me interpela:

—¡Ya, según parece, la chica que te robó es una puta bomba! Yo también tendría ganas de ponerle la mano encima.

Vuelven a reírse con ganas, pero no respondo. No puedo afirmar con certeza que… ¡esta misma noche la ladrona estará de nuevo en mi poder!

Valentina… «No me importa lo que me cueste, vas a devolverme los dos millones de dólares. Y, tanto si quieres como si no, los multiplicarás por mil».

CAPÍTULO 19

Inquebrantable

Sentada en el suelo, jadeando, hago un rápido barrido de la habitación con los ojos. No puedo contar con nadie, aparte de conmigo misma. Y no quiero ni imaginarme lo que me hará Salomón si no logro salir de aquí…

Me pongo en pie casi de un brinco y me precipito hacia la ventana. La inspecciono con dedos temblorosos, pero nada. ¡No tiene tirador para poder abrirla!

—¡No! ¡No es posible!

En el espacio donde debería de estar la manija, hay una cerradura. Por el ojo corre subrepticiamente un leve hilillo de aire, dejándome entrever una libertad que se encuentra totalmente fuera de mi alcance. Busco a mi alrededor cualquier cosa que me sirva de ayuda. En el cuarto de baño, ni lima de uñas ni pinzas de depilar ni horquillas para el pelo. No hay clips ni bolígrafos, nada que tenga punta, salvo… ¡la estatua en forma de ciervo que está en la mesita de noche! La cojo y trato de insertar los cuernos de madera en la cerradura.

—¡Vamos! ¡Ábrete, por lo que más quieras!

¿Pero qué espero lograr con esto? ¡No soy ninguna experta en ganzúas ni en allanamientos nocturnos! La madera se parte. Me clavo una astilla en el dedo, pero insisto una y otra vez.

¡Es mi única esperanza!

Cuando la cerradura emite un pequeño ruido y logro extraer el asta de la misma, abro los ojos de par en par. ¡La ventana se abre!

El aire fresco de la noche se cuela en la alcoba y me acaricia la piel. El jardín se extiende en el horizonte, abarcando varias hectáreas de vegetación. Unas siluetas pasan entre los árboles, y me apresuro a agacharme para no ser vista. Desde luego, la ganzúa no va a ser la peor etapa de mi huida: escalar el muro sin ser vista creo que será mucho más complicado…

Pero no me dejo vencer por el desaliento. Me incorporo y paso una pierna por encima del alféizar, justo antes de que suene un crujido en la puerta. Me quedo paralizada, presa del terror.

—¡Joder, desde luego eres incapaz de estarte quieta!

Su risa grasienta pone punto final a mi intento de fuga. Con todo, trato de tomar impulso para lanzarme por la ventana, pero me agarra del pelo y me obliga a retroceder.

Cuando me arroja al suelo, nuestras miradas se encuentran.

—Te dije que te lavaras, no que forzaras mis ventanas, ¡cojones!

Su aparente serenidad me provoca náuseas. ¿A cuántas chicas habrá encerrado en esta alcoba? ¿Cuántas habrán albergado esperanzas de poder huir, como yo?

Se afloja la corbata, se la pasa por encima de la cabeza y la deja sobre la cama. Apenas puedo respirar, pero aprovecho que tiene las manos ocupadas para recuperar la estatua. Cuando Salomón ve mi arma improvisada, se le escapa una risita burlona.

—¿En serio, tesoro?

—¡Deje que me marche! —grito sin sonar muy convincente, a juzgar por el tono medroso de mi voz.

Cuando Salomón se quita la americana, pongo la estatua por delante y la agito, como si esta pudiera protegerme.

—Ya les he bajado los humos a crías más histéricas que tú —me espeta mientras avanza un paso en mi dirección.

Cuando su colonia ya empieza a invadirme las fosas nasales, miro a mi alrededor en busca de un arma más efectiva, algo que me proteja con más eficacia que esta estatuilla de madera que sostengo con manos temblequeantes y sudorosas. No hay nada que pueda servirme.

—Piedad, deje que me marche —le suplico pegándome a la pared—. No lo haga.

Insensible a mis súplicas, Salomón se sube las mangas, esboza una sonrisa cruel y se desabotona el primer botón de la camisa. Yo diría que disfruta ralentizando cada gesto para obligarme a visualizar por anticipado la suerte que me tiene reservada.

Su estrategia funciona. Oigo rechinar sus mocasines en el parquet y sin pensarlo dos veces me precipito de nuevo hacia la ventana. Pero, antes de que logre dar un paso, me rodea la garganta con la mano. Dejo escapar un grito mientras sus dedos hacen presa en mi cuello.

—¡Pequeña puta! ¿Crees que puedes robarle a un cártel y largarte como si nada?

Me obliga a retroceder a través de la habitación, hasta la cama con dosel. Aunque me siento vulnerable como una presa que se sabe sin escapatoria, me revuelvo y forcejeo con sus manos, que siguen aprisionándome el cuello. Trato de alejarlo de mí y por fin logro que relaje ligeramente la presión de sus dedos. Aprovecho para recuperar el aliento hasta que me siento capaz de blandir la estatuilla y se la estampo con todas mis fuerzas en la cara.

Puedo leer la sorpresa en sus ojos mientras un largo trazo de color rojo se abre paso por el arco de sus cejas.

—¡Hija de puta! —me espeta lleno de ira.

Trato de utilizar la estatuilla de nuevo, pero él se apodera de mi brazo y me lo retuerce para que suelte el arma. Lanzo un grito de dolor, vuelve a tirarme del pelo y me empuja hacia la cama. Me incorporo inmediatamente y aprovecho la distancia que acaba de poner entre ambos para coger la lámpara de la mesita de noche, con cable incluido. Le golpeo la cabeza con ella. Sin embargo, solo logro aturdirlo un instante, justo antes de que me aseste una bofetada que me hace aterrizar de nuevo en la cama. Caigo sobre una bombilla rota. Aún no he tenido tiempo de centrarme en las nuevas heridas cuando me asesta un puñetazo en el hombro. Tengo que protegerme con los brazos para que no me alcance en el rostro.

—¡Me las pagarás, zorra! —me increpa hecho una furia.

Mientras se ensaña conmigo con total violencia, trato de defenderme asestándole algunos puntapiés. En un momento dado, logro darme la vuelta con la intención de deslizarme bajo la cama.

—¿Adónde te crees que vas, eh? —ruge.

Sus mocasines brillan sobre el parquet. Extiende la mano hacia mí, pero no logra atraparme, repto a través del suelo y me deslizo en dirección a la ventana. Me lanzo de nuevo, pero él me corta el paso una vez más y ambos rodamos por el suelo. Cuando paramos, tengo a Salomón encima, sujetándome las muñecas. Estoy sin aliento. Trato de liberarme de este cuerpo que me aplasta, pero ya no me quedan fuerzas para seguir luchando.

¿Realmente será este el final?

Unas lágrimas ardientes se deslizan por mis mejillas. Me oigo a mí misma llorando de desesperación mientras él vuelve a alzar el puño, dispuesto a asestarme un nuevo puñetazo.

—¡Jefe!

Salomón deja el golpe en suspenso y se vuelve hacia la puerta de la habitación. Baqui aparece junto con media docena más de hombres con los rostros contraídos por la urgencia y el estrés.

Uno de ellos se separa del grupo y se nos acerca a toda prisa.

—¿A qué viene todo este follón, Irnesto?

—¡Los Cruz han tomado la casa al asalto! ¡Están por todas partes!

A Salomón ni siquiera le da tiempo a decir una sola palabra cuando suena una explosión en la planta baja.

—¡Me cago en la puta! ¿Cómo es posible que no los hayáis visto venir? —vocifera mi torturador al tiempo que me libera de su peso.

—Tenemos que marcharnos de aquí enseguida —responde Irnesto, que sigue llevando puestas las alzas—. El equipo de Jorge los está reteniendo en la entrada, pero esos hijos de puta van armados hasta los dientes.

Mientras Irnesto ayuda a su hermano a levantarse, nos llega el sonido de los disparos. Es como si los muebles de abajo estallasen al recibir los impactos de las balas.

—¡El muy cabrón de Cruz! —gruñe Salomón—. Baqui, ¡encárgate de ella y pásame un arma!

Mientras Salomón coge el revólver que le tiende su hombre de confianza, yo trato de incorporarme. Mi torturador pasa de mí y se dedica a comentar la situación con Irnesto. Quizá ahora podría aprovechar para…

Pero Baqui me sujeta del brazo con la mano enguantada, dando al traste con mis esperanzas. Es inútil hacerse ilusiones, ya no me quedan fuerzas para resistirme. Mi piel empieza a cubrirse de moratones, me he cortado las piernas con los cristales y seguro que tengo la cara inflada de todos los golpes que me ha dado Salomón. Baqui me carga sobre su hombro sin el menor esfuerzo, y yo me dejo hacer como si fuera una vulgar marioneta.

—Deja que me marche —balbuceo tan bajito que ni siquiera creo que me haya oído.

Baqui enfila el corredor con su arma apuntando hacia delante.

—¡Ya están aquí! —grita un hombre que sube por la escalera.

En cuestión de segundos me deposita detrás de una cómoda muy ornamentada que hace las veces de parapeto. Baqui me tiene aprisionada entre su cuerpo y la pared, frustrando así cualquier posibilidad de huida. Aunque tampoco es que me apetezca aventurarme a cruzar por delante de todas esas armas, ni a mí ni a los esbirros. Algunos de ellos regresan a la habitación, mientras que otros buscan refugio tras los muebles del pasillo.

—Te lo pondré fácil, Salomón —resuena la voz de Preto desde los escalones—. Tienes dos minutos para mover el culo de tu escondite. De lo contrario, ametrallaré a todo el mundo.

Observo los rostros impasibles de los hombres de Salomón. Nadie parece tener miedo, a pesar del denso silencio que reina en el corredor. Por fin, la voz de Salomón surge de la habitación.

—¿Por quién me has tomado? Aquí la puta eres tú.

En cuestión de un segundo reconozco las gélidas facciones del asesino del señor Suárez a unos metros de nosotros, justo antes de que Baqui se incorpore para dispararle. Los hombres de Preto se repliegan tras las paredes, pero no se retiran pese al inminente peligro.

—Solo queda un minuto.

Esta vez reconozco la sombra de Sebastián. Se precipita por el pasillo, incitando a Baqui a disparar de nuevo. Sin embargo, yerra el tiro, y Sebastián le lanza un cuchillo que acaba clavado entre ceja y ceja de mi carcelero. Baqui se desploma pesadamente encima de mí, con los ojos muy abiertos.

—¡Vamos allá! —ordena Preto.

De repente empiezan a llover balas, que impactan en las paredes.

Incapaz de mover ni un músculo, me hago un ovillo y me valgo del cuerpo lívido de Baqui a modo de escudo.

Distingo a Salomón, que sigue parapetado tras el marco de la puerta de la habitación. Dispara a intervalos regulares, pero con ello no impide que Preto siga avanzando.

—¡Yo te cubro, hermano! —grita por fin Irnesto mientras avanza abriéndole paso. Se pone al descubierto y dispara una larga ráfaga con su ametralladora, pero recibe una lluvia de balas en respuesta. Una lo alcanza en el pecho, otra en el cuello y otra le roza el cráneo. A unos pocos metros de donde me encuentro, observo cómo su rostro se deforma de dolor. Suelta el arma y cae de rodillas, con la mano en el pecho ensangrentado.

—¿I… Irnesto?

La voz pétrea de Salomón resuena por el pasillo. Los dos hermanos apenas tienen tiempo de intercambiar una mirada porque Irnesto se desploma, con la cara contra el suelo.

Mientras observo, todavía en estado de shock, cómo corre la sangre por el suelo de mármol, Salomón viene directo hacia mí. Esquiva las balas de Rubén y de Preto, empuja el cuerpo de Baqui y me agarra por la nuca. Me obliga a ponerme en pie, y entonces siento el frío metal de su arma en mi sien.

CAPÍTULO 20

Es hora de colaborar

PRETO

—Suéltala.

Solo, de pie en medio de lo que queda de sus hombres, Salomón tiembla como una hoja.

—¡Hijo de puta! —exclama con la voz ahogada—. ¡Has matado a mi hermano!

Juraría estar viendo algo parecido a la pena en su mirada. ¡Coloma disfrutaría si estuviera aquí!

—Solo quedas tú, Salomón. Empieza a pensar en lo que te haré si no la sueltas.

Mi voz suena dulce como una caricia, pero percibo en su mirada rabiosa que ha captado la amenaza.

Lo cierto es que necesito a la chica. Viva.

Salomón retrocede, parapetado en todo momento tras el frágil cuerpo de Valentina, y la empuja hacia una habitación iluminada tan solo por el resplandor de la luna. Los sigo, con mi Glock apuntando al frente, dispuesto a acabar con ese cerdo a la mínima oportunidad.

—¡La mataré! ¿Te queda claro? Yo puedo prescindir de dos putos millones de dólares, ¡pero tú sin ella no eres nada! ¡Eres hombre muerto!

Inspiro profundamente, pero sin relajar la tensión que sostiene mis músculos. Por el contrario, avanzo un paso haciendo crujir el parquet.

Sin ella soy hombre muerto, eso está cantado. Y él lo sabe.

—El juego ha durado demasiado —le replico—. Tu chabola está rodeada, y en este momento tu única posibilidad de seguir vivo depende de mi buena voluntad. No hagas el capullo, suéltala.

Aunque solo distingo su sombra, veo que está retrocediendo hacia la gran ventana abierta. Pero si disparo ahora, aunque solo sea para amedrentarlo, me arriesgo a matar a Valentina. La respiración de Salomón suena demasiado agitada, lo cual significa que en cualquier momento podría cometer una estupidez.

—Tú…

No me da tiempo a terminar la frase. Salomón empuja violentamente a Valentina hacia mí. Ella deja escapar un grito estridente, y apenas tengo el tiempo justo de bajar mi arma antes de que su cuerpo choque con el mío y nos desequilibre a ambos. Rodeo su espalda con mi brazo y disparo instintivamente hacia la ventana.

Demasiado tarde. ¡Salomón ya ha saltado!

Caigo al suelo junto con Valentina, la aparto a un lado y me incorporo. Corro hacia la abertura y veo a Salomón, un piso más abajo, debatiéndose con las ramas que han amortiguado su caída. El muy tarado me mira, con el rostro deformado por el dolor, y empieza a alejarse con gesto derrotado. En un instante saco los brazos por la ventana, apunto a su cabeza y aprieto el gatillo.

Un clic metálico da al traste con mis esperanzas. Estoy sin munición.

—¡Me cago en la puta!

Un todoterreno irrumpe a unos metros de Salomón. Me lanza una mirada ansiosa, se precipita hacia el coche y sube.

—¡Mierda!

Habría podido bajar y perseguirlo, pero el chirrido de los neumáticos me anuncia que Salomón ya ha desaparecido en la noche.

La batalla ha terminado, pero no la guerra.

Sin embargo, tengo lo que quería: a ella. Retrocedo un paso y me vuelvo hacia ese cuerpo tembloroso que aún boquea de terror. Cuando nuestras miradas se encuentran, ella contiene la respiración y entorna los ojos.

Un pesado silencio deja este instante en suspenso.

Unas trazas de sangre manchan sus mejillas, mezclándose con las lágrimas. Su melena oscura, aún cubierta de polvo, le cae en cascada por la espalda. Se le está formando un moratón en el ojo izquierdo, e identifico otras marcas de golpes en la nuca y también bajo la camiseta.

Cuando alzo la mirada hasta sus ojos verde jade, me veo inmerso en un vórtice de emociones, desde la incertidumbre hasta la esperanza. Creo que ella sabe que ha llegado el momento de colaborar, tanto si quiere como si no.

«Joder…».

Tendré que pedirle que me diga dónde está la coca y cargármela después. Pero en lugar de eso me quito la cazadora de cuero y se la tiendo.

—Cógela.

La frialdad de mi voz la hace dudar. Pero no por mucho tiempo. Se incorpora, temblando aún, y adelanta la mano para coger la prenda. Tras lanzarme una última mirada temerosa, decide ponérsela. La cazadora le viene muy grande, pero se sube la cremallera hasta la barbilla, como si fuera una casaca. Cuando doy un paso en su dirección, observo que en sus iris ya no aparece aquel destello de miedo, habitual en ella. Aquí y ahora, de pronto, parece que ha dejado de temerme.

—Supongo que no querrás que nos quedemos más tiempo en este lugar —le digo.

Oigo a Sebastián en el pasillo dando la orden de regresar a los coches. Me acomodo el arma en el cinturón y, como veo que Valentina tiene las piernas anquilosadas, me agacho y paso los brazos por debajo de sus rodillas.

Valentina no dice una palabra, pero me mira directamente a los ojos. Me deja hacer y pasa las manos alrededor de mi cuello cuando la acomodo en mi pecho.

Me incorporo sin el menor esfuerzo y salimos de la habitación para dirigirnos a mi casa.

CAPÍTULO 21

Paralizada

VALENTINA

Está oscuro.

A través del ojo de la cerradura solo penetra la luz de la luna que ilumina un sofá, cerca de donde me encuentro.

Tengo miedo.

No hace falta que hable. No hace falta que me mueva. No hace falta que respire...

La silueta femenina tampoco hace el menor movimiento. Su vestimenta está teñida de un rojo sangre que penetra en las fibras de la alfombra. Respiro con dificultad, me siento sofocada, oculta en este espacio de confinamiento.

Su grito, justo antes de la caída, aún resuena en mis oídos. Luchó. Mucho tiempo. Pero ahora probablemente esté cansada.

El silencio me pesa. Tengo ganas de llamarla... ¿Mamá?

Siento una quemazón en la mejilla y me llevo un susto de muerte.

Me incorporo de golpe. Me dispongo a llevarme la mano al corazón para apaciguar mis latidos, pero unos grilletes me lo impiden. Tengo la mano izquierda atada a la barra de la cama sobre la cual estoy sentada.

—Tranquila —me dice una voz femenina a mi derecha.

Me giro con cautela hacia la persona que está sentada a mi lado y percibo el fulgor de dos iris azul celeste. Tengo la impresión de haber visto antes este azul irreal. Y, por si aún albergaba alguna duda, sus rasgos desafiantes y un rictus severo confirman mis sospechas. ¡El parecido con Preto es innegable! Podría decirse que es su versión femenina.

—¿Quién eres? —musito perpleja.

Haría bien en no recrearme en su belleza magnética, aunque sería un sueño tener una cabellera morena tan brillante como la suya, porque sin duda ella no tiene nada de buena compañera. Desprende un aura intimidatoria. Emana algo… peligroso. Mientras observo con prudencia sus negras pestañas perfectamente alineadas y su esbelto talle, me fijo en la mano que interpone entre ambas. Sostiene un algodón empapado en sangre. Y al levantar la mano a la altura de la frente constato que me pica cada vez que ella me lo aplica. También observo que llevo un vendaje y unos apósitos en el brazo.

—¿Quién eres? —insisto elevando un poco más la voz.

Ella baja la cabeza y deposita los algodones usados en una pequeña bolsa para la basura. Su silencio me enerva. Trato de sacudir la muñeca, pero los grilletes se muestran intransigentes.

Nada de lo que hay a mi alrededor me resulta familiar. Un tragaluz ilumina débilmente esta rudimentaria estancia situada en la buhardilla, donde distingo algunos muebles ante los cuales parecen haber desfilado varias generaciones. ¿Es un desván? No es la villa de Salomón, de eso estoy segura.

Cuando la mujer se agacha para coger un frasco de desinfectante le sujeto la muñeca.

—Por favor, querría…

Se libera de mi presa con brusquedad y me lanza una mirada tan fulminante que interrumpo mi súplica de golpe.

—Aún no he acabado de curarte —me espeta.

Me aparta la mano sin contemplaciones y reemprende su tarea. Mientras me aplica una compresa en la sien, me fijo en que lleva una sortija con un hermoso diamante en el anular izquierdo.

Aprieto los dientes cuando el líquido me quema en la herida, pero procuro que no se me note. Puede que si me muestro paciente consienta en hablarme… Y así, en cuanto acaba de dar toquecitos, trago saliva y murmuro:

—¿Dónde estoy?

Ella responde lacónica, sin apartar la vista de mi frente:

—Has causado un montón de problemas, y lo sabes, así que tendrás que vértelas con mi hermano.

A pesar de su evidente hostilidad, no puedo dejar de sentirme aliviada. Es la primera mujer con la que me cruzo desde hace no sé cuánto tiempo y, sobre todo, la primera persona que no me apunta con un arma. Aunque sea la hermana de Preto, espero que se muestre misericordiosa y no me sirva en bandeja a su hermano.

—Lo sé. Escucha, yo… nunca pretendí que las cosas tomaran este cariz.

El arco que forma su ceja cuando la levanta lentamente impone respeto. Ahora está aplicando con delicadeza un gel frío en mi moratón, sin pronunciar palabra, hasta que por fin me espeta:

—Eso no cambia en nada lo que has hecho.

—Puedo arreglarlo todo —afirmo—. Solo necesito salir de aquí, por favor.

Mi desesperación le resbala por completo. En este momento, ella me hace estremecer de miedo tanto como su hermano. Se limpia las manos con un pañuelo y deja escapar un profundo suspiro.

—¿Tienes idea del lío en que estás metida?

Una lágrima me corre por la mejilla, y trato de reprimir el sollozo que amenaza con seguirla.

—¡Sí! Claro que soy consciente, y por eso quiero que todo acabe de una vez.

—¿Y de quién fue la estupenda idea de robarle a un cártel de la droga? Estás hasta el cuello de mierda, ya te apañarás con mi hermano. Yo no estoy aquí para hacer de colegui contigo.

El tono de su voz no admite réplica. No puedo contar con ningún aliado entre estos cabrones. Creía que tal vez una mujer me comprendería, pero esta tía es tan psicópata como el tarado de su hermano.

Replico con amargura:

—Nada sucedió como estaba previsto.

Sacude la cabeza y me mira de arriba abajo, como si la mera idea de que yo sea capaz de hacer bien cualquier cosa que me proponga fuera algo digno de risa.

—Ahora mismo —añado, yendo aún más allá— puedo seros útil, y...

—¿Útil? ¿Pero tú de qué vas? Lo único que puedes hacer para ser de alguna utilidad es hablar.

La contundencia de sus palabras suena igual que las amenazas de Rubén, de Preto, e incluso de Salomón.

—Eres incapaz de sentir la menor piedad —concluyo—. Como tu hermano, ¿no es así?

Se pone en pie y recoge todo lo que ha traído para curarme. Me fulmina con sus iris azules, y su rostro adopta una expresión airada de lo más intimidatorio.

—Gracias a mi piedad sanarán tus heridas. No estás en posición de...

Se interrumpe en cuanto la cerradura se desbloquea a su espalda. Al cabo de un instante, dos hombres entran en la pieza. Sebastián avanza con su amplia sonrisa y una piruleta en la boca, como de costumbre. A su lado, el asesino del señor Suárez pone cara de pocos amigos. Desliza con desgana una mano en sus vaqueros negros, como si lo que está sucediendo aquí no fuera con él. E incluso así, su mirada vacía me provoca escalofríos.

—¿Qué habéis venido a hacer aquí? —inquiere la hermana de Preto.

—Esta sí que es buena, Bianca —responde Sebastián con voz risueña—. Yo iba a preguntarte lo mismo.

Tras el aparente tono jocoso del esbirro, detecto un matiz más serio y apremiante.

—Cuido de vuestra ladrona, creía que eso saltaba a la vista.

Irritado de pronto, Sebastián avanza un paso hacia la tal Bianca, como si quisiera demostrarle que, pese a su aire cordial, no está dispuesto a perder el tiempo. Detrás de él, noto que el asesino del señor Suárez me está observando, totalmente inexpresivo.

—¿Qué dices que Preto te ha ordenado que hicieras? —pregunta Sebastián, y su voz resuena en la estancia.

La conversación entre Bianca y Sebastián me llega en forma de murmullo mientras centro mi atención en el psicópata. Tengo la impresión de que pretende asfixiarme con la mirada. Y, en efecto, de pronto me cuesta respirar. Trato de liberarme de las puñeteras esposas, sin éxito.

—Sebastián, ¿con quién te crees que estás hablando?

Siento un repentino sofoco y oigo de nuevo el disparo que le arrebata la vida a mi vecino. Veo su cuerpo, tendido al sol, su sangre corriendo por la calzada…

Y de pronto me siento caer en el vacío.

—Os pido mil excusas, su alteza real —se pavonea Sebastián haciendo una reverencia—. ¿Cómo he osado dirigirme a vos en ese tono?

Mientras él se mofa, yo recobro el aliento. El asesino no ha hecho ni un solo movimiento, pero yo he percibido su voluntad de matar. El aire vuelve a llenarme los pulmones… ¡Solo deseo que salga de esta habitación!

—Tu gemelo llegará de un momento a otro —sigue diciendo Sebastián, ya más serio—. Y espero por tu bien que no te encuentre aquí.

—Yo no le tengo miedo a mi hermano.

Solo logro oír una risita burlona.

Desearía despertar de esta pesadilla, huir de este cubículo, pero incluso sin los grilletes me siento todo el cuerpo paralizado. El asesino me escruta, con el ceño levemente fruncido.

—¡Fantástico! —se impacienta Sebastián—. A mí, en cambio, me da miedo morir. Así que ya puedes ir saliendo por esa puerta antes de que Preto se entere de que te tomas estas libertades y me asesine por habértelo permitido.

Trato de articular alguna palabra, pero no me sale ninguna. ¡Quiero que se vaya!

—La verdad es que eres…

La voz de Bianca pierde fuelle. Todos desvían la mirada hacia mí, que apenas puedo respirar mientras señalo con un dedo tembloroso al responsable de mi estado.

—Tiene… Tiene que… ¡irse!

La habitación da vueltas a mi alrededor. Empiezo a tirar con más violencia de las esposas.

—¡Dejadme marchar! —grito.

—Ah…, querida, eso no va a ser posible. De momento tienes que saldar una deuda de dos millones.

Esta historia está a punto de hacerme perder la cabeza. ¡Lo que estoy viviendo no puede ser real!

—¡Que os jodan! ¡Dejadme marchar! ¡Dejad que me vaya! —Me atrinchero en la esquina de la cama, con la espalda contra la pared, cada vez respiro peor. Aunque me estoy oyendo a mí misma gritándoles, soy plenamente consciente de que pueden degollarme en cualquier momento. Las lágrimas me corren hasta el cuello, y mis insultos se convierten en súplicas y finalmente en sollozos.

—Tienes que calmarte, Valentina —me advierte Bianca.

El tono de su voz no suena afectuoso, pero ha perdido algo de su frialdad inicial. Se me acerca, frunce el ceño y se agacha para ponerse a la altura de la cama.

—Está en estado de shock —dice el asesino con apenas un hilo de voz.

—¡No te me acerques! —grito apuntándole con el dedo.

—¿Pero qué le ha cogido a esta? —inquiere Sebastián, esta vez en serio—. Eh, mi hermano no te hará nada, tranquila.

Sebastián nos mira perplejo a su hermano y a mí. Afortunadamente, el asesino empieza a retroceder.

—Ha entrado en pánico —les explica Bianca—. ¡Salid de aquí, ya! ¡Los dos!

Se vuelve hacia mí y me pasa las manos por los brazos.

—Tienes que calmarte, en serio —me ordena—. Respira con suavidad.

Trato de retomar un ritmo respiratorio normal. Empiezo a inspirar y a espirar siguiendo las indicaciones de Bianca, cuando la puerta se abre de golpe.

Se me para el corazón. Preto irrumpe en el cuarto con una botella y un plato en las manos. Su mirada severa nos escruta alternativamente a su hermana y a mí, y por fin ordena:

—Salid.

Sebastián y su hermano cruzan la puerta tras echarme un último vistazo. Bianca intercambia una tensa mirada con Preto, pero también sale.

Sin embargo, mi crisis no ha remitido. Sigo jadeando, lloro, gimo… Tengo la sensación de que voy a morirme. Preto cierra la puerta tras de sí y se me acerca. Deja la botella y un plato de chili con carne encima de una caja que hay junto a mi cama y se sienta con parsimonia en la silla que antes ocupaba su hermana.

—Tranquilízate.

Una parte de mí se siente casi obligada a aferrarse a esa palabra de cinco sílabas. Me sumerjo en sus ojos azul celeste e inspiro profundamente. Sin apenas darme cuenta, mi respiración se sincroniza con la suya.

Y, por fin, al cabo de unos minutos dejo de temblar.

CAPÍTULO 22

Negación

VALENTINA

Aunque las lágrimas no dejan de deslizarse por mis húmedas mejillas, en la buhardilla reina un silencio casi reconfortante.

Trato de adoptar una expresión de dignidad después de todo lo sucedido estos últimos días, pero no lo consigo.

Preto sigue sentado en su silla, inmóvil. Inescrutable. La sombra que crean sus pestañas sobre sus ojos no me permite descifrar lo que siente. Por eso, cuando se inclina lentamente hacia mí y me tiende la mano, me pongo tensa. Pero contra todo pronóstico la posa —casi— con delicadeza en mi rostro. Alza mi mandíbula magullada y evalúa con ojo crítico mis heridas.

Me desplaza levemente la cabeza para poder analizarla desde todos los ángulos y entonces percibo que está muy concentrado. Yo permanezco al acecho, cautelosa, aunque mi deseo visceral de huir parece extenderse a través de mis dedos. La punta de su pulgar roza una lágrima que me cosquillea la mejilla. Hago un leve movimiento de retroceso, pero él me pone la mano en la nuca para evitar que me aleje.

Sus ojos se encuentran con los míos y capturan mi mirada durante unos interminables segundos. Transmite una sensación de control tan absoluta que no puedo por menos que guardarle un respeto. Preto llena todo el espacio, sin pronunciar una palabra, sin un gesto, y la autoridad que ejerce sobre mí me hace comprender que no tiene la menor intención de mitigar esa aura que desprende en todo momento.

Cuando retira la mano, me parece sentirla todavía sobre mi piel. Sin embargo, ha vuelto a recostar la espalda en el respaldo de la silla. Coge el plato de chili con carne, que desprende un agradable olor a ternera y a frijoles, y me lo tiende.

—Come.

Un escalofrío de aprensión me recorre la espalda. Mi estómago se muere de ganas. ¿Cuánto tiempo hace que no he comido nada? ¿Un día? ¿Dos días? Puede que tres. No sabría decirlo.

Sin embargo, sacudo vigorosamente la cabeza y empiezo a hablar:

—Te diré todo lo que quieras, Preto. Haré todo lo que tú desees. Pero Paloma… ¿Qué habéis hecho con ella? Tengo que verla. Sé que la consideras responsable de esta situación, pero ella es nuestro vale canjeable. Hablaré a cambio de su vida, y…

Preto frunce el ceño, parece descolocado. Me da la impresión de que mi propuesta le parece tan inalcanzable como la luna.

De pronto empiezo a oír los latidos de mi propio corazón, y los segundos se dilatan como en una pesadilla. Un terror sordo se infiltra bajo mi piel mientras lo interpelo con la mirada.

Su silencio me hiela la sangre. ¿Por qué sigue impertérrito? Sin embargo, sus ojos delatan alguna suerte de emoción, algún pensamiento.

«¿Qué está pasando?».

—¿Preto? —inquiero suplicante—. Preto, ¿dónde está Paloma? ¿Dónde está mi prima?

Aprieta las mandíbulas, y esta vez su respuesta resuena por toda la habitación:

—Está muerta.

Entreabro los labios. Un peso inconmensurable me aplasta el pecho.

No. ¡Está mintiendo!

¡No pienso dejarme embaucar! Nunca mataría a mi prima sin antes haber encontrado su preciada droga, de eso estoy totalmente segura. Paloma está aquí, en alguna parte. Puede que en la habitación de al lado. Preto no quiere negociar conmigo y por eso pretende hacerme creer que mi prima está muerta para obligarme a hablar sin prometerme nada a cambio.

—Solo quiero ver a mi prima, Preto. Y ya no te pediré nada más…

—Murió durante el ataque, Valentina. Estabas allí, viste la explosión.

Sacudo la cabeza con violencia. No, yo no vi nada de eso. Vi a Paloma irse, sin más… «¿Qué fue lo que vi en realidad?».

Transcurren unos larguísimos segundos antes de que sea capaz de volver a tragar saliva, pero aún siento con mayor vivacidad que me están atravesando el corazón con un puñal. Trato de forzar la memoria, de revivir la escena. Pero, en el momento en que Paloma huye de nuestro último escondite detrás del sofá y se produce la explosión, ya no veo nada.

«Tú lo viste todo, Valentina…».

Recupero las imágenes de las paredes desmoronándose y el sonido de sus gritos. Ahora mismo están resonando en mi cabeza.

Me muerdo el labio y miro al suelo. Es como si alguien me estuviera oprimiendo el corazón con todas sus fuerzas, una y otra vez. El dolor es tan intenso que me impide razonar como debería.

Niego con la cabeza.

—¡No! —exclamo con un grito que es al mismo tiempo un sollozo—. ¡No, no, no!

«¿Paloma está muerta?».

Está muerta.

—Por favor, Preto. Tú la necesitabas. No la habrías dejado morir sin…

Preto permanece imperturbable, sin apartar la vista de mí.

—Yo no la he matado. Fue Salomón.

Un terrorífico vacío se apodera de mí. No importa quién haya sido el responsable… Salomón, Preto, Rubén y yo hemos tomado parte en el funesto destino de mi prima. Señalar un culpable no le devolverá su queridísima hija a tía Carmen. Y ya no podré mirar de nuevo a mi abuelita a los ojos si un día entro de nuevo en su casa sin Paloma.

Nada me devolverá a mi hermana.

Sin embargo, siento que me falta el aire bajo la mirada glacial de Preto. Está perdiendo la paciencia. Ni siquiera tengo tiempo de encajar lo que acaba de decirme de Paloma. Mi duelo se ve superado por el miedo agrio que me provoca la posibilidad de ser la próxima víctima de su lista.

Esta nueva sensación de pánico me revuelve el estómago.

—¿Vas… vas a matarme? —le pregunto.

Se pasa la mano por la barbilla, lanza un pesado suspiro y finalmente se limita a preguntarme:

—¿Dónde está la mercancía, Valentina?

Su voz ronca y profunda me devuelve a la realidad de la forma más brutal. El corazón se me dispara de nuevo.

—Yo… Verás, yo…

—Valentina —me interrumpe sin miramientos—, me importa un pimiento que tu prima la haya palmado y que tú acabes de aterrizar. Te aconsejo por tu bien que vayas directamente al grano y que la próxima frase que digas sea el lugar exacto donde se encuentra mi producto. De lo contrario, te enviaré a hacerle compañía a tu prima.

Sus últimas palabras me provocan una gran agitación. Esa es mi realidad. Puedo morir de un momento a otro si así lo decide él.

Con las lágrimas corriéndome por las mejillas, acabo rindiéndome. Por fin, las palabras tan esperadas surgen de mis labios temblorosos:

—Dejé el camión en una especie de claro, en la autopista 85D, justo antes de Pachuca.

El silencio que sigue a mi confesión me deja del todo paralizada. Vale, ya tiene lo que quería. Puede degollarme, ya no le soy de ninguna utilidad. Después de todo, ahora que Paloma ha muerto, solo le falta eliminarme a mí.

—Has tomado la decisión correcta —me dice.

Tiemblo al oír estas palabras. No, desde que Paloma me implicó en este asunto no he tomado ni una decisión correcta. Todas mis decisiones han provocado la muerte de aquellos que me rodeaban. El señor Suárez,

Paloma, incluso Baqui. Hay un montón de cosas que podría haber hecho de otro modo.

—¿Y… y ahora? —pregunto entre sollozos, rota de ansiedad.

—Ahora, debo comprobarlo. Y, si me has dicho la verdad, puede que sea tu día de suerte.

«Mi día de suerte…».

Trato de enjugarme las lágrimas, pero siguen descendiendo por mis mejillas sin que pueda controlarlas. Mi día de suerte… ¿O fue el día que un capo de la droga trató de abusar de mí? ¿O cuando me vi atrapada en medio de un tiroteo? ¿O cuando me enteré de que mi hermana de corazón había muerto?

Preto retrocede lentamente, recupera el plato de chili y me lo pasa.

—Partiremos dentro de una hora —me informa—. Come y repón fuerzas, vas a necesitarlas.

Tiendo la mano para coger el plato rebosante, pero mi movimiento se ve interrumpido por las esposas, que me siguen teniendo atada a la barra de la cama. Sin que sea necesario que yo pronuncie una sola palabra, Preto se levanta y pasa por encima de mí para liberarme. Saca una llave de sus vaqueros y al cabo de unos segundos el frío metal se abre, dejando libre mi muñeca.

Sin embargo, esta pequeña victoria no me hace ningún provecho, pues, mientras él se dirige hacia la puerta, sus últimas palabras cobran sentido en mi cerebro. Abro los ojos de par en par.

—No, no, no. No quiero ir a ninguna parte con vosotros. ¡Yo solo quiero irme de aquí!

Me dispongo a proseguir con mi diatriba, pero él ni siquiera se vuelve. Antes de que pueda expresar todo lo que pienso, la puerta se cierra tras él y la llave da dos vueltas en la cerradura.

—¡Pedazo de perturbado! —grito con una voz lastimosa.

Seguro que hay insultos mejores, pero ya siento que la oleada de desesperación me está engullendo.

Abuelita debe de estar muerta de miedo, y tía Carmen… Dios mío, necesito regresar a toda costa. Debo anunciarle la muerte de Paloma.

¿Existe alguna posibilidad de dejar atrás esta pesadilla y recuperar una vida normal? Lo dudo, pero mi familia merece respuestas.

Finalmente, cojo la pequeña cuchara que reposa sobre la cajita de madera. Tengo la garganta tan cerrada que me cuesta comer, pero el hambre puede más. Cuando los sabores entran en contacto con la lengua siento una opresión en el pecho. El gusto de este chili me recuerda bastante al de mi abuelita… Una lágrima silenciosa se desliza por mi mejilla, pero sigo masticando.

Preto tiene razón, debo reponer fuerzas.

En cuanto termino el plato, me tiendo en la cama. A pesar de los sollozos cierro los ojos y la fatiga me vence. Si puedo huir de esta realidad cruel e implacable, aunque sea por unas horas, me dejaré tentar.

CAPÍTULO 23

Profunda tristeza

VALENTINA

—Joder, ¿qué hace desatada esa?

Arrancada repentinamente del sueño, cuando abro los ojos lo primero que veo es el rostro estupefacto de Rubén.

—Preto le ha quitado los grilletes —responde Sebastián, como si eso le pareciera gracioso.

—¿Qué?

—¿Te has quedado sordo, Rubén? ¡Apártate el pelo de las orejas!

Me incorporo con dificultad, pues aún estoy muy adormilada. Todos mis músculos protestan. Me arde la cara, y tengo la sensación de que mi mejilla ha triplicado su tamaño. Ignoro cuánto tiempo he estado durmiendo, pero desde luego no lo suficiente para que mi cuerpo se recupere de los acontecimientos recientes.

—¡Levántate, deprisa! —me ordena Rubén sin contemplaciones.

Ni siquiera me da tiempo a obedecer. Me agarra del brazo con brutalidad y me levanta de la cama. Contraigo el rostro de dolor y sacudo el brazo con la esperanza de que me suelte, pero no sirve de nada.

—A ver si eres un poco más delicado con mi querida niña —lo reprende Sebastián—. ¡Te pasas de agresivo!

Rubén se detiene de golpe y le lanza una mirada de rabia a Sebastián. Me asusto un poco. Aumenta la presa sobre mi muñeca, y yo diría que, si su amigo sigue cabreándolo, acabará rompiéndome un hueso sin el menor escrúpulo, solo para desfogarse.

—Te lo voy a decir claro, Sebastián —le espeta Rubén—, hoy no tengo paciencia para aguantar tus bromitas de mierda. Cierra la puta boca y procura no hincharme las pelotas, ¿entendido?

A mí me parecen unas amenazas de lo más serias, pero Sebastián se limita a troncharse de risa. Por suerte para mí, no responde a la provocación y deja que Rubén me arrastre tras él.

En cuanto salimos de la buhardilla, Rubén y Sebastián me hacen bajar por una escalera de madera tan gastada que me temo que pueda ceder bajo mis pies. A continuación enfilamos un estrecho pasillo iluminado por la débil luz de una bombilla colgada del techo y tomamos otra escalera que da directamente a un gran salón sin nada de particular. Varios sillones de cuero bastante usados rodean una mesa baja sobre la cual han dispuesto un gran número de armas.

Una docena de miradas se vuelven hacia mí, y Rubén disminuye la presa que ha estado ejerciendo sobre mi muñeca durante todo el camino. Unos dejan de limpiar sus pistolas, mientras que otros alzan sus fusiles de asalto, pero todos me observan con manifiesta hostilidad. Reconozco el escorpión que, de una u otra forma, todos llevan tatuado en la piel. Estoy ante el cártel de los Cruz.

Me invade el pánico. Sé que me merezco su desprecio, pues robé su mercancía y he provocado varios enfrentamientos que pueden haberle costado la vida a alguno de ellos… Y podrían vengarse fácilmente. Tengo la frente perlada de sudor y cada vez respiro de forma más irregular. Cuando cruzo el salón mis piernas parecen de gelatina. Si Rubén no me sostuviera, sin duda me habrían fallado.

Un hombre da un paso al frente y obliga a Rubén a detenerse. De estatura media, fornido, el desconocido me observa con hostilidad manifiesta.

—¿Así que es ella?

—Sí, Horacio —se limita a responderle Rubén—. Tranquilo, viene con nosotros.

Rubén lo rodea y tira de mí para que le siga el paso. Tropiezo al tratar de esquivar al tal Horacio. Sebastián, que viene detrás, me alcanza y me obliga a seguir.

—Joder, ¿por qué Preto no la ha liquidado?

Esa exclamación provine del otro extremo de la sala. Cerca de una ventana, un rubio muy alto con los pómulos marcados me apunta con su pistola. Me pongo tensa, a la espera de que alguien reaccione, pero Sebastián se limita a empujarme para que siga avanzando.

—Pregúntaselo a Preto —masculla Rubén tirándome del brazo.

¿Cómo pretende que me mueva si me están apuntando con un arma? Me quedo paralizada y apenas puedo tragar saliva.

—Es de locos —replica el hombre, que no deja de agitar la pistola—. ¡Ya debería haber muerto hace tiempo!

Creo que lo peor es esa pequeña voz en mi cabeza murmurándome que tiene razón. ¿Cómo es posible que aún siga con vida? ¿Y por cuánto tiempo?

—Aún la necesito. ¿Tienes algún problema con eso, Paco?

Preto sale lentamente de la habitación hacia la que se dirigía Rubén, y sus palabras silencian de golpe cualquier posible protesta. El único sonido que escuchamos ahora es el de la puerta cerrándose tras él, y a continuación sus pasos chirriando en el parquet mientras se dirige derecho hacia Paco.

Pillado por sorpresa, este último balbucea atropelladamente:

—No, ninguno. Solo que no comprendo qué cojones sigue haciendo ella aquí.

—¿Acaso te he pedido que comprendas algo?

Preto llega a su altura, frunciendo el entrecejo. Utiliza su extraordinario físico para imponerse, aunque Paco sea unos centímetros más alto que él. Parece como si de pronto en la sala faltara el oxígeno.

—¡Esta tía solo nos trae problemas! Tendríamos que matarla ahora que aún podemos —replica Paco apuntándome con el dedo.

De nuevo todos me miran con hostilidad. Se me contrae el estómago. Paco acabará por atizar el odio que me profesan estos hombres, y sé que Preto no estará aquí en todo momento para velar por que nadie me corte el cuello.

—¿Has olvidado cuál es tu lugar, Paco? —le susurra Preto inclinándose levemente sobre su oreja.

—N… no, pero es que…

—Yo soy el único que decide si ella vive o muere. ¿Te ha quedado lo bastante claro o prefieres que te lo haga entender de un modo que no olvidarás jamás?

Paco abre los ojos de par en par. No se esperaba semejante respuesta, y yo tampoco. Sus palabras resuenan por todo el salón mientras Preto escruta a sus hombres en busca de alguna señal de insurrección. Nadie dice nada. Con unas pocas frases se ha hecho con el control de toda la sala.

Se me cierra la garganta de la angustia. Siento más que nunca esta espada de Damocles sobre mi cabeza. Estoy totalmente exhausta. Cuando Preto me mira por fin, es como si sus ojos me marcaran con un hierro al rojo vivo. Cuando estoy en su presencia, mis errores y mis remordimientos quedan impresos sobre los nombres del señor Suárez y de Paloma.

—Dile a Bianca que le dé algo de ropa para cambiarse —le ordena a Rubén—. Tiene diez minutos.

Rubén asiente con la cabeza y vuelve a tirarme del brazo. Me conduce al primer piso bajo la mirada de los miembros del cártel. Cuando llegamos al pasillo, Rubén llama tres veces a la primera puerta que queda a nuestra derecha. Debemos esperar más de un minuto hasta que Bianca le abre. Sus iris polares se posan primero en Rubén con expresión impasible y a continuación me evalúan a mí con la misma hostilidad de siempre.

—Procúrale otra ropa —le ordena Rubén.

Hasta este momento creía que Bianca reservaba para mí sus miradas más cargadas de odio, y entonces he visto cómo mira a Rubén. Durante un segundo me ha parecido que iba a saltarle encima y destriparlo, pero se conforma con inspirar profundamente.

—Es una orden de tu hermano —le especifica.

Ella no responde. Nos da la espalda y entra de nuevo en su habitación.

De pronto, Rubén parece intranquilo. Vacila, mira a mi espalda y me hace entrar con él tras los pasos de Bianca. Apenas me da tiempo a ver cómo la larga melena oscura de Bianca desaparece en lo que diría que es un vestidor y cierra de un portazo.

—Quédate aquí —me ordena Rubén.

Me deja en medio de la habitación y se reúne con Bianca. Deja la puerta entreabierta y oigo cómo la llama por su nombre:

—Bianca.

A través de la rendija distingo la silueta de la hermana de Preto, ocupada hurgando en los cajones. Ninguno de los dos me presta atención. Tengo las manos libres y una gran ventana al alcance de la mano. Sería fácil emprender la huida. Sin embargo, también sé que estoy cerca de recuperar la libertad. Preto no tardará en hacerse de nuevo con su preciada droga, y yo habré pagado mi deuda.

—Bianca…

Rubén habla con la voz ahogada, casi suplicante. Yo, que estoy acostumbrada a oírlo gritar o insultar a la gente, confieso que siento curiosidad.

—¿Qué quieres? —le espeta ella.

—Tenemos que hablar. Después.

—No lo creo, no.

Cruzo los brazos, más bien confundida. ¿Se habrán olvidado de que estoy aquí?

—Mis ojos están aquí —exclama Bianca con sequedad. Me asomo un poco más y constato que Rubén no aparta los ojos de los labios de la hermana de Preto.

¿Cómo es posible que Bianca se haya dejado engatusar por semejante elemento? ¡Desde luego, este tío se tira a todo lo que se mueve! Los dos se miran largamente, hasta que Bianca interrumpe el contacto visual y se dispone a regresar a la habitación.

Sin embargo, antes de que ella ponga la mano en el tirador, Rubén extiende el brazo y le cierra la puerta.

Piedad… Yo solo quiero irme de aquí.

Los oigo susurrar, pero no puedo distinguir con claridad lo que están diciendo. Doy algunos pasos por la habitación y veo la calle a la que da la ventana. Saltar a la acera desde un primer piso resultaría doloroso, pero sobreviviría.

—¿De verdad piensas casarte con ese tío? —grita Rubén de pronto.

Me sobresalto y observo con temor cómo la puerta, que aún sigue cerrada a cal y canto, oscila, como si alguien la sacudiera.

—Eso no es de tu incumbencia, Rubén —le replica Bianca con frialdad—. Harías mejor dejándome salir antes de que mi hermano nos encuentre aquí.

—No nos hagas esto…

La voz de Rubén vuelve a sonar vulnerable como al principio de la conversación. Me parece distinguir un gemido, y entonces Bianca grita:

—¡Se acabó, Rubén! Ya no tenemos quince años, ¿lo entiendes? Ahora estoy con Aarón. ¡Y no permitiré que lo estropees!

Bianca abre bruscamente la puerta, yo retrocedo a toda prisa y tropiezo con un calefactor. Me fijo en que está ruborizada cuando me arroja la ropa. Rubén va tras ella, pero Bianca no se vuelve, sale de la habitación y la oigo bajar las escaleras precipitadamente.

Cuando Rubén llega a mi altura, no me mira. Las arrugas en su frente denotan una especie de desaliento mezclado con una profunda tristeza. Y puede que también con un intenso dolor.

Sin embargo, aún siento en mayor medida su frustración cuando me agarra otra vez de la muñeca y me conduce a otra alcoba.

No hay ni rastro de Bianca ni de ningún otro miembro del cártel en el pasillo. Rubén me hace entrar en un cuarto de baño, pero él se queda fuera.

—¡Haz lo que tengas que hacer! En diez minutos has de estar lista.

En cuanto me encierra en el baño, lo primero que veo es una pequeña ducha con mampara. Dejo las prendas de Bianca junto al lavabo.

Abro los cajones del mueble, pero solo hay algodones y pasta de dientes. Nada de utilidad, aparte de las toallas de baño en el tendedero.

La soledad me golpea de lleno. Aquí no hay nada, ni una ventana ni una puerta por donde escapar. Solo estamos yo y mi pesadilla.

CAPÍTULO 24

Esperar

VALENTINA

Las fuerzas me abandonan. Me deslizo hasta el suelo y me abrazo las piernas con la esperanza de que haciéndome un ovillo encuentre cierto consuelo. Pero no sirve de nada, el frío de las baldosas se cuela por los agujeros de mis pantalones recordándome el mundo despiadado en el que me hallo inmersa.

—Señor, ayúdame —rezo dejando que unas lágrimas silenciosas corran por mis mejillas.

Alzo la barbilla al cielo. ¿Cómo es posible que mi destino se haya trastocado de un modo tan violento? «Es imprescindible que Preto recupere su jodido cargamento. Dentro de unas horas todo habrá terminado. Ya está, Valentina, este es el último tramo».

Me incorporo de nuevo con un último soplo de esperanza. Cuando me pongo frente al espejo las piernas apenas me sostienen, como si fueran de algodón. No reconozco a esa extraña con la cara tumefacta que veo en el reflejo. Sembrada de cardenales, mi piel oscila entre el rojo y el violeta. Tengo los ojos hinchados, enrojecidos de tanto llorar y hundidos a causa de la fatiga. Podría decirse que soy un fantasma…

Rasco con disgusto los rastros de sangre que siguen adheridos a mi piel, abro el grifo, me lavo las manos y después la boca con un poco de dentífrico.

«Solo unas horas, Valentina… Pronto recuperarás la libertad».

Un sinfín de pensamientos danzan en mi mente, algunos traumáticos, otros esperanzadores. En este momento me siento sucia por todo lo que he visto, por todo lo que he hecho, por todo lo que he sufrido.

Me quito la ropa manchada sin el menor reparo. Cuando me paso la camiseta por encima de la cabeza siento un dolor en el brazo, el del accidente. En efecto, un corte me cruza desde la piel del hombro hasta la muñeca. Ya en la ducha, cuando dejo correr el agua caliente por mi cuerpo, deseo que se lleve por delante toda la culpa y el asco que no logro quitarme de encima. Froto cada parte de mi cuerpo con una tonelada de jabón para eliminar la mugre, el sudor, la sangre y todo cuanto me vincula a estos últimos días de horror.

Inspiro lo más suave y profundamente que puedo, pero es inútil. Me cuesta volver a respirar con normalidad. La voz de Bianca resuena en mi cabeza pidiéndome que me tranquilice, pero las imágenes siguen sucediéndose ante mis ojos.

Vuelvo a ver el momento en que el vehículo golpea el guardarraíl. Entreabro los labios. El agua me resbala por la cara. Me ahogo.

Vuelvo a ver la muerte del señor Suárez. Su peso en mis brazos. Su último suspiro y sus ojos muy abiertos. La imagen no se borra. Siento una opresión en el pecho que me obliga a apoyar las manos en la ducha.

Vuelvo a ver la explosión que le costó la vida a Paloma. El ruido ensordecedor, las paredes desmoronándose encima de ella y su cuerpo desapareciendo bajo los escombros. Mi caja torácica me aprisiona los pulmones y el corazón. Me resulta difícil respirar, casi no puedo. Y, en cuanto cedo al pánico, me quedo sin aire.

Quiero salir de la ducha, pero me fallan las piernas, me caigo de rodillas y me quedo tendida de lado. Las frías baldosas me hacen temblar, el chorro del agua fluye por encima de mi rostro, mi nariz, mi boca. Esto no va bien. Mi cuerpo se niega a obedecer. La voz de Bianca no para de decirme que me tranquilice, pero no sirve de nada.

Quisiera darme la vuelta, pero no tengo fuerzas. Trago agua, y el agua me ahoga. El miedo paraliza todos mis miembros, siento que voy a morir de un momento a otro y entro en pánico Las estrellas danzan ante mí justo antes de que la oscuridad me engulla.

Sumida en mi letargo, un último sueño me persigue, el del cuerpo sin vida de mi madre. Al menos, si muero, tal vez tenga una oportunidad de volver a verla…

Un par de golpes en la puerta me devuelven repentinamente al pasado. Logro abrir los ojos, pero el agua que sigue cayéndome encima me ahoga. Me estoy muriendo de frío.

«¡Ayudadme! ¡Por favor, ayudadme!».

Me entran espasmos. Los golpes en la puerta son cada vez más fuertes. Me parece oír gritos, pero no entiendo qué dicen.

De pronto, un fuerte crujido me obliga a reaccionar. Me tenso. Logro apretar los puños, pero aún no puedo moverme. No respiro.

—¡Mierda!

No veo a Preto, pero sí noto sus manos calientes en mi cuerpo cuando me agarra del brazo y tira de mí con fuerza. Parpadeo, aunque apenas distingo las formas que me rodean. Me pone de pie, mi espalda contra su pecho, y me sostiene pasando su brazo derecho alrededor de mi vientre.

—¡Vamos, escupe! —me ordena inclinándome ligeramente hacia delante.

Siento unos pasos precipitados a mi espalda, pero sigo teniendo la garganta obstruida.

—¡Valentina, joder! ¡Vamos!

Una contundente bofetada provoca una corriente de aire. Y, a continuación, un generoso chorrito de agua fluye de mi boca y me permite toser para liberar mis vías respiratorias. Vomito todo lo que puedo en el suelo, aunque eso solo alivia a medias mi crisis.

Preto se yergue, conmigo aún entre sus brazos, mientras inspiro y respiro varias veces emitiendo silbidos. Cierra el agua y al instante me lleva hasta donde se encuentran las toallas, que están colgadas junto al lavabo. Me envuelve como puede con una y me frota los brazos para que entre en calor.

Preto se agacha hasta mi altura, controla mi respiración, que sigue siendo trabajosa durante algunos segundos más, y por fin me dice:

—Tienes que calmarte.

¡Qué más quisiera yo! Lo miro a los ojos mientras sus palabras siguen resonando en mi mente. Surten el mismo efecto que las de su hermana. Su voz da vueltas en mi cabeza, y mientras me dejo embargar por el azul de sus iris acompaso mi respiración con la suya. Lentamente, voy recuperando el aliento. Mi corazón late con más fuerza en mi pecho y las manos me tiemblan mientras sostengo la toalla lo mejor que puedo contra mi cuerpo, pero ahora ya lo sé, no voy a morir.

—Inspira. Despacio —me ordena con voz expeditiva.

No sé si debo sentirme tranquila o seguir asustada, pero en cualquier caso obedezco dócilmente.

Y entonces, mientras él pasea su mirada de mi rostro a mi garganta, caigo en la cuenta de todo lo que ha podido ver. ¡No, no, no! En un arrebato de pudor, me apresuro a cubrirme lo mejor que puedo. Él ya me ha puesto la toalla de forma que oculte mis partes más íntimas, pero me pongo colorada de vergüenza solo con pensar que lo ha podido ver todo. Deseo decir alguna cosa, decirle que ya podemos irnos o pedirle excusas. No sé exactamente qué, pero haría lo que fuera con tal de atenuar la vergüenza que siento. A él le divierte mi reacción. Observo el hoyuelo que se le ha formado en la mejilla izquierda y una leve sonrisa tensa sus labios. Me quedo ensimismada con el recuerdo de esa sonrisa apenas esbozada y que solo ha durado unos segundos. Probablemente sea la reacción más sincera que he visto en este hombre, que ahora coge un mechón mojado que me cae por la frente y me lo recoge detrás de la oreja.

—Este mundo no te esperará, Valentina —me susurra, serio de repente—. No esperará a que seas lo suficientemente fuerte para ponerte a prueba, de modo que debes endurecerte desde este mismo instante.

No respondo. Tal vez porque aún sigo consternada por tener sus manos tan cerca de mi rostro. O puede que sea porque las palabras que acaba de pronunciar han adquirido un sentido particular en mi mente. Inspiro hondo.

Jamás me hubiera imaginado que la primera vez que un hombre me viera desnuda sería en estas circunstancias. Tengo la sensación de que este mundo, además de haberme robado la inocencia, también pretende dinamitar todos mis valores y los valores que mi abuela me ha inculcado. Entonces me fijo en que Preto también está mojado. Las ondas de su pelo me parecen más negras y brillantes. La camiseta se le ha pegado al torso, y unas gotas de agua se deslizan por su brazo, delineando los contornos de sus numerosos tatuajes.

Se me escapa una exclamación de sorpresa cuando me interrumpe mientras lo observo. Me tiende el brazo y me obliga a levantarme, pero sin brusquedad. No pongo ninguna objeción.

—Gra… gracias —musito con un hilo de voz.

¡No sé por qué se lo he dicho!

Él sacude la cabeza —sus fríos ojos me intimidan más de lo habitual— y señala la ropa de Bianca que está esperándome.

—Tienes dos minutos —dice—. Me quedo detrás de la puerta.

Cuando sale, no sin antes observar cómo me ajusto la toalla alrededor del pecho una última vez, sus palabras resuenan en mi cabeza.

«Este mundo no te esperará, Valentina».

Sin embargo, estoy dispuesta a sobrevivir en este mundo. Y, si he de endurecerme para lograrlo, este es el momento de ponerme a prueba.

CAPÍTULO 25

Mi cocaína

VALENTINA

Alguien me sacude el brazo con brutalidad y me arranca de un sueño sin sueños. Los párpados me pesan cuando abro los ojos, desconcertada, y me topo con el habitual rostro poco amigable de Rubén, que está sentado a mi derecha.

—Vamos, espabila —me espeta.

Como en una coreografía, tres puertas se abren a la vez. Sebastián, que iba al volante, y su hermano salen del coche. El asesino del señor Suárez se aleja rápidamente sin tan siquiera mirarme.

—Sal.

Preto, que está sentado a mi izquierda, también se baja del coche y se acomoda el arma en el cinturón. Se baja la camiseta para ocultarla, sostiene la puerta abierta y me invita a seguirlo.

Ha llegado el momento, estamos en el arcén de la autopista México-Pachuca, rodeados del resto de miembros del cártel de Preto. En cuanto demos con el cargamento, todo esto quedará atrás. Mientras me deslizo por el asiento para unirme a Preto, el calor del mediodía se me pega a la piel.

Cae un sol de justicia y, aunque solo voy vestida con una camiseta sin mangas y unos vaqueros negros, siento que voy a derretirme de un momento a otro.

Me recojo el pelo detrás de las orejas y me sujeto en alto la melena para permitir que la brisa fresca del bosque se deslice por la nuca. Preto sigue atentamente cada uno de mis movimientos. Aunque sé que su análisis no tiene por objeto diseccionarme, la frialdad de su mirada me remite al incidente del baño.

¡Joder, tengo la sensación de que me arden las mejillas!

—Y bien, ¿dónde está la caja de Pandora, querida?

La voz de Sebastián tiene el mérito de distraerme. Se frota las manos, divertido, y juega, como de costumbre, con la piruleta en la boca. Pero el respiro me dura poco, pues a su espalda me esperan impacientes todos los hombres de Preto. Trago saliva con dificultad. Todos ellos me matarían sin pensarlo dos veces si Preto se lo permitiera. Necesito a toda costa que encuentren el cargamento. Miro a mi alrededor, con el estómago revuelto a causa del estrés, y observo aliviada la indicación 85D, que corresponde a la autopista México-Pachuca. Recuerdo que el lugar del accidente no estaba lejos de aquí.

—Venga, ¿te suena o no? —me apremia Rubén con las manos en las caderas.

Apunto tímidamente con el dedo en la dirección hacia donde, según creo, fueron a parar el camión y el cargamento.

—¡Vamos! —me ordena Preto, y me obliga a avanzar poniéndome una mano en la espalda.

Me tenso al pasar por encima del guardarraíl junto con el resto del grupo. Mientras nuestro cortejo se adentra en el bosque, busco el rastro dejado por las ruedas del camión hasta que por fin distingo una línea recta en el barro y ya vislumbro el fin de mi pesadilla.

Vamos por el buen camino, solo tengo que seguir avanzando en línea recta a través de estas hierbas altas para encontrar lo que ellos andan buscando.

Cuando Preto me sujeta del brazo para guiarme, me muerdo el labio. Aparta las ramas que obstruyen el paso, abriéndome camino, pero su rostro marmóreo no hace sino aumentar mi angustia. ¿Mantendrá su palabra cuando esté ante su preciada cocaína o se volverá hacia mí, me meterá una bala en la cabeza y abandonará mi cuerpo junto con el camión?

—Caramba, voy a tener que tirar las botas a la basura con todo este barro —refunfuña Sebastián sin que nadie le preste atención.

Mis deportivas también se agarran mal a la tierra, y ya habría tropezado más de una vez si la mano de Preto no me estuviera sujetando. Cuanto más avanzamos, más me parece reconocer el terreno.

«Pronto habrá terminado todo».

El paisaje a nuestro alrededor se transforma en una especie de claro. Oigo el murmullo del agua fluyendo. ¡Ya no estamos lejos! Miro a Preto y a continuación desvío la vista hacia unos árboles que tenemos delante; creo que lo ha entendido, porque acelera el paso.

—¡Aquí!

Esa simple palabra hace que se me dispare el corazón. Alzo los ojos hacia Preto y constato que él también me está mirando. Soy incapaz de descifrar sus emociones, pero diría que hasta ahora seguía dudando de mi honestidad.

Todo el mundo se precipita hacia la pequeña colina, y Preto me incita a apresurarme con un movimiento enérgico. Estoy visualizando la escena casi a cámara lenta mientras todos los que están allí avanzan impacientes. Rubén es el primero en abrirse camino y nos facilita el paso apartando la vegetación. Un plus de adrenalina corre por mis venas cuando Rubén llega hasta las puertas del camión. Lo estoy viendo, está justo allí, caído de lado. El parabrisas está roto; la rama de un árbol lo atraviesa, clavándose en el asiento del pasajero. ¡Es un milagro que sobreviviera al accidente!

Rubén y Sebastián deben aunar esfuerzos para tirar de las puertas del camión y abrirlas. Paco y los demás también acuden para liberar el cierre bloqueado, hasta que por fin logran crear una abertura.

«Señor, haz que todo se detenga, que Preto recupere su droga y yo pueda reunirme por fin con mi abuela».

Rubén frunce el entrecejo justo antes de volver a cerrar la puerta con un brusco movimiento.

—¡Está vacío!

Al instante pongo unos ojos como platos. Trato de retroceder, pero Preto aumenta la presión en mi muñeca. Me vuelvo hacia él, en actitud implorante, pero él sigue observando a Rubén, que está postrado delante del camión y se pasa la mano por el pelo de forma compulsiva.

Veo cómo, lentamente, la expresión impasible de Preto se transforma en rabia. Presa del pánico, trato de justificarme, pero se me cierra la garganta. Me falta el aire. Esta vez no tengo escapatoria.

Tira de mí con brusquedad y me conduce a grandes zancadas hacia el camión accidentado. Trepo como puedo hasta las puertas.

—¡Abre! —ordena Preto.

Rubén obedece, ayudado por Sebastián. La luz diurna apenas ilumina el interior, de modo que no veo gran cosa. Sí distingo algunos trozos de cartón, como si alguien hubiera abierto unos embalajes. Pero no hay ninguna caja, no hay cargamento.

La cocaína ha desaparecido.

Al principio Preto esboza una sonrisa, y por un instante aparece el profundo hoyuelo de su mejilla izquierda, pero su sonrisa se crispa y desaparece rápidamente. Se frota la mandíbula con rabia. Como una presa cuyo instinto le grita que el depredador está a punto de saltarle encima, me tenso, con los sentidos alerta. Preto saca el arma. Se me escapa un grito de terror, pero Preto no apunta en mi dirección. Mantiene el brazo tendido a lo largo del cuerpo, acariciando suavemente el muslo. Sin embargo, oigo el siniestro clic del seguro al liberarse. Las lágrimas me suben a los ojos y me nublan la visión. Preto me agarra con fuerza por la nuca. Aprieta tanto que el rostro se me contorsiona de dolor.

—Creo que tú y yo tenemos un pequeño problema.

Su voz baja y grave tiembla levemente, señal de que está perdiendo el control de sus emociones. Percibo en su mano toda la tensión que ha estado acumulando estos días.

—No sé dónde… No lo sé —balbuceo.

La presión que ejerce en mi nuca hace que nuestras caras estén más cerca la una de la otra, hasta el punto de sentir su aliento quemándome los labios.

—Mi jodida droga no está aquí, Valentina —me espeta con rabia.

Aunque estoy paralizada, trato de hallar algún motivo lógico que pueda explicar por qué la cocaína no está en el puto camión. ¡Pero no se me ocurre nada!

—¡Te juro que no la he tocado!

Alza la mano que empuña el arma y apoya el cañón en mi sien.

—Te has reído de mí en mi cara. Dame una sola puta razón para no hacerte pagar por ello.

—¡Cárgate a esa perra, Preto! —grita Paco a escasos metros de nosotros. Preto lo ignora. A él y a los que lo secundan. No me quita ojo de encima mientras yo me ahogo en un incontenible mar de lágrimas. Estoy sollozando con tanta intensidad que apenas puedo respirar, y ya siento cómo se acerca un nuevo ataque de pánico. Sacudo la cabeza y le suplico con la mirada.

Sin embargo, carezco de argumentos. Si no doy con alguno, y pronto, tendré que enfrentarme a una muerte brutal.

—Yo no tengo nada que ver con esto, Preto. Por lo que más quieras… No he tocado tu cargamento, ¡debes creerme, te lo suplico!

Bajo la cabeza, pero él me obliga a alzarla de nuevo deslizando su arma por mi barbilla. Dejo escapar un gemido de terror.

Me he estado engañando a mí misma. Por un momento pensé que saldría de esta, pero ¿quién soy yo en este mundo? Lo cierto es que nunca he estado en posesión de esta droga. No habría sabido qué hacer con ella. Yo no pinto nada aquí. Este universo no está hecho para mí, y me rechazará, como hace con todas las víctimas colaterales.

Sin embargo, llegué a creer… Durante un segundo pensé que este sería mi día de suerte. Cuán equivocada estaba. Bajo la mirada del cártel me siento aturdida y humillada a la vez.

—Te lo voy a preguntar por última vez. ¿Dónde está mi droga, Valentina?

La voz de Preto suena demasiado tranquila. No solo me quiere matar, también me quiere hacer sufrir, quiere que pague por mi traición.

—La droga no está aquí, pero yo no tengo nada que ver con esto. Tuve el accidente en este lugar, Paloma me había pedido que la ocultara, pero yo me dije que bastaría con dejarla en el bosque. Solo pensaba en encontrar a mi prima, así que me marché. Después, tus hombres me encontraron y…

Las lágrimas no me impiden captar por el rabillo del ojo una sombra, a unos cien metros detrás de Preto y sus hombres. Interrumpo mi explicación, porque hay una silueta oculta tras un árbol.

No pertenece al cártel de Preto.

Solo, aislado, nos acecha. Cuando entorno los ojos logro distinguir en primer lugar su jersey negro, después sus gafas de sol, y entonces extiende el brazo y nos apunta con un voluminoso fusil.

¡No!

Abro los ojos lentamente y me percato de que soy la única que lo ha visto. El pánico pasa a un segundo plano y cede el puesto a una descarga de adrenalina en estado puro que despierta de forma brutal todos mis instintos de supervivencia.

Sin pensarlo dos veces, grito:

—¡Preto, agáchate!

Un disparo rasga el aire, todos nos arrojamos al suelo y nos precipitamos colina abajo.

CAPÍTULO 26

Reencontrarte

Preto choca contra mí y se golpea la cabeza con una raíz. El encontronazo resuena en mis oídos, y, después, nada.

Oigo a los hombres de Preto gritando a unos metros, pero él no se mueve. No puedo hacer nada, el peso de su cuerpo encima de mí me asfixia, pero, cuando acerco la mano a su cabeza, un espeso reguero de sangre tiñe su pelo azabache y se expande por mis dedos.

Inspiro profundamente y trato de tomarle el pulso. Me parece notar un latido, pero no sé si lo que estoy oyendo son mis propias pulsaciones en mis oídos. Entonces reparo en sus ojos entreabiertos. Está luchando, los párpados parecen pesarle una tonelada. El esfuerzo que hace para tratar de apartarse rodando hacia un lado lo deja al borde del desvanecimiento.

Se le escapa un gemido cuando se toca la herida.

—¡A cubierto! —grita Rubén.

Me incorporo y veo cómo se refugia detrás del camión. Al menos una decena de hombres encapuchados se precipitan hacia nosotros. Uno de ellos pasa demasiado cerca de Sebastián y este le corta la garganta. Armado con un largo cuchillo, el sicario ejecuta un rápido movimiento antes de dejar caer su cuerpo al suelo. Se refugia entre dos árboles y grita:

—¡Esteban, tienes a un cabrón a tu izquierda!

Su hermano sale de debajo de la puerta del camión y apunta con su arma al asaltante, que no tiene tiempo de defenderse. Lo abate de un balazo entre los ojos.

La adrenalina me hiela las venas mientras una bandada de pájaros alza el vuelo ejecutando una danza convulsa. El claro que se extiende alrededor de Preto y de mí se ha convertido en un campo de batalla.

—No podemos… No debemos quedarnos aquí —digo, muerta de miedo.

Ahora la sangre le cae por la mitad del rostro, pero reacciona asintiendo débilmente. Podría marcharme yo sola, pero, si muere aquí, quién sabe lo que estos hombres me harían.

Los disparos se suceden, sobresaltándome con cada impacto en los árboles que tengo a mi espalda. En busca de una mejor protección, reparo en un montón de ramas apiladas cerca de mí. El temblor en mis manos me hace vacilar. No tengo tiempo de dar con una opción mejor, y el miedo me paraliza. Preto me aprieta la mano, y eso me obliga a reaccionar. Trepo y lo cojo del brazo para guiarlo hasta nuestro nuevo escondite. Él también me ayuda a avanzar, pero tropieza conmigo bajo una ráfaga justo antes de que logre lanzarse tras las ramas.

Preto apoya la espalda en un tronco, exhausto. Me arrodillo a la altura de su rostro ensangrentado y contraído por el dolor. El olor a hierro de su sangre me produce náuseas.

—No… no sé qué hacer —balbuceo, angustiada.

Dos perlas de sudor me corren por la frente, y entonces distingo a la veintena de hombres a los que se está enfrentando el cártel de Preto.

De pronto, Preto me estrecha débilmente el antebrazo con la mano. Lo miro y oigo que murmura con un hilo de voz:

—Agáchate.

Gimo de miedo, pero obedezco y me abrazo a él.

Varias balas pasan a pocos metros por encima de nuestras cabezas. Preto apenas es capaz de mantener los ojos abiertos. Apoyo mis manos en sus mejillas y trato de despegar sus rizos negros de su rostro para comprobar la extensión de sus heridas. En respuesta solo oigo gemidos de dolor.

—¡Preto! —Rubén se desliza precipitadamente tras nuestro refugio, con el rostro deformado por el pánico. En cuanto ve a su jefe, suelta la pistola y la deja caer al suelo.

—¡Mierda, mierda, mierda! —grita mientras se saca la camiseta por la cabeza—. ¡No te equivocabas, joder!

Descubro que los tatuajes de los miembros del cártel van más allá de sus brazos. Recorren todo el torso de Rubén y cubren casi por entero su piel surcada de cicatrices y pecas. Rasga la camiseta y empieza a improvisar un torniquete alrededor de la cabeza de Preto. En las inmediaciones del camión, los disparos se suceden sin tregua. Los hombres de Preto han sido pillados por sorpresa, y Horacio, el que quería verme muerta, recibe un balazo en el costado a unos pocos metros de nosotros. Me horrorizo por un instante, pero apenas tengo tiempo de seguir pensando en ello.

—Esto es cosa del hijo de puta de Salomón —exclama Rubén en cuanto termina de vendar el cráneo de Preto—. Nos han seguido. ¡Vamos, en pie! ¡Te sacaré de aquí!

Me siento como si estuviera fuera de la realidad mientras Rubén sigue impartiendo órdenes a gritos. Los otros no se arriesgan a ayudarlo, todos buscan ponerse a cubierto o se limitan a impedir que nuestros asaltantes avancen. Trata de sostener a Preto, que apenas sigue consciente, pasando uno de sus brazos por encima de su hombro. Yo me dispongo a ayudar cogiéndolo del brazo izquierdo, pero Preto alarga la mano y recupera la pistola de Rubén, que aún seguía a su lado.

—Déjalo —musita apartándome con suavidad—. Puedo apañármelas.

Trata de mantenerse erguido sin la ayuda de Rubén. Preto tiene el rostro descompuesto del dolor, pero Rubén y yo volvemos a sostenerlo, moviéndonos ambos al mismo tiempo.

Miro a Preto. A pesar del miedo, un impulso irrefrenable me empuja a luchar para sobrevivir. Sea cual sea el desenlace de esta historia, tengo que volver a casa a toda costa.

«Este mundo no te esperará, Valentina. No esperará a que seas lo suficientemente fuerte para ponerte a prueba, de modo que debes endurecerte desde este mismo instante».

Las palabras de Preto vuelven a mi mente mientras le paso la mano por la espalda. ¿Bastará con eso para sobrevivir en su mundo?

Percibo su debilidad a través del peso que descarga sobre mis hombros, pero ahora me siento más fuerte. Mi único objetivo es poder irme, y para ello necesito que Preto siga con vida, que no permita que nadie me haga daño y que me perdone por haber extraviado su preciado cargamento de droga.

—Rubén, diles a los chicos que dejen a uno o dos con vida. Al resto… cargároslos. Yo me ocupo de ella —concluye señalándome con la cabeza.

La angustia me cierra la garganta.

—De acuerdo —asiente Rubén mirando una última vez a Preto sin mucho convencimiento. Nos ayuda a tomar el camino hacia la linde del bosque y regresa a la línea de frente que mantiene Sebastián.

Me duele el corazón de ver a todos esos hombres matándose los unos a los otros. Ninguno de ellos conoce la piedad. Y, sea por quien sea que entreguen su vida Preto o Salomón, con ninguno de ellos tendrán clemencia los del bando contrario. No son más que carne de cañón.

Una parte de mí querría sentirse conmocionada, pero la otra, más apremiante, no quiere ver nada de este mundo oscuro y angustioso. Me da igual si mueren todos, yo lo que quiero es hallar el modo de escapar de este infierno.

Nuestros pasos se hunden en la tierra húmeda. La respiración profunda y pesada de Preto me indica que para él cada movimiento supone una lucha. Lo miro a cada momento. Está sudoroso, y el dolor le deforma el rostro. Pero no se queja y avanza conmigo.

No tengo su droga, pero le he salvado la vida. Eso pesará en la balanza, ¿no? ¡Debo intentarlo todo!

Mientras nos acercamos a la espesura, trato de reunir todos los argumentos posibles para preparar la conversación que tenemos pendiente.

—Pre… Preto, yo…

—Déjalo. Ahora no es el momento.

Su orden me sume en el silencio; vuelve a contraer el rostro de dolor. Lo observo unos segundos, pero, al verlo tan débil, no me resigno a abandonar.

—Por favor, Preto. Podríamos llegar a un acuerdo, ¿no? Yo… Ya no me necesitas aquí.

Me agarro a la esperanza de que mis palabras surtan efecto, pero de pronto clava sus iris polares en los míos. Me observa detenidamente mientras seguimos avanzando, y por un segundo tengo la impresión de que sus facciones se suavizan. Me siento desnuda bajo su mirada, como si pudiera leer mis intenciones de un solo vistazo.

—Te lo suplico, deja que me marche. No le contaré nada a nadie, te lo prometo. Yo… yo solo quiero volver a casa.

Cada vez me resulta más difícil sostener a Preto bajo este sol implacable. Mis músculos están exhaustos, las deportivas se hunden en la vegetación, y, en cuanto compruebo que su rostro vuelve a adoptar su habitual máscara de dureza, un escalofrío de angustia recorre todo mi cuerpo.

—¿De verdad crees que puedes negociar después de lo que has hecho? Me has robado dos millones de dólares, Valentina.

No hace falta que me recuerde la cifra. Cada vez que oigo ese número, todo me da vueltas. Ni aunque currara en dos trabajos distintos el resto de mi vida podría llegar a reunir tan siquiera una décima parte.

El brazo con que rodea mis hombros me estrecha más fuerte, como diciéndome que jamás me dejará ir. Unas lágrimas me asoman en los ojos, y se me rompe la voz bajo el peso de la angustia que siento.

—Sé lo que he hecho… Lo jodí todo. Hice algo que no puedo reparar, pero no quiero morir por ello.

—¿Morir? —repite él haciendo una mueca—. Ah, no, tú no te irás de este mundo hasta que yo lo decida. Y aún no he acabado contigo.

Casi me ahogo con mi propia saliva. No sabría decir si me está tranquilizando o amenazando. Puede que hable así porque está a punto de perder el conocimiento. Preto mira fijamente hacia delante, respirando con dificultad, hasta que por fin llegamos a la autopista.

—Tienes razón en una cosa. Sí, lo has jodido todo. Estás en deuda conmigo, Valentina. Y pienso utilizarlo para recuperar mi cocaína.

Se me encoge el corazón. ¿Cómo podría utilizar esta deuda? No tengo derecho a cometer más errores, ya he cometido demasiados. ¡Debo volver a casa!

—Te juro que no sé dónde está tu…

Las palabras mueren en mi garganta en cuanto Preto alza su arma y me apunta a la frente. El valor me abandona al instante, y al mirar sus iris glaciales me quedo petrificada.

—¿Es que no me has oído?

Las lágrimas comienzan a nublarme la visión. Solo el peso de su brazo sobre mis hombros ya es suficiente amenaza, pero es que, además, aún no he logrado acostumbrarme a que me amenacen con un arma de fuego.

—Este no es el momento de venirme con milongas —masculla Preto—. Tu vida me importa un huevo, Valentina. Por ahora, aquí la única que negocia es mi Glock, y ella no admite discusión. Cállate de una vez y sigue caminando.

Sus despiadadas palabras me impactan como un puñetazo directo al corazón. Está en lo cierto…, él lleva el arma, y esta es tan compasiva como el que la empuña. No hay lugar para negociaciones.

A unos cientos de metros diviso unos coches aparcados, trago saliva a duras penas y murmuro compungida:

—Yo nunca pretendí que pasara esto. Yo…

Preto reacciona girándome violentamente hacia él.

—Has traicionado mi confianza. Cualquier cosa que digas no cambiará nada.

¿Que yo he traicionado su confianza? ¿Cuándo se ha dignado él confiar en mí? ¿Está delirando o qué? Sin embargo, esta vez opto por callarme. Nada de lo que yo diga podrá convencerlo; al contrario, quizá lo incite a usar su pistola.

Llegamos al Range Rover que nos trajo hasta aquí. Preto lo desbloquea, abre una de las puertas traseras y me insta a entrar por la primera. Obedezco, él entra tras de mí y nos encierra a ambos en el interior.

Vuelvo a tragar con dificultad en cuanto me muestra su arma y apoya el cañón en mi muslo. Confinada en el asiento, pegada a él, mi pánico va en aumento, hasta que veo que inclina el reposacabezas. Está luchando contra su dolor. Pese al torniquete, el vendaje que envuelve su cabeza está empapado de sangre, y los párpados le pesan tanto que parece estar a punto de desmayarse.

Solo espero que…

Mientras me crujo los dedos, no le quito ojo de encima. Su rostro se ve tan relajado que el sueño parece estar imponiéndose al estado consciente.

—Quiero que sepas una cosa, Valentina.

Su voz profunda rompe el silencio del habitáculo. Cierra los ojos, pero sigue apuntándome con su arma. Al respirar, su torso se hincha a un ritmo regular. Y, cuando creo que por fin está fuera de combate, logra articular las siguientes palabras:

—Si sales por esa puerta, te encontraré. Y cuando eso suceda, porque sin duda sucederá, lo pagarás con tu vida. Esta vez te habrás ganado definitivamente una bala en la cabeza.

Se me hace un nudo en la garganta, las manos empiezan a temblarme, pero esta vez su amenaza no cala en mí. En efecto, el arma se le cae suavemente de la mano y aterriza en el asiento con un ruido sordo.

Preto ha perdido el conocimiento.

La exaltación inicial da paso a toda clase de dudas.

En una fracción de segundo experimento cientos de emociones.

«¡Ha perdido el conocimiento, Valentina!».

¡Ha llegado el momento! Sin perder un segundo, abro la portezuela y me precipito afuera.

CAPÍTULO 27

Alexis

VALENTINA

Me alejo jadeando del Range Rover y echo a correr a toda velocidad por el arcén. Con el aire azotándome el rostro, solo espero tener el valor de dejar atrás esta pesadilla. Aunque no acabe de creerme que sea capaz de lograrlo. La insidiosa sensación de que basta con que alguien chasquee los dedos para que vuelva a tener las manos manchadas de sangre no me abandona.

«Esta vez te habrás ganado definitivamente una bala en la cabeza».

Las últimas palabras de Preto me persiguen. Es como si lo tuviera justo detrás de mí, y sé que, si me cruzo de nuevo en su camino, cumplirá su promesa. ¡Sin embargo, tengo la convicción de que debo seguir luchando!

Sin apenas aliento, con el corazón desbocado, aminoro la velocidad para saltar el guardarraíl. Entre los árboles resultaré menos visible. Aplasto las ramas con mis deportivas y a cada paso trato de mantener un precario equilibrio. Tropiezo sin cesar y acabo poniendo los brazos por delante para protegerme de las ramas que me arañan el rostro. Aunque me estoy alejando y el ruido de la circulación llega a mis oídos, aún oigo disparos, señal de que el enfrentamiento continúa. Me dispongo a darme la vuelta para comprobar que los tiradores se han olvidado de mí cuando, de pronto, alguien hace crujir una rama al pisar con fuerza justo a mi espalda. Se me escapa un grito de terror, pero no me atrevo a girarme. Me desvío a la derecha para seguir adentrándome en la espesura y tal vez dar con un escondite que me permita burlar a mi perseguidor. Pero ya me pisa los talones. Me está dando alcance. Todo mi ser entra en pánico.

—¡Dejadme tranquila! —grito.

Intento correr lo mejor que puedo, pero sé que es inútil. Sus pasos se acercan a toda velocidad y acabará alcanzándome sin esfuerzo.

Lo oigo justo a mi espalda.

Una violenta presión en la parte trasera de mi cráneo me arranca un grito de dolor. Me agarra del pelo.

—¿Acaso pensabas que podrías joder a Salomón? —me espeta una voz burlona.

Me obliga a girarme hacia él, pero pierdo el equilibrio. Me doy un golpe brutal en el trasero, pero mi perseguidor sigue agarrándome. Aún no veo quién es, pero sigo forcejeando y gritando. Balanceo las piernas en el vacío con la esperanza de que disminuya la presión, pero él me arrastra tirándome del pelo.

—¡Suélteme! —exclamo agarrándole la mano.

—¡Deja de gritar, puta!

Empiezo a temblar en cuanto tomo conciencia de la realidad. Mientras el desconocido me conduce hacia la autopista, estallo en un sollozo incontrolable. No puedo volver con Salomón. Preto no vendrá a por mí dos veces, y el otro cerdo no tendrá piedad conmigo. Me violará, me torturará, me matará, o algo peor. Pero ¿qué puede ser peor que la muerte? Si existe alguien con la suficiente imaginación para dar con ello, ¡ese es Salomón!

—¡Piedad! —suplico entre gemidos.

Un disparo resuena en el aire. Me quedo paralizada, en alerta, y entonces siento cómo la presión que ejercían sobre mi cuero cabelludo se relaja. Estoy a punto de echarme al suelo cuando el hombre que me había capturado se desploma delante de mí, con los ojos aún abiertos. Un agujero cubierto de sangre decora su frente.

Durante unos interminables segundos me siento incapaz de apartar la mirada de ese cuerpo inanimado. Mi cerebro aún está tratando de comprender lo que acaba de pasar mientras una oleada de adrenalina invade mi cuerpo. Alarmada, me alejo del cadáver y me pongo en pie de un brinco.

—¡Policía de México! ¡Dese la vuelta! —me ordena alguien con voz expeditiva a mi espalda.

Me llevo un buen sobresalto, pero al instante levanto las manos. Mi corazón emprende una frenética carrera, debatiéndose entre la esperanza y la desconfianza. ¿Estaré por fin a salvo?

—Permanezca tranquila y enséñeme las manos —prosigue el policía.

Obedezco y empiezo a girarme lentamente. Veo a un hombre, solo, que me apunta con su arma. Lo primero que observo es que no lleva uniforme. Debe de tener unos treinta años y su rostro presenta rasgos bronceados. Su mirada oscura oscila entre mi persona y los alrededores, como si estuviera asegurándose de que todo está bajo control. Sus profundas ojeras, su barba de varios días y su pelo ligeramente desordenado me hacen pensar que la situación lo desborda. Pero, en cualquier caso, aunque no crea lo que me dice, su camisa tejana y sus botas vaqueras desde luego no pertenecen al estilo de vestimenta de los traficantes de drogas con los que me he cruzado hasta el momento.

—¿Usted… usted es un policía de verdad? —balbuceo, todavía sin salir de mi consternación.

Por toda respuesta, él utiliza su mano libre y saca una placa dorada del bolsillo trasero de su pantalón. Me la muestra y distingo las palabras «Policía» y «Federal» grabadas en relieve sobre la superficie.

—Ahora le toca a usted identificarse —me ordena.

El corazón se me desboca. No estoy segura de nada, pero no percibo ni una pizca de mentira en sus ojos. Al contrario, me da la impresión de que desconfía más él de mí que yo de él.

—V… Valentina. Valentina Isabella Velásquez.

Sacude la cabeza y a continuación mira hacia el bosque que hay a mi espalda. Los coches pasan apenas a unos metros de nosotros, pero me doy cuenta de que nadie puede vernos desde la calzada. ¿Qué hace un poli plantado aquí en medio?

—¿Su… su equipo está tratando de poner fin al enfrentamiento del bosque? —le pregunto.

Nos llegan algunos sonidos de disparos, pero lo que oigo sobre todo son gritos. Y unas voces que se nos acercan.

—¿Qué? No, yo no tengo equipo. Yo…

Por fin baja el arma, la acomoda en la cintura y da un paso hacia mí.

—Escucha, Verónica, me da que los compinches del tipo que acabo de abatir deben de andar por aquí cerca, así que será mejor que salgamos de este lugar por piernas.

Me tiende una mano, pero yo no me muevo. ¿Por qué no ha venido con un equipo? ¿Qué estaba haciendo aquí? ¿Y por qué ha matado a ese hombre?

—Valentina —lo corrijo, con todos los sentidos en alerta.

—Eso es lo de menos, si te quedas aquí, ¡no serás más que otro cuerpo en una fosa común!

Tego miedo de que se trate de otra trampa. Sin embargo, mi lista de opciones no es infinita. Si decido fiarme de esa placa, cuando menos tendré una oportunidad de sobrevivir. Y eso me basta.

Acepto la mano que me ha tendido y me conduce hacia la autopista. Pero se me cierra el estómago de angustia cuando, al salir, veo una furgoneta descubierta aparcada en el arcén.

—Sube —me dice mientras abre la puerta del acompañante. Me dejo caer literalmente en el interior. Mientras él rodea el vehículo y se acomoda tras el volante, yo vigilo el bosque. Nadie. Ningún movimiento perceptible. Sin embargo, sé que están aquí, armados hasta los dientes. Por eso, hasta que la furgoneta no arranca y sale de estampida, no me permito respirar de nuevo.

«Esta vez te habrás ganado definitivamente una bala en la cabeza».

Pero, para eso, Preto tendrá que encontrarme antes. Y de momento la distancia que nos separa es cada vez mayor. Echo un último vistazo a esos malditos árboles que desfilan a toda velocidad.

Espero no volver nunca aquí. Nunca.

—¿Estás bien?

Su pregunta me sobresalta. Creo que hacía tiempo que no oía a nadie preocupándose por mí y mostrándome un poco de empatía.

—Yo… no sé, yo…

Yo no sé nada.

Lo único que ocupa mi mente es que, en el instante en que Preto abra los ojos, empezará a darme caza. Este coche que me aleja de él, ¿también me está alejando del peligro que él representa? ¿O tal vez sería mejor que reculase y me metiera de nuevo en la boca del lobo?

—Me llamo Alexis Gonzales, inspector de la Policía Federal —se presenta oficialmente—. Hace más de dos años que ando tras la pista del cártel de Salomón Rivera. —Me dedica una media sonrisa—. Y creo que con tu ayuda por fin podría detener a ese tipo.

Me quedo desconcertada, sin saber qué responder. Sin embargo, me doy cuenta de que nos estamos dirigiendo a México. ¿Me estará llevando a casa por fin?

—He estado a esto de pillarlo —precisa, pinzando el índice y el pulgar.

—No veo cómo podría ayudarlo.

—Has tenido que haber visto y oído cosas. Cada detalle puede serme de utilidad. ¿Comprendes?

Habla con una mezcla de determinación y euforia. Crispa las manos alrededor del volante, y me fijo en que casi se tropieza con los pedales. Sin embargo, mis pensamientos se centran en mi abuela y mi tía. Ya he tenido bastante. Ayudar a un madero no me aportará más libertad, al contrario. La diana sobre mi cabeza aún será mayor.

—Yo… Tengo familia. No puedo.

Alexis me lanza una mirada rápida, pero mi respuesta no parece perturbarlo.

—Puedo brindarles protección.

Por la seguridad con que lo dice casi me dan ganas de creerle. Parece sincero. Pero ¿es posible protegerse de Preto? ¿O de Salomón? Una parte de mí me dice que probablemente esta sea mi única oportunidad de sobrevivir. Después de todo, ellos vendrán a por mí, tanto si colaboro con Alexis como si no.

Apenas puedo disimular mi miedo. Yo nunca quise formar parte de todo esto. Cuando pienso en todo lo que mi abuela, mi tía y yo hemos dejado atrás, siento una dolorosa opresión en el pecho. Deben de estar muertas de preocupación.

—Esa gente quiere ir a por todos mis seres queridos —me lamento mientras me enjugo con el revés de la mano una lágrima silenciosa que traza tristemente su camino.

Alexis suspira y sacude la cabeza.

—Vero… Hummm, Valentina, sé que estás asustada. Y no te faltan motivos para estarlo. He presenciado una pequeña parte de lo que has vivido en ese bosque y sospecho que has sufrido más de lo que cualquiera podría soportar en toda una vida. Por eso quiero proponerte un modo de poner fin a esta pesadilla. Te prometo que puedo garantizar vuestra seguridad, la tuya y la de tu familia, pero tienes que optar por hacer lo correcto. Tienes que ayudarme para que lo que tú has sufrido no le suceda a otra chica inocente.

No respondo. Por el momento.

Apoyo la cabeza en el cristal. Ya no sé qué creer… Si implico a la policía, Preto no verterá su cólera solo contra mí. Ya ha habido demasiados muertos, no quiero que la lista se prolongue. Y, sin embargo, puede que Alexis represente mi única posibilidad de salir de este infierno. Siento que debo tomar una decisión antes de que este mundo me aplaste.

CAPÍTULO 28

Salir por piernas

PRETO

«Si sales por esa puerta… Espero por tu bien que no lo hagas, Valentina. No me cabe la menor duda de que te encontraré, pero aún no tengo pensado lo que te haré si me traicionas de nuevo».

Los párpados me pesan una tonelada. Tengo que hacer un gran esfuerzo para abrirlos, hasta que por fin logro entrever algunas formas borrosas. Un dolor lacerante me tamborilea el cráneo. Aunque estoy tendido sobre una superficie blanda, tengo la sensación de flotar en el vacío. Trato de mover la mano, pero mi cuerpo apenas me obedece. Conforme pasan los segundos mi visión se va aclarando. Reconozco mi habitación, en la casa de México. Ante mí se perfila una silueta familiar.

—Bianca —balbuceo con la garganta seca.

—No te muevas —me ordena presionando mi frente con delicadeza.

Una nueva oleada de dolor me hace estremecer. Por el momento no tengo fuerzas para desobedecerla, pero ella ya sabe que no pienso hacerle caso. Necesito algo de tiempo para volver del todo en mí.

—¿Qué ha pasado? —gruño tratando de aclararme la voz.

—Te diste un buen golpe en la cabeza.

Bajo la apariencia de una voz perfectamente serena, percibo un atisbo de reproche. La inquietud distorsiona sus facciones mientras termina de curarme la herida.

Detrás de ella reconozco a Rubén, apoyado en la ventana. Observa el horizonte. Me apresuro a preguntarle:

—¿Dónde está Valentina?

Guarda un pesado silencio por toda respuesta. Frunzo la frente y percibo un rápido intercambio de miradas entre mi hermana y mi brazo derecho antes de que ella empiece a envolverme la cabeza con un rollo de gasa.

—Hemos logrado capturar a dos de ellos —me informa Rubén mientras se acerca a la cama. Como por arte de magia, la irritación que trasluce su rostro logra despertar mi cuerpo adormecido. Le sujeto la muñeca a mi hermana para que pare con las vendas.

—Al menos déjame terminar —me insiste.

Me incorporo con una ligera sensación de vértigo y me quedo sentado en la cama, pero le permito que acabe. Entretanto, capto una mirada huidiza de mi mano derecha y le pregunto por segunda vez:

—¿Dónde está Valentina?

Aprieta los labios y cruza los brazos.

—En cuanto perdiste el conocimiento, salió por piernas.

La noticia me deja un jodido regusto amargo. Mi rostro se crispa cada vez más conforme pasan los segundos. Aprieto los puños, aunque adopto una expresión neutra. ¡Esta chica ha decidido poner a prueba mi paciencia como nadie lo había hecho hasta ahora!

—¡Encontradla! —bramo con todas mis fuerzas.

—Sebastián ya está en ello.

No puedo dejarme llevar por la exasperación, pero siento cómo esta se me clava en la carne y en la garganta.

—Yo creo que los hijos de puta que nos han disparado saben dónde se oculta Salomón —sigue diciendo Rubén—. Podemos utilizarlos para llegar hasta él, aunque sería mejor conocer sus próximos movimientos. En cualquier caso, como los envió a participar en una refriega, no creo que les hiciera ninguna confidencia…

—¿Qué ha averiguado Sebastián? —le pregunto mientras aparto las sábanas para salir de la cama—. ¿Qué se sabe de Valentina?

Rubén me mira confuso, como si mi pregunta no tuviera sentido.

—La última noticia es que se subió a un coche con un tipo. No identificado.

¡Joder! La pista es muy débil. Sin embargo, es preciso que Sebastián la encuentre a toda costa antes de que quien sea le eche el guante. Ella es la última que vio mi cargamento.

—Si no, tenemos a los dos tíos —prosigue Rubén—. Se niegan a hablar, incluso después de haberles dado una buena tunda.

Cojo una camiseta que había al pie de la cama y me la pongo en un abrir y cerrar de ojos.

—¿Dónde está mi teléfono? —pregunto.

Bianca se vuelve hacia Rubén, este hurga en el bolsillo de sus vaqueros y me lo pasa. En cuanto lo tengo en la mano, abro una conversación con Sebastián y le envío lo siguiente:

¿¿¿???

—Preto, ¿has oído lo que te he dicho?

Mi hermana mira al suelo y a continuación se endereza. Adopta este tipo de actitud cuando los chicos comenzamos a elevar el tono. Miro a Rubén, que está visiblemente furioso.

—¿Qué?

—¡Los tipos del desván, Preto!

—¿Y qué quieres que haga, Rubén? Tu trabajo consiste en hacerles hablar. ¡Entretanto, yo lo único que quiero saber es dónde diablos está mi droga!

Mi hermana me mira perpleja, como si no comprendiera mi reacción.

—Pero ¿qué me estás diciendo? ¡Precisamente por eso atrapamos a estos tíos, para recuperar la droga, esa es la prioridad!

Mi paciencia ya ha volado en pedazos cuando bramo:

—¿Ahora resulta que el que nos ha metido en todo este lío es quien me dice cuáles son las prioridades?

Rubén suelta un resoplido de frustración, levanta el brazo y señala el desván.

—¡Estos dos cabrones te aportarán el doble de respuestas que esa tía, Preto! ¿Has perdido la cabeza o qué?

—Entonces ¿qué coño estás haciendo aquí todavía? ¿Por qué no te estás ocupando de ellos para que larguen todo lo que saben?

Rubén me mira con animosidad. Yo hago otro tanto, aunque la migraña me está martilleando el cráneo. Tengo un montón de cosas en que pensar antes que en ponerme a adivinar lo que esos dos hijos de puta ocultan.

—Tienes que reposar, hermano —tercia Bianca con voz afectuosa. Sin embargo, me mira con suspicacia. Rubén arquea las cejas, como si esperase una nueva explosión de cólera. Por suerte para él, mi atención se centra en el teléfono, que aún tengo en la mano, cuando empieza a vibrar para avisarme de que ha llegado la respuesta de Sebastián.

> Estoy siguiendo una pista. Te mantendré informado.

¿Una pista? ¿Qué pista? ¡Esta respuesta no me satisface en absoluto!

—¿No me has dicho que él creía haberla visto subirse a un coche? —interpelo a Rubén mientras me levanto de la cama.

—Sí.

—¿Y cómo pasó exactamente? ¿Cómo es posible que Sebastián la dejara marcharse?

—No sabemos nada por el momento. Y Sebastián estaba en plena batalla ahí abajo. Aún hemos tenido suerte de que llegara a verla.

Con el ataque por sorpresa nadie tuvo tiempo de poner en práctica una estrategia.

El hecho de que nadie sepa nada me saca de quicio.

—Sebastián la atrapará enseguida, eso nadie lo duda, así que lo mejor será que te concentres en otra cosa.

Me dispongo a salir de la habitación y, cuando ya tengo la mano en el tirador, Rubén insiste:

—Estoy convencido de que Salomón nos ha robado la droga. Aparte de él, nadie tenía la menor pista. ¡Ese hijo de puta te quiere hacer pagar la muerte de su hermano!

Ya lanzaré a todos mis hombres en su busca cuando tenga la ocasión. Ahora debe de estar bien escondido y está tirando de todos los hilos posibles para joderme la vida.

—Estoy dispuesto a todo con tal de hundirle el negocio —mascullo.

Me entra un nuevo mensaje. Espero ver el nombre de mi sicario, pero esta vez se trata de mi tío Ricardo.

Pásate por mi casa. Esta noche.

¡Como si no tuviera otra cosa que hacer!

—Bianca —la llamo—. Esta noche tenemos una cita.

Mi hermana se sobresalta y al instante mira a Rubén. Se apresura a ir hacia donde yo estoy, sin hacer preguntas.

—Dile a Esteban que se asegure de que Valentina no cae en manos de Salomón —le ordeno a Rubén—. ¡Y encuentra al que ha robado mi cocaína!

CAPÍTULO 29

Último aviso

—¿No… no vamos a la comisaría?

Alexis camina delante de mí por el pasillo del motel y me dedica una sonrisa tranquilizadora con sus finos labios. Sin embargo, la luz amarillenta que incide sobre su cabeza me da malas vibraciones.

—Soy consciente de que has vivido terribles experiencias. Pero puedes estar tranquila. Aquí estamos a salvo.

—¿Más a salvo que en una comisaría?

El tono de mi voz evidencia que estoy echa un mar de dudas. ¡Puede que me haya subido a un coche con un nuevo psicópata! Después de todo, tengo muy presente que lo he visto matar a un hombre a sangre fría delante de mis narices.

Se detiene frente a una puerta y saca unas llaves del bolsillo.

—Valentina, no tienes nada que temer. Por el momento no quiero correr riesgos, y sabes muy bien que la mitad de mis colegas cobran una parte de su salario directamente de hombres como Salomón. Por tu propia seguridad, es mejor que no sepan de ti.

Gira la llave en la cerradura y abre la puerta, pero yo me muestro reticente a entrar.

Me acaricio el brazo mientras le echo un vistazo a la habitación. Se nota que el establecimiento tiene sus años. Las paredes de madera y la moqueta verde oscurecen la pieza. La cama, cubierta con una colcha de vivos colores, queda oculta en su mayor parte por montones de documentos. Unas tupidas cortinas de un tono anaranjado condenan la ventana, sumiendo la alcoba en un ambiente sombrío. Veo un televisor fijado a la pared y un teléfono escondido tras una pila de vasos, únicas señales de que este lugar pertenece realmente al siglo XXI.

Alexis se arremanga, recoge los papeles y los deja sobre el escritorio. Yo no me muevo de donde estoy. Me muerdo el labio, ansiosa. ¿Por qué debería entrar en la espeluznante habitación de este desconocido? Me ha mostrado una placa de policía, es verdad, ¿pero eso implica que deba hacer todo lo que él me pida?

—Escucha —me dice con un hilo de voz al verme plantada en el pasillo—. Podría haberte llevado a la comisaría, ciertamente. Pero hace dos años que espero una oportunidad como esta. Para que mi investigación progrese debo pasar desapercibido. Por eso preferiría que te quedaras aquí en vez de llamar la atención.

Mi corazón late desbocado. He tomado la decisión de confiar en él en cuanto me he subido a su coche y ahora no puedo echarme atrás. Es mi única oportunidad de proteger a mi familia. Avanzo un paso hacia él, rezando por no tener que arrepentirme de haber optado por este camino.

Alexis se me acerca para cerrar la puerta, y al hacerlo aparece ante mi vista una pizarra con el desarrollo de la investigación, colgada en la pared. Me acerco para observar toda aquella ingente cantidad de notas y de hilos rojos y a continuación examino las fotos de los tipos fichados. A la mayoría de ellos no los reconozco, pero, pinchado en el centro, el rostro límpido de Salomón brilla con luz propia. A diferencia de los demás, su foto ha sido tomada sin su conocimiento, como si jamás hubiera sido detenido. Me entretengo observando dos fotos, más pequeñas, situadas en una esquina: Preto y Rubén. Encima hay un pósit amarillo con la palabra «¿Cruz?» escrita en rojo. ¿Quiere eso decir que Alexis aún no sabe nada de ellos?

—Aquí Salomón no te encontrará —me dice mientras se quita el reloj y lo deja en la mesita de noche junto con el teléfono.

Ardo en deseos de llamar a Abuelita. Huele a desinfectante, a tabaco y a café. Nada que ver con la casa y el aroma a flor de azahar que desprende su colada.

—Instálate —me propone Alexis mientras traslada unos cuantos papeles a su cama para hacerme sitio.

Indecisa, me acerco al camastro sin decir nada y me siento dócilmente en el espacio que me ha indicado. Mis nalgas se hunden provocando un sonoro crujido en el colchón, que ha ido ablandándose con los años. Apenas me atrevo a moverme por miedo a aplastar sus documentos.

—¿Esto es un despacho o una habitación? —le pregunto mientras él toma asiento en la chirriante silla de madera que hay junto al escritorio.

—Ambas cosas —me responde divertido, esbozando una sonrisita irónica—. Desde aquí puedo investigar y controlar todas las informaciones sobre Salomón y las distintas ramificaciones de su cártel.

Coge un bolígrafo y empieza a tamborilear nerviosamente sobre la mesa.

—¿Quieres comer o beber algo? Puedo encargar unas pizzas.

—Solo quiero un poco de agua.

Alexis abre un cajón de su escritorio. Saca una botella pequeña y me la pasa.

Mientras echo unos buenos tragos, me doy cuenta de que estaba muerta de sed.

—¿Qué edad tienes?

Me termino la botella y lo miro.

—Diecinueve años.

—¡Madre mía! —exclama pasándose la mano por su melena morena—. Pero si aún eres una niña.

No respondo. Después de todo lo que he vivido, tengo la impresión de haberme echado encima veinte años en pocos días, pero tiene razón. En estos momentos debería estar pendiente de mis estudios y no del jefe de un cártel que quiere mi pellejo.

—¿De dónde has salido?

Alexis se inclina hacia delante y une las manos.

Durante un segundo me cuestiono si debo responder. No tengo ningún motivo para confiar en un tipo que se ha instalado en un motel desde el cual investiga a narcotraficantes. Y, aunque él quiera saber más de mí, lo cierto es que yo no sé gran cosa de él. Me ha prometido que protegerá a mi familia, pero ahora mismo estamos aquí, en esta sórdida habitación, y no con Abuelita y tía Carmen.

—No tienes por qué desconfiar de mí —prosigue él al ver que arrugo la frente—. Estoy de tu parte. Mi misión es hacer desaparecer a esos narcotraficantes de las calles de México.

Sus palabras me dejan un sabor más bien amargo. Me hubiera gustado que lo lograse antes de que a Paloma le costara la vida… ¿Qué sentido tiene ya?

—¿Podría empezar por Tepito? —le digo sin poder evitar que me tiemblen las manos.

—Tepito, ¿eh? —Sacude la cabeza con gesto compasivo—. Así que estabas en primera fila.

En primera fila de los intercambios de droga en las calles, de peleas y refriegas, de incendios de coches y otros ajustes de cuentas. Sí, mi barrio vive la violencia todos los días. Por eso necesito meter a mi familia en un coche y huir lejos de aquí. Mi tío, mi primo y ahora Paloma… Demasiada gente ha muerto allí.

En vista de que no respondo, Alexis me coge de la mano.

—El mercado de Tepito es impresionante, ¿verdad? —me dice guiñándome un ojo en un gesto de complicidad.

Retiro la mano y la apoyo en el muslo, incómoda, pero él acepta mi gesto sin acritud.

—Sí, allí una puede encontrar cualquier cosa que se le ocurra.

—¡Espero que hayas probado los tacos de Ramiro!

Una tímida sonrisa tensa mis pómulos. Esa casa de comidas sobre ruedas es toda una leyenda en nuestro barrio. Hace más de sesenta años que está allí. Yo iba a menudo con Paloma… Siento una punzada en el corazón al revivir esos recuerdos y aprieto los labios para mitigar el dolor, pero asiento con la cabeza. Cuando Alexis se recuesta en el respaldo de la silla, tengo la impresión de que ha percibido un cambio en mi actitud.

—Pensaba que confiarías en mí, pero creo que he fracasado.

Me enjugo una lágrima que estoy a punto de verter y entonces le sugiero:

—¿Y si simplemente es honesto conmigo? ¿Qué espera exactamente de mí?

Alexis duda un instante y se gira hacia su pizarra. Me parece que se ha detenido en la foto de Salomón, que ocupa el centro del mural.

—¿Podrías hablarme de él? —me pregunta señalándolo con la mano—. Cualquier cosa que sepas podría ayudarme a meterlo entre rejas.

Apenas logro tragar saliva… ¿Qué decir de Salomón? ¿Secuestro, agresión sexual, tiroteos, tentativa de asesinato? Cuando estuve en sus manos estaba convencida de que no saldría con vida. Las pocas horas que pasé con él me parecieron una eternidad. Me hizo sentir tal desesperación que no creo que logre recuperarme jamás.

Me atraganto. Las lágrimas que he tratado de reprimir todo este tiempo ahora me queman en los ojos.

—Ese tío es realmente peligroso. ¡Y está loco! —empiezo a decir con voz temblorosa.

Al instante, Alexis abre un pequeño bloc de notas. Retira la capucha de su bolígrafo con los dientes y empieza a tomar apuntes a toda velocidad.

—No tan deprisa —objeto—. No veo cómo mi testimonio podría serle de ayuda.

—Has estado cerca de él, ¿no? Nuestros mejores agentes han tratado de infiltrarse en su red sin éxito, mientras que tú has estado en el meollo de la acción. Has oído y visto cosas que pueden resultarnos de gran utilidad, ¡estoy seguro de ello!

Tengo la impresión de que está depositando demasiada responsabilidad sobre mis hombros. Niego con la cabeza.

—Yo… no creo que vaya a serle de ninguna utilidad.

Lejos de desanimarse, Alexis me mira directamente a los ojos, rebosante de esperanza, y vuelve a intentarlo con voz serena y reposada:

—Volvamos al principio, Valentina. ¿Cómo te pusiste en contacto con él?

—Él me… ¿secuestró? Yo… Quería…

Alexis frunce las cejas e insiste con delicadeza:

—¿Qué quería él, Valentina?

—Hummm… ¿A mí? Diría que… Trató de agredirme sexualmente. Y… Hummm. Vi su casa. Hay salas de vigilancia y un montón de hombres armados… En resumen, lo tiene todo controlado.

Él sacude apenas la cabeza mientras anota «cámaras» y «armas» y prosigue:

—¿Por qué tú, Valentina?

Siento una gran opresión en el pecho. Tengo claro que irá encadenando preguntas hasta que me vea obligada a decirle cómo empezó todo. Ojalá esto solo fuera una pesadilla… Y, sobre todo, ojalá mi cabeza no tuviera que revivir una y otra vez esos acontecimientos. Pero es imposible.

—Me vi envuelta en un robo de…

—Cocaína —concluye la frase por mí.

Levanto la cabeza, sorprendida. Anota algo con su bolígrafo y añade:

—Así que eres tú… La chica de la que todo el mundo habla en este momento. Lo sospeché al verte en aquel bosque, pero no podía estar seguro. Se dice que robaste un cargamento valorado en dos millones de dólares.

Me muero de vergüenza. Bajo la barbilla, pero asiento con un leve movimiento de cabeza.

—Entonces era eso —concluye soltando un resoplido.

—¡Yo no quería! La cosa salió mal. Todo salió mal.

Su mano aparece en mi campo visual, pero esta vez vacila y renuncia a tocarme. En su expresión no veo el menor rastro de que me esté juzgando. Casi diría que es de sincera empatía. Me pregunta con voz amable:

—¿Cómo te viste envuelta en esta historia?

—Lo hice para ayudar a mi prima.

Una lágrima se desliza por mi mejilla. El dolor me cierra la garganta y tengo que reprimir un sollozo.

—Ella andaba metida en asuntos turbios —le explico—. Me dijo que el único medio de salvar la vida era robando ese cargamento…

—¿Y Salomón? ¿Cómo entra él en el juego?

—Él es un cerdo… ni más ni menos —exclamo con desprecio.

Alexis sacude la cabeza y retoma la palabra:

—¿A quién iba destinado el cargamento?

—No estoy segura, yo… Era mi prima la que tenía problemas.

Ahora que ya estoy metida en harina, tendría que hablar de Rubén, de Preto y del tiroteo en el dúplex. ¿Por qué no digo nada? Se me revuelve el estómago; durante unos segundos que se me hacen eternos, ardo en deseos de confesarlo todo, pero la prudencia me obliga a tragarme las palabras que acuden a mi lengua.

—Pero Salomón os quiere a ambos: a ti y el cargamento —concluye mientras se acaricia la mandíbula—. ¿Qué le ha pasado a tu prima?

Trago saliva y dejo escapar un sollozo. No puedo decirlo en voz alta, pero sé que él lo ha entendido.

—Tienes mucho coraje, Valentina. Tu historia y tu testimonio pueden hacer avanzar enormemente esta investigación. Si los cotejamos con las informaciones que…

Alexis se interrumpe de golpe, frunce el ceño y gira la cabeza a toda velocidad en dirección a la puerta de entrada. En cuanto veo que se levanta lentamente, le pregunto:

—¿Qué pa…?

Él se lleva el dedo índice a los labios y mi pregunta queda inconclusa. El corazón me retumba en el pecho cuando saca su arma y la sostiene con ambas manos.

—No digas nada —me ordena en voz baja.

El miedo hace que me cueste respirar. Alexis se acerca a la puerta, observa el corredor a través de la mirilla y a continuación aparta con cuidado la cortina que cubre la ventana. Por fin me indica mediante gestos que va a salir, abre la puerta sin hacer ruido y se desliza hacia el exterior.

En cuanto me quedo sola en la habitación, la angustia me cierra la garganta. Aquí siento que me falta el aire. El silencio me envuelve, y cada segundo me parece que dura horas. Me crujo los dedos hasta que, de pronto, mis ojos reparan en un teléfono que reposa sobre la mesita de noche.

Me quedo paralizada.

Tengo que hablar con mi abuela. Hace una eternidad que no escucho su voz…

Me levanto sin pensarlo dos veces, cojo el teléfono y marco el número de casa. ¡Por suerte, Abuelita me lo hizo aprender de memoria cuando era pequeña! El tono suena dos veces en mis oídos. Las manos me tiemblan mientras sostengo el aparato.

—Por favor, responde, Abuelita —gimo.

El tono sigue sonando cuando Alexis entra en la habitación y cierra la puerta tras de sí.

—Era una falsa alar… ¿Qué cojones estás haciendo? —me grita abalanzándose sobre mí.

Cuelga el teléfono y arranca el cable de la pared.

—¡Cualquiera podría rastrear la llamada!

Me lo quedo mirando estupefacta.

—Tenía que… Solo quería oír la voz de mi abuela —balbuceo.

Creo ver un fulgor de rabia en sus ojos. Inspira profundamente. Sus labios dibujan una sonrisa bastante falsa, que pretende parecer tranquilizadora.

—No vuelvas a hacerlo nunca más, ¿de acuerdo? Nadie debe saber que estamos aquí.

—Lo siento mucho —me disculpo—. Solo quería… hablar con ella.

Esta vez la expresión de su rostro transmite una empatía que me parece sincera.

—Entiendo que estés preocupada, pero has de dejarme hacer a mí para que puedas volver a reunirte con ella de la forma más segura posible.

Sus palabras logran encender una llama de esperanza en mi corazón. Lanzo un profundo suspiro y musito:

—¿Y ahora qué pasará?

—Ahora me vas a dar toda la información que tienes. No debes omitir nada y decirme todo lo que ha pasado. Y con eso los haré caer a todos.

CAPÍTULO 30

En nombre del legado

PRETO

Bianca y yo salimos de mi jeep, y el clac de las puertas suena al unísono cuando las cerramos. Mientras piso la gravilla del sendero bordeado de verdes arbustos, admiro la majestuosa villa de Ricardo, situada en el centro del barrio de Álvaro-Obregón. Inspirada en las mansiones romanas, esta casa fue construida siguiendo los planos de un renombrado arquitecto estadounidense. Mi tío no pierde ocasión de vanagloriarse. Lo de aquí no tiene nada que ver con las calles de Tepito, la abundancia, el arte y el poder están presentes en cada rincón.

—Espero que no nos lleve mucho tiempo —se lamenta Bianca mientras sube la escalinata.

—Sea lo que sea que quiera, en una hora nos habremos ido —le aseguro justo cuando un mayordomo nos abre la puerta de la entrada.

Al contrario que mi padre, mi tío Ricardo siempre ha sabido actuar con más discreción. Sin duda ha forjado su imperio con dinero sucio, pero también adquiriendo sociedades legales, como su complejo hotelero. Gracias a ello ha podido blanquear el dinero y gozar de cierta respetabilidad.

Mi prima, Bárbara, sale a recibirnos. El orgullo que trasluce su rostro me hastía desde el mismo instante en que la veo.

—¡Aquí estáis por fin! —exclama con una sonrisa de autómata.

—Bárbara —la saludo en plan solemne con una inclinación de cabeza.

Mi hermana le da un abrazo, aunque a decir verdad nunca han congeniado. Intercambian alguna que otra típica banalidad, y entonces mi prima observa mi vendaje con ojo crítico.

—Estás hecho una pena —comenta.

No le respondo. Bárbara suspira y señala el piso superior, que puede divisarse desde la gran escalinata de acceso.

—Mi padre está en su despacho. Seguidme.

Sus tacones golpetean el suelo de mármol. Mueve las nalgas a cada paso y hace ondular la larga melena negra y lisa. Antes de seguirla, me asomo a los grandes ventanales que ofrecen una vista panorámica del jardín de estilo francés y de las colinas que se extienden más allá.

Bianca coge un marco con una fotografía que está encima de la cómoda de la entrada. Los recuerdos se agolpan mientras examino esta versión juvenil de mí mismo sosteniendo un balón de fútbol. Mi tío nos abraza a mi hermana y a mí, pero me fijo en que, así como Bianca y mi tío exhiben una amplia sonrisa ante la cámara, yo apenas esbozo una mueca.

—¿Te acuerdas de esto? —murmura mi hermana.

Asiento con la cabeza, y tengo la sensación de estar oyendo aún la voz infantil de Rubén pidiéndome que le pase la pelota en algún callejón de Tepito.

—Y pensar que querías ser futbolista…

Su media sonrisa nostálgica me hace tragar saliva. Ella no sabe que detrás de aquellos momentos de alegría ya habían dado comienzo unos años muy oscuros. El fútbol fue mi última pasión antes de que mis aspiraciones fueran engullidas por los planes de mi padre.

Mi tío ha tratado de ejercer de figura paterna benevolente. Me dejaba jugar, me proporcionaba cierta sensación de normalidad y nos invitaba, a mi hermana y a mí, a asistir a veladas de cine en su casa. Pero nadie podía luchar contra la perversidad de mi padre. Ni él ni mi madre.

—Vamos —le ordeno a mi hermana.

Deja escapar un suspiro triste y vuelve a poner el marco en su sitio. Desde el corredor nos llegan las voces de mi prima y mi tío; están comentando las informaciones locales que desfilan por la pantalla que él tiene colgada en la pared de su despacho.

—¡Ah, ya era hora! —me espeta mi tío cuando llamo a la puerta.

Bárbara, sentada en una de las butacas que hay dispuestas frente al escritorio, me dedica una mueca reprobatoria, como si el hecho de no haberla obedecido al instante constituyera una afrenta.

—¿Qué tal estás, tío? —le pregunta Bianca a mi espalda mientras cierra la puerta.

—Estoy triste, como lo estaría un hombre que no ve tanto como quisiera a su sobrina, evidentemente —le responde Ricardo con un cariño que solo le reserva a ella.

Bárbara se traga todos sus celos y aprieta los labios. Al igual que yo, ella ha sido criada para servir a la ambición de su padre, mientras que los momentos de ternura les estaban reservados a otros. Mi hermana abraza a Ricardo y yo me instalo en la butaca de cuero adyacente a la de mi prima.

—Con mis nuevas responsabilidades en el hospital no tengo ni un minuto para mí —explica Bianca—. Espero convertirme pronto en jefa de departamento, así que no puedo relajarme. Y, además, los preparativos de la boda me absorben todo el tiempo libre.

—¿Tendré ocasión de conocer al famoso Aarón antes de la boda? —inquiere Ricardo con un matiz de contrariedad en la voz—. ¡Alguien tendrá que darle un susto de muerte antes de que entre en la familia!

Escucho a medias la prudente respuesta de Bianca, que está tratando de ocultar a su novio a todo el mundo por miedo a que nuestras actividades ilegales lo inciten a poner tierra de por medio. Yo ya lo he investigado por mi cuenta y puedo decir que Aarón Maignan es un médico eminente, alejado por completo del mundo de los Cruz. Mi hermana y él tendrán cuatro hijos y vivirán en un barrio residencial, lejos de la violencia en medio de la cual nos crio mi padre. De algún modo, comprendo las aspiraciones de Bianca, aunque no las comparta.

—¿... hablar de una cosa, Preto?

Centro mi atención en Ricardo, quien, repantigado en su butaca de cuero negro, está jugando con su péndulo de Newton y se divierte desequilibrando las bolas.

—¿Hummm?

Creo que ya hace unos cuantos minutos que he perdido el hilo de la conversación.

—Ciertas fuentes me han informado de lo que está pasando en las calles, Preto. ¿Qué coño has hecho?

Cambio de posición en la butaca y Bianca se acomoda en el reposabrazos. Mi tío no es precisamente famoso por andarse por las ramas, pero no me esperaba que abordase el tema de un modo tan directo.

—La última vez me hablaste de un contratiempo —insiste.

Me paso la mano por la mandíbula y me rasco la barba de tres días que ya empieza a estar bastante crecida.

—Siempre hay alguno.

—Un contratiempo que te ha costado el dúplex de tu padre, ¿no? —me azuza Bárbara.

Desvío la mirada hacia su rostro anguloso, enmarcado por unos pómulos prominentes, y le dedico una mueca. Viste un traje sastre negro, y sus botines resuenan en el parquet. Exhibe esa expresión temeraria que siempre la acompaña e inclina la cabeza, dándome a entender que ella no piensa dejar de sostenerme la mirada. Mi prima tensa los labios, ensalzados con un toque de carmín.

—No recuerdo haberte hecho partícipe de mis asuntos, ni ahora ni nunca —le replico con sequedad.

—Tú me compras las armas a mí, Preto —me recuerda ella irguiéndose—. Si no controlas tus «distracciones», tarde o temprano tus enemigos se convertirán en los míos.

Clavo mis pupilas en sus iris azules y aprieto la mandíbula. Nuestros padres siempre procuraron no mezclar los asuntos de cada cual. Ricardo era el escaparate público, y la Hoja, el brazo armado que pretendía sembrar el terror en las calles. Él ha aplicado la misma separación con su hija, y después conmigo, pero suele actuar como intermediario entre ambos. Teóricamente, aunque mi negocio acabara mal, no tendría por qué repercutir en los negocios o en la reputación de mi prima. Salvo que ella tome partido en la guerra que estoy a punto de emprender…

—Ya me estoy ocupando de ello —respondo.

La risa malévola que esboza Bárbara me pone los vellos de punta. Sí, si ella tomara partido entonces sí correría peligro, pero todo el mundo sabe que ella nunca lo haría. Aparte de su «pequeña chispa de locura», como la llama su padre, su egoísmo no tiene límite. ¡Joder, cada vez que abre la boca me entra un deseo incontenible de reventarle la cabeza contra la primera superficie que encuentre!

—Tu equipo la ha jodido, Preto —prosigue Ricardo para impedir que la situación degenere.

Me lo pienso antes de responder, sobre todo porque sé que a mi prima le encanta ver cómo su padre me echa la bronca, pero tengo la obligación de ser honesto. Para que los negocios funcionen entre los Cruz, ha de reinar la transparencia. Y no sirve de nada tratar de salvar las apariencias delante de mi tío, pues sin duda ya está al corriente de todo lo sucedido.

—Nos han jodido bien —admito.

—No, tu brazo derecho la ha jodido bien —me corrige al instante mi tío, inflexible—. ¡Él te ha pringado con su mierda! Llevo años diciéndote que te libres de ese incompetente.

El tema Rubén siempre es motivo de discusión entre mi tío y yo. Por alguna razón que ignoro, Ricardo lo detesta.

—Él me es leal —le aseguro.

—Ese bastardo logrará hacerte caer. Te lo aseguro, Preto.

Ricardo ha llegado a la cima por sí solo. Si sus amigos no son más que meros comparsas de sus negocios, a los que apuñalaría sin dudar un instante, ¿cómo puedo hacerle entender que confío plenamente en Rubén? No creo que él confíe en nadie, ni siquiera en su propia familia.

—Le ha salvado la vida muchas veces —interviene Bianca, visiblemente incómoda.

Arrugo la frente. Esta vez, cuando mira a mi hermana, el semblante de mi tío no tiene nada de afectuoso, y exclama:

—¡Eso a mí me importa una mierda, Bianca, es su trabajo! En cuanto a todo lo demás, es un inepto y solo piensa con la polla.

—Tío —le digo—, no he venido aquí para hablar de Rubén. Y en cualquier caso no tengo intención de rehacer mis equipos. Es verdad, tengo un montón de marrones que solucionar, pero estoy en ello.

Ricardo se pasa la mano por su espesa barba negra. Dos sortijas adornan sus dedos, una de plata y la otra de oro. La de plata pertenecía a mi padre.

Puedo sentir su mirada cerniéndose sobre mí, y la verdad es que no me gusta nada. Jamás se había permitido a sí mismo mostrarse tan nervioso delante de nadie. No es un buen momento para que empiece a dudar de mí o de mis capacidades.

—Quizá deberías replantearte tus objetivos —interviene Bárbara en tono burlón.

La mirada amenazante de su padre basta para hacerla callar. Yo, por mi parte, reprimo mis ganas de insultarla.

—Tu situación me tiene preocupado —prosigue Ricardo—. Estás llamando la atención, pero en el peor de los sentidos. En resumen, te estás mostrando débil, y tus enemigos matan por mucho menos que eso.

—Soy consciente de ello. ¿Me has hecho venir hasta aquí para decirme lo que ya sé?

Ricardo se pasa la lengua por los dientes, lo cual me indica que está furioso. Su inquietud me provoca desagradables sensaciones, lo noto en la piel. No pretendo decepcionarlo, me encantaría demostrarle que puedo hacerlo, que tengo más de él que de mi propio padre.

—Es preciso que permanezcas atento al resto de cárteles que tienes a tu alrededor, Preto. Me consta que tienes a Rivera en el punto de mira, pero hay otros que también se están moviendo, empezando por los Cortés. Aunque aún no hayas llegado adonde pretendes, los dos hermanos reaccionarán en cuanto oigan pronunciar tu nombre y tratarán de saltarte encima cuando menos te lo esperes.

—Lo sé.

—¿Estás seguro? Porque de momento yo estoy pendiente de tu situación, pero ni siquiera yo podría impedir que te borrasen del mapa si decidieran hacerlo. Todos ellos gestionan el este de México y controlan la mayoría de las fronteras con Estados Unidos. Si no llevas la voz cantante en las negociaciones, ya puedes ir olvidándote de ser el importador.

—Todo eso ya lo sé —digo mientras me levanto, un poco harto.

—Llegado el momento, cuento con dos o tres contactos que podrían facilitarte una entrevista con los Cortés —me explica—. Quiero que lo tengas presente.

Suspiro. La mano de mi hermana busca la mía en un gesto de apaciguamiento. Pero rechazo en silencio su apoyo.

—De momento ya me estoy ocupando de hacer frente a todos mis embrollos. También me he ocupado de forjar alianzas estables que servirán a mis intereses con mayor eficacia que las anteriores. No pierdo de vista lo que está en juego, y el hecho de que haya sufrido un pequeño revés no significa que me haya vuelto débil.

Mi mordaz réplica logra que Ricardo deje de agobiarme de una vez. Se arrellana en su asiento y se masajea la frente.

—Confío en ti, Preto, pero este sector está plagado de traidores. Y tú ya estás pagando las consecuencias de ello.

—Pero yo sobreviviré —afirmo sin titubear.

Cuando Ricardo me mira, me parece ver un destello de orgullo en sus ojos. Tal vez se trate de una alucinación, pues aún no he tenido ocasión de probar lo que valgo. Pero cuento con lograrlo, tarde o temprano.

—Supongo que no te quedarás a cenar, ¿verdad?

Miro mi reloj y respondo:

—No puedo quedarme. Tengo asuntos urgentes que atender.

Estoy esperando noticias de Sebastián, pero, para mi desesperación, el teléfono sigue silencioso en mi bolsillo.

Mi tío se levanta, rodea el escritorio y pasa su brazo alrededor de mis hombros con gesto paternal.

—Lo dejo en tus manos, Preto —concluye—. Me has convencido de que tienes la situación bajo control.

«¿Ah, sí? ¿Entonces por qué tengo la sensación de que mi futuro se me está escapando sigilosamente de entre los dedos?».

Mientras Sebastián no encuentre a la chica, mis promesas no son más que viento. La necesito… ya.

CAPÍTULO 31

Buenas noches

VALENTINA

—Ya hace seis meses que trato de captar su atención.

Tumbada en la cama, siento cómo el agotamiento va ganando terreno. La luz amarillenta de la lámpara de la mesita de noche es lo único que me permite mantenerme concentrada en la discusión. De pie frente a su pizarra, Alexis mueve los pósits para clarificar sus reflexiones.

—La de Salomón —precisa—. Por desgracia, hacerse un nombre cuando uno no tiene contactos ya es difícil de por sí, así que estoy lejos de poder penetrar en un círculo tan cerrado como el suyo.

—Entonces ¿usted es una especie de espía?

La expresión divertida de su rostro me deja intrigada.

—Digamos más bien que desobedezco hasta cierto punto a mis superiores jerárquicos para poder alcanzar mis fines.

Al verme tan perpleja, Alexis se ríe abiertamente.

Pertenezco a una división de la Policía Federal mexicana encargada de luchar contra el tráfico de drogas, el crimen organizado y otras muchas actividades ilícitas. Lo que sucede es que, a veces, los procedimientos se alargan demasiado, y es necesario tomar la iniciativa para obtener resultados.

Asiento con la cabeza. No estoy segura de haber comprendido lo que acaba de decirme, pero ahora ya sé que está decidido a seguir adelante.

—Sin duda el perfil de Salomón no se corresponde con el de los otros jefes de cárteles —me explica—. Él es el heredero de un imperio por el que nunca ha tenido que verter una sola gota de sudor. Jamás ha tenido que mojarse para mantenerlo a flote. De eso ya se ha encargado su entorno. Por eso resulta tan complicado atraparlo.

Reconozco perfectamente la personalidad lasciva y vanidosa del tío con el que conviví unas horas. Podría decirse que se trata de un niño mimado atrapado en el cuerpo de un adulto, y creo que eso es precisamente lo que lo hace más peligroso. Sus órdenes suelen ser fruto de caprichos o de su cabezonería.

—Entonces, este cargamento —razona Alexis mientras escribe la palabra «Droga» en un pósit que pega junto a la foto de Salomón— iba destinado a él, ¿no?

Me encojo de hombros, indecisa.

—¿Puedes confirmarlo?

—No dispongo de pruebas concretas —reconozco—, pero diría que sí, porque él esperaba recuperarla.

—Hummm…

Mientras sigue reflexionando coge otra foto, esta de un hombre de piel oscura, bien afeitado. Hace partir de la imagen un hilo rojo y lo conecta con el pósit.

—A estas alturas debería de estar en posesión de Abel Coloma.

Me enderezo y frunzo las cejas. ¿Y ese tío quién es?

—Perdone, ¿qué ha dicho?

A continuación, Alexis me aporta una serie de detalles curiosos. También debo decir que esta es la primera vez que manifiesto un verdadero interés por su investigación.

—¿Tú… también conoces a Coloma?

Niego enérgicamente con la cabeza. Puede que con demasiado entusiasmo para parecer inocente, pero, no sabría decir por qué, esas palabras acaban de prender una chispa de esperanza en mi ánimo.

—Jamás había oído hablar de ese tío, de modo que no sé qué pinta él en todo esto —le explico.

—Corre el rumor de que él habría encontrado el cargamento, pero nadie lo ha visto todavía con la droga. De momento, ese extremo aún no se ha confirmado. ¿Estás segura de que nunca antes habías oído hablar de él?

—Nunca.

Que lo conozca o no carece de importancia desde el instante en que Preto puede dar con él. Después de todo, su cártel puede echarme el guante en cualquier momento. Y yo pienso hacer todo cuanto esté en mi mano con tal de esquivar la bala que me prometió. Tal vez si le diera un nombre…

—¿Por qué lo robaría? —pregunto mientras observo con más detenimiento la foto.

—Como la mayoría de las que están pinchadas en el corcho, esta proviene de un expediente judicial y fue tomada tras una detención.

—El tipo tiene los hombros anchos, pero su aspecto no impresiona. ¿Puede que le esté dedicando una sonrisa socarrona a la cámara?—. Uno de los drogadictos que tengo entre mis confidentes me dijo que los chicos de Coloma se hicieron con ella hace ya varios días. Abel necesita impresionar a los otros capos de los cárteles, sobre todo desde que se enemistó con los Cortés.

Me siento un poco sobrepasada por estas informaciones, tanto más cuanto que no entiendo ni la mitad de lo que me está contado. Sin embargo, es imprescindible que sepa más del caso.

—Cortés, ¿ese apellido te dice algo? —me pregunta Alexis señalando dos fotos que hay en lo alto de la pizarra.

Alexis se queda pensativo y por fin escribe: «¿Nuevo comprador?» en un pósit que también pega en la parte superior.

—Más te vale que Ángel Cortés ignore que existes, guapa. Es el peor de todos. Salomón, comparado con él, es un corderito.

Ya… Me imagino que en este mundo el bucle no se detiene jamás.

—¿Por qué querría Abel la droga de Salomón? ¿Acaso no le teme?

Alexis desliza la silla y retrocede hasta ponerse a mi lado. Se acaricia la barba y señala la pizarra.

—Abel quiere venderla. Dos millones de dólares no son cualquier cosa, y, si los Cortés la compran, Salomón no se atreverá a responder. Con lo cual mataría dos pájaros de un tiro. Coloma mantiene una antigua rivalidad con la familia Rivera, por lo que birlarles semejante cantidad de pasta seguro que le produciría una inmensa satisfacción. En cuanto a Cortés, Abel ya no goza de apoyos desde hace cinco años, cuando se vio implicado en un lío de tráfico de meta. Supongo que espera cambiar las cosas.

No digo nada. Todo este mundo me da dolor de cabeza, pero ahora entiendo mejor el sentido de los hilos rojos que tengo delante.

—¿Y qué pasará a continuación, cuando haya vendido la droga?

—Si lo hace, me complicará las cosas. Salvo que logre hacerme un hueco en la reunión del Gran Hotel del Sol.

—¿Una reunión?

—Sí, dentro de tres días. Creo que la transacción se llevará a cabo allí. Entraña sus riesgos, pero es la oportunidad que estaba esperando para poder pillarlos a todos.

Me horrorizo solo de pensarlo mientras Alexis sigue observando su obra. No tiene ni idea del valor de sus informaciones. Puede que acabe de salvarnos la vida a mí y a mi familia.

—¿Me está diciendo que… que la droga estará allí? ¿Dentro de tres días?

Mi pregunta lo incita a observarme atentamente. Él se pone más serio, mientras que yo trato de mantener una expresión neutra, aunque el corazón me esté explotando en el interior de la caja torácica. «¡Mierda, es mi oportunidad!».

—Como ya te he dicho, Valentina, no estoy seguro de nada —me dice mostrándose prudente—. En cualquier caso, las informaciones que pueda darte no te servirán de nada, porque seré yo quien se ocupe de atrapar a esos cabrones.

Eso ya lo tengo claro… Pero, de entre toda la maraña de hilos rojos, a Alexis parece no interesarle Preto ni el peligro que representa. Solo ocupa un pequeño lugar, abajo, a la derecha. Por tanto, aunque Alexis logre pillar a los más peligrosos, él seguirá yendo tras de mí. Pero, aún en mayor medida que sus ganas de ajustarme las cuentas, para Preto lo prioritario es recuperar su droga. Ese encuentro podría ser mi gran oportunidad de revertir la situación. Una moneda de cambio lo bastante importante para convencerlo de que me deje en paz de una vez por todas.

Mi corazón ya está acelerado al máximo cuando Alexis se levanta de la silla.

—¿Tienes hambre? —me pregunta mientras hurga en el bolsillo de sus vaqueros.

Abre un paquete de cigarrillos y se lleva uno a los labios.

—Un poco —confieso.

Bueno, la verdad es que mi estómago ruge, famélico, pero mi cerebro sigue funcionando a toda máquina. Tres días. Dispongo de tres días para decidir cómo utilizo toda esta información que me acaba de ser revelada.

—Tengo que hacer una llamada importante y aprovecharé para comprar unos tacos.

Alexis coge su cazadora del respaldo de la silla y me dice:

—No salgas de aquí, vuelvo enseguida.

—Prometido.

Me dedica una sonrisa confiada y cierra la puerta tras de sí. Sola en la habitación, trato de buscar el modo en que estas informaciones puedan cambiar mi destino. Están todas ahí, en esa pizarra. No debo olvidarlas: Abel Coloma y los hermanos Cortés. Me levanto y empiezo a recorrer la habitación de arriba abajo, repitiendo:

—Coloma y Cortés. Coloma y Cortés. Coloma y Cortés.

De pronto, mi pie tropieza con una maleta abierta en el suelo, la mitad de la cual está bajo la cama. Me detengo y le echo un vistazo. Disimulada en el bolsillo delantero de una camisa de cuadros hay un documento de identidad antiguo. Lo examino y al instante reconozco el rostro severo de Alexis en la foto, pero el nombre que leo es otro.

¿Skander Fuentes? ¿Entonces Alexis Gonzales no es su verdadera identidad? La angustia vuelve a cerrarme la garganta. Después de todo, no sería extraño que necesitase una falsa identidad para su investigación… Pero ¿por qué mentirme? Se presentó ante mí como un miembro de la policía, ¿no? También ha podido mentir en eso. ¡Puede que no sea quien dice ser y que su palabrería solo tuviera la finalidad de convencerme para que lo siguiera!

En el bolsillo también encuentro una pequeña foto de familia. Una mujer sostiene a un niño en brazos, y un adolescente con las facciones similares a las de Alexis sonríe a su lado. Por el desgaste del papel, deduzco que Alexis la lleva consigo desde hace muchos años. Probablemente sea una joven versión de él mismo.

¿Quién es realmente? ¿Qué busca?

Alguien da dos golpes en la puerta. Retrocedo, sobresaltada, y me caigo sobre mis posaderas. Presa del pánico, me apresuro a dejar los documentos donde estaban y me quedo petrificada. No entra nadie. Y Alexis ya habría abierto la puerta, ¿no?

—Buenas tardes —dice alguien con la voz grave—. Soy un buscador de tesoros, y alguien me ha dicho que en esta habitación hay uno que vale dos millones de dólares.

Sebastián.

—Sé que sabes que soy yo, querida niña.

Está en lo cierto, aunque ni siquiera sé cómo he sido capaz de reconocerlo tan deprisa.

¡No tengo escapatoria! Hay una ventana, pero tiene barrotes. Demasiado tarde, está abriendo la cerradura. Le echo un rápido vistazo a la habitación y cojo un bolígrafo del escritorio de Alexis. ¡No encuentro nada mejor como arma improvisada! El corazón me retumba en el pecho, y de pronto un chasquido seco me revela que la puerta ha cedido. Sebastián se recrea abriéndola lentamente. El chirrido pone en alerta todos mis sentidos, aunque sigo paralizada.

—Buenas tardes, querida —dice él en un tono falsamente afectuoso.

Su cabeza aparece por el resquicio. Me dedica una gran sonrisa, deformada por la piruleta que tiene en la boca. Pego la espalda a la pared blandiendo el bolígrafo, como si así pudiera persuadirlo de que no siguiera acercándose. Impasible, Sebastián cierra la puerta y le echa un vistazo a la habitación.

—¡Dios mío! ¡Menudo desbarajuste! —comenta.

Cuando por fin me mira, dejo escapar un gemido de pánico. Ahora, sus iris marrones van de mis ojos a mi mano, que sigue blandiendo el bolígrafo.

—¿Qué? ¿Acaso quieres… —se saca la piruleta de la boca y me apunta con ella— un autógrafo, es eso?

Su risa me aturde. Para él, esta situación es un juego.

—¡Bien! —exclama dando una palmada—. No me ha llevado mucho tiempo encontrarte, pero Preto se está impacientando.

Supongo que ya llevaba tiempo tras mi pista. La verdad es que su jefe tenía muy claro que volvería a echarme el guante.

Él me encontrará. Siempre.

—Estoy cansada de toda esta historia.

—Lo comprendo, lo comprendo, querida. Yo también, pero tú me pones en un aprieto, porque me gustaría pagar mis cuentas pendientes. Otra cosa, ¿quién es el chiquitín que ha sido tan amable de escoltarte hasta aquí?

Cuando desvía la vista hacia la pizarra de corcho de Alexis, exclamo:

—Quiero que me lleves ante Preto.

Por fin bajo torpemente la mano con la que sostenía mi arma improvisada. Sebastián me mira y alza las cejas. Me observa durante unos largos segundos y de pronto estalla en una carcajada.

—¡Eres la hostia, joder! Estaba convencido de que tendría que atarte para llevarte de vuelta.

Sus palabras me dejan muda, al igual que su actitud desenfadada. Lo observo detenidamente. Parece tan normal, y al mismo tiempo tan sombrío… Sé que, a pesar de su sonrisa, corro más peligro del que pienso. Después de todo, él mismo me ha confesado que le encanta matar.

Dejo caer el bolígrafo al suelo en cuanto abre la puerta y me invita a salir al pasillo. Temblorosa, paso delante de él mientras le echa un último vistazo al mobiliario.

—¡Espero por el bien del propietario de esta habitación que la mujer de la limpieza no tarde en pasar por aquí, porque huele a mierda! —bromea al abrir la puerta.

Ya es bien entrada la noche y solo hay dos farolas que funcionen iluminando el aparcamiento. Cuando bajamos la escalera para dirigirnos a su coche, Sebastián, que avanza a mi espalda, me interpela:

—¿Por qué aceptas ver a Preto ahora?

Dejo de caminar y me vuelvo hacia él. A unos pocos pasos de distancia, desde mi estatura me parece realmente enorme.

—Tengo información que podría interesarle —respondo tratando de parecer lo más segura posible.

Sin embargo, mi voz suena aflautada. Transpiro miedo, y sin duda Sebastián no se lo traga. Pero yo ya había contemplado esta posibilidad. No tengo tiempo de seguir pensando en ello, aunque estoy segura de que, si nadie me hubiera encontrado en este hotel, habría tratado de dar con Preto por mis propios medios.

Sebastián asiente por fin con la cabeza y me señala su Range Rover con el mentón. A cada paso que doy en dirección al coche tengo la impresión de estar acercándome al momento en que dejaré atrás esta historia. Quiero ver a mi abuela. Debo verla. Espero haberme endurecido lo bastante como para afrontar esta nueva prueba sin firmar mi sentencia de muerte.

CAPÍTULO 32

Siniestra aura

VALENTINA

Inspiro profundamente al sentir el frescor de la noche en mi cara. Una ligera brisa me acaricia suavemente el pelo mientras Sebastián tararea a mi espalda y hace girar las llaves del coche alrededor de su índice, siguiendo un ritmo regular. Da la vuelta por delante del todoterreno para llegar hasta mí y con un cómico gesto de su mano me abre camino hacia la casa de la ciudad.

—Es por aquí, querida.

Examino con ojo crítico el edificio de dos plantas. El exterior no vale gran cosa, la pintura está desconchada en varios puntos, y según creo recordar el interior estaba amueblado con sencillez. Se me ocurre lo que podría hacer Preto con los dos millones de dólares que me reclama…

—Por cierto —me interpela Sebastián mientras subimos las escaleras de la entrada—, ¿quién era el tipo que estaba contigo?

La frialdad de su rostro me provoca un escalofrío en la espalda. Se ha guardado el palito de la piruleta en la boca y ahora me apunta con él, al tiempo que me lanza una mirada penetrante. Trago saliva mientras busco una respuesta que me permita salir por la tangente sin activar la explosión de locura que intuyo que oculta detrás de esa fachada juguetona.

—Eso se lo explicaré directamente a Preto —respondo al fin.

Se le escapa una risita burlona.

—Joder, todo te lo guardas para él. Bueno, en cualquier caso, mi hermano no tardará en encontrarlo.

No me cabe la menor duda de que tiene razón. Sin embargo, mientras que los hermanos me causan pavor, cada uno a su modo, también pienso que Alexis es muy capaz de zafarse de ellos.

En cuanto vislumbro la puerta de entrada con su picaporte de hierro forjado se me desboca el corazón. Aquí sufrí una crisis de angustia, aquí estuve a punto de ahogarme, aquí Preto me salvó la vida. No me siento capaz de revivir todas esas emociones.

De pronto mi vista detecta el movimiento de una cortina que cubre dos grandes ventanas de la fachada. Detrás se perfila una silueta y reconozco a Paco, uno de los que deseaban que Preto me matase. Nuestras miradas se cruzan por un instante, pero basta para que se me remueva el estómago. He vuelto a meterme en la boca del lobo por voluntad propia. De verdad, ¿qué es lo que no funciona en mi cabeza? Ah, sí, estoy aquí para negociar mi libertad. Debo proteger a Alexis hasta donde pueda para permitirle llevar sus planes a buen término, pero, ante todo, tengo que cortar todos mis vínculos con este mundo.

Cuando Paco abre la puerta, empiezo a retroceder, pero enseguida me topo con Sebastián, que está justo detrás de mí.

—El regreso al redil —me susurra al oído.

Si no llega a darme un empujoncito para que entre, no creo que lo hubiera logrado yo sola. Un olor a cigarrillo me invade las fosas nasales en cuanto cruzo la puerta, y al momento debo hacer frente a una serie de rostros familiares y hostiles. ¡Echo de menos la calidez de mi hogar! El olor de la cocina de Abuelita, las fotos colgadas en el plafón, las decoraciones, los adornos que ha ido adquiriendo en el mercado. Eso es lo que para mí ha de parecer un hogar. Aquí, todo me provoca escalofríos, desde las butacas de cuero negro hasta los billetes que están contando en una mesilla, pasando por unas botellas de cerveza vacías.

Hago un esfuerzo por contener las lágrimas, aunque ya noto cómo se me está disparando el estrés.

—Por aquí —me indica Sebastián haciéndome pasar por entre las butacas.

Apenas logro respirar. Le imploro al cielo en silencio que me facilite las cosas. Todas las palabras que salgan de mi boca resultarán determinantes, así que no puedo perder esta oportunidad. Las amenazas de Preto regresan en bucle a mi mente. Ojalá me deje hablar antes de ponerlas en práctica.

—Espera aquí —me ordena Sebastián.

Me deja en una pequeña habitación adyacente al salón con una biblioteca empotrada en la pared. Sentada en un butacón, Bianca pasa lentamente la página de su novela, pero no reacciona ante mi llegada. Un pesado silencio se cierne sobre nosotras.

Su mera presencia me intimida, lo reconozco. Cuando por fin me lanza una intensa mirada, siento un deseo de bajar la vista. Pero me niego a ceder. Tengo la sensación de que, si lo hiciera, perdería el poco respeto que ella puede que aún me tenga. Precisamente lo que quiero es que sepa que no me dejaré intimidar. Ya he perdido demasiado, así que pienso conservar la poca dignidad que me queda.

De pronto, Bianca cierra el libro y se incorpora. Me observa. Me juzga o me evalúa. No sabría decirlo. Con una gracia casi felina, vuelve a ponerse las pantuflas y se levanta con parsimonia. Trato de no dejarme impresionar, pero me resulta prácticamente imposible. Ella desprende una auténtica aura. Igual que su hermano. En cuanto da un paso en mi dirección, me quedo sin aliento. Pero pasa de largo por mi lado y sale de la estancia sin decir una palabra. Un escalofrío glacial me recorre la espalda.

Quiero volverme para seguirla con la vista, pero siento una presencia masculina justo detrás de mí.

No es Sebastián.

Me giro de golpe, alzo la barbilla y mis ojos van al encuentro de la mirada polar de Preto. No sé cuánto tiempo lleva aquí, pero al instante siento que el mundo entero se reduce a su presencia.

Retiro lo que acabo de pensar, su aura es mil veces más intimidatoria que la de su hermana, y aún en mayor medida con un vendaje envolviéndole la cabeza y perdiéndose entre su pelo negro. Lo de Bianca solo ha sido un calentamiento. Apenas puedo resistir más que unos segundos mirando a Preto a los ojos, por lo que acabo bajando la cabeza y fijando la vista en mis manos temblorosas.

—Yo… Yo he…

Trato de encontrar desesperadamente las palabras, con la respiración entrecortada. La lengua me pesa una tonelada y tengo que apretar los puños para vencer el miedo que me provoca tomar el control de mi propio cuerpo.

«¡Vamos, Valentina!».

Enderezo los hombros, vuelvo a alzar la barbilla y lo miro. Él no reacciona. Mantiene, como de costumbre, una expresión impenetrable. ¿Y si mi información resulta insuficiente? ¿Y si he cometido el error de mi vida volviendo aquí? ¿Y si mantiene su promesa y me mete una bala en la cabeza antes de que yo pueda hablar?

Un chasquido metálico resuena en la estancia, y no necesito bajar la vista hasta su arma para comprender que acaba de quitarle el seguro. Está listo para disparar.

Todo se vuelve siniestro. Mi corazón amenaza con salírseme del pecho de tan fuerte como late, las piernas apenas me sostienen y tengo que hacer un esfuerzo para no vomitar.

El tiempo parece haberse detenido. Intuyo, por el modo en que desplaza sus ojos por mi rostro, que Preto sigue cada uno de mis movimientos y analiza mis reacciones. Debe de haber detectado mi desesperación.

—Te permito que digas una sola frase para convencerme de que te deje con vida, ojos verdes —me suelta de golpe.

Necesito aire. Puede que esas palabras sean las últimas que escuche antes de morir.

Despego los labios con la intención de decir cualquier cosa, no importa qué, pero se me ha cerrado la garganta. Él observa mi boca sin pestañear, pero su paciencia se agota conforme pasan los segundos. Comprendo que he dejado pasar demasiado tiempo, así que pruebo a balbucir una secuencia de sílabas incomprensibles, y por fin inspiro profundamente.

El aire que entra en mis pulmones me proporciona el valor suficiente para decirle:

—Sé dónde está la droga.

CAPÍTULO 33

Valor

VALENTINA

Preto se queda paralizado, aunque estoy segura de haber visto un destello cruzando su mirada.

A medida que se suceden los segundos, una sombra parece cubrir cada vez más su aura. Percibo cómo se tensan todos los músculos de su cuerpo, y un escalofrío de terror me recorre el espinazo.

—Yo…

El acompasado repiqueteo de su arma contra el muslo interrumpe bruscamente mi tentativa de explicación. Parece que vaya a estallar de un momento a otro. Retrocede un paso y deja escapar una risita nerviosa.

—¿Preto?

No me mira. Recula dándome la espalda y sale de la biblioteca. Yo frunzo las cejas, desconcertada. Me había preparado para muchas cosas, ¡pero no para esto!

La angustia se apodera de mí mientras lo sigo al salón.

—¿Qué está pasando aquí, Preto? ¡Te acabo de decir que puedo arreglarlo todo!

Se detiene tan de repente que mi nariz se da de bruces con su fornido torso.

Cuando lo miro a los ojos, la expresión huraña de su rostro me indica que está librando un combate consigo mismo.

—Me parece que tú y yo no hablamos el mismo idioma —me replica—. ¡Estoy haciendo un esfuerzo para no reventarte aquí mismo, y tú no dejas de reírte en mi cara, Valentina!

Todos los músculos de su rostro parecen estar sometidos a una violenta presión. Cuando reemprende la marcha, sus hombres nos miran sin intervenir.

—¡Por el amor de Dios, esta vez es preciso que me escuches! —le grito mientras cruza el salón.

Da unas zancadas tan largas que me obliga a correr tras él, pero no se detiene; lo alcanzo a la altura de una estancia donde está a punto de recluirse y logro colarme dentro antes de que cierre de un portazo.

—¿Por qué no quieres escucharme? —insisto.

No me detengo a observar el mobiliario de su despacho, tan austero como el resto de la casa, pues Preto ya está avanzando peligrosamente hacia mí. Me escabullo detrás del sofá hasta que mi espalda se topa con la pared. Preto me sigue como si quisiera darme caza, y en cuanto me alcanza sujeta mi rostro entre sus manos.

—¿Qué es lo que aún no has comprendido? —me escupe con rabia—. Me tienes hasta los cojones. ¡Ya estoy harto de que me hagas quedar como un imbécil!

Inspiro profundamente a fin de controlar los temblores que agitan mi corazón, pero no sirve de nada. Su proximidad me obliga a sentir el ardiente calor que desprende su cuerpo al contacto con el mío. El estallido de rabia que percibo en sus ojos me paraliza de miedo. Podría matarme con una sola mirada.

—¿Arreglarlo todo, dices? ¡Tú eres la responsable de toda esta mierda, joder!

Como apenas puedo respirar, le agarro las manos. En cuanto mis dedos aferran los suyos, su cólera se multiplica. Preto aumenta la presión alrededor de mi cabeza.

—Preto, esta vez debes escucharme.

—¡Yo no te debo nada! ¿Ahora que tienes mi jodida Beretta contra tu sien te acuerdas del lugar donde dejaste mi coca? Pedazo de... ¡Debería haberte torturado, a ti y a toda tu puta familia! ¡Esta historia tendría que haber quedado resuelta en veinticuatro horas!

—Sé que he cometido un montón de errores —le replico—. Pero no te he mentido. Si me prometes que no me matarás, te lo diré todo. ¡Por lo que más quieras, Preto!

En un arrebato de desesperación arranco a llorar. Le suplico con la mirada. Él contrae la mandíbula, su mano desciende por mi garganta y empieza a apretar.

—Piedad —balbuceo, desesperada.

Siento que me estoy ahogando. Su mano amenazante me induce peligrosamente a pensar que estoy a punto de morir. Mientras él parece estar buscando algo en mi mirada, se me escapa una lágrima y se desliza por mi mejilla. Distingo un fulgor de satisfacción en el fondo de su pupila, pero desaparece tan rápido como ha aparecido. Clava su mirada en la mía, y mis ojos le suplican que me deje vivir.

«Siempre están ahí, esos jodidos ojos verdes», murmura furioso para sus adentros.

Dejo escapar un leve gemido de miedo, y entonces él afloja la presa de golpe. Recobro el aliento con avidez y me llevo las manos a la garganta.

—Esta acabará jodiéndome —masculla él mientras retrocede unos pasos y cruza las manos sobre su cráneo.

Me cuesta respirar con normalidad. Mis ojos no se despegan de los suyos, aunque él aumenta unos pasos la distancia que nos separa. Un explosivo cóctel de sentimientos se libera en mi interior. Fluctúo entre el miedo y la adrenalina, y a ello cabe sumar la brutal sensación que me produce haber escapado una vez más de la muerte. Y entonces, de un modo natural, el terror da paso a la indignación.

Aún me duele la garganta, estaba realmente convencida de que iba a morir, y, sin poder controlarme, me acerco a él, cegada por la rabia. Apoyo las manos en su torso, dispuesta a empujarlo. Él se limita a apartarse dando un paso, lo cual multiplica mi frustración. Lo intento una y otra vez, haciendo acopio de todas las fuerzas que me quedan, con la intención de derribarlo. Dejo escapar un gemido de frustración:

—¡Y a ti… que te jodan! —mascullo con la voz ahogada en sollozos.

Oigo una risita breve y gutural, y a continuación una sonrisa hace aflorar sus hoyuelos. Solo dura un segundo. Una chispa de locura ilumina su mirada cuando me pasa la mano por el rostro, como si esta le pesara.

—¡Yo solo quiero que esto termine! ¡Quiero que me dejes tranquila de una vez por todas! —le espeto señalándolo con el índice en plan acusador.

—Esto no terminará hasta que haya acabado contigo.

—¡Ya no puedo más!

Las lágrimas hacen que me ardan los ojos. Y, aunque la rabia sigue corriéndome a raudales por las venas, el agotamiento psicológico toma el relevo. Me sobresalto cuando Preto se inclina sobre mí y me tira del pelo para obligarme a mirarlo.

—Todo lo que te pasa es porque tu cara bonita me ha robado mis dos millones de…

Le clavo el índice en el pecho.

—¡Yo jamás quise que esto sucediera! Tú sabes cómo empezó y por qué, de modo que todo el sufrimiento que me causas solo se debe a que, al igual que Salomón, eres un puto tarado que disfruta destruyéndolo todo y…

—¡Valentina! —me interrumpe aplastando la palma de su mano contra mi boca para hacerme callar—. Valentina.

Me empuja de nuevo contra el muro en una especie de arrebato histérico.

Preto parece estar enfrentándose a sus propios demonios, luchando para no ceder a la tentación de acabar conmigo aquí, en este mismo instante.

—No me pongas a prueba, Valentina —me advierte sacudiendo la cabeza—. No tienes ni idea de hasta dónde soy capaz de llegar, y será mejor que no llegues a saberlo nunca.

Me aprieta el torso con la mano, comprimiendo más si cabe mi respiración, ya de por sí errática. Me lo quedo mirando, temblorosa y con los ojos anegados en lágrimas. Le tiro de la muñeca para que libere mi boca y balbuceo en un tono que pretende sonar explosivo:

—He decidido volver para que todo esto acabe de una vez.

Espero su reacción. Algo a lo que aferrarme con respecto a este hombre que, por el momento, es quien decide si he de seguir viviendo o si he de morir. Al principio se mantiene imperturbable. Mi corazón late contra la mano que sigue oprimiéndome el pecho. Las lágrimas corren libremente por mis mejillas mientras pienso en cómo, según parece, mi vida se hunde a mi alrededor.

De pronto siento algo ligeramente distinto en el ambiente. Algo ha cambiado en la mirada de Preto… Incapaz de determinar en qué consiste exactamente, veo cómo se acerca un poco más a mí. Escruta mi desesperación, y entre dos respiraciones nuestras miradas se encuentran. Mi frustración enrarece el aire de la estancia, y creo que esta es la primera vez que logro leer claramente su pensamiento. ¿Es posible que su rabia y la mía se complementen la una con la otra? El corazón me late tan fuerte que estoy segura de que él puede oírlo.

De pronto desliza la mano. Asciende desde mi nuca hasta mi mejilla; Preto observa mi boca con atención, y entonces acaricia mi labio inferior con su pulgar. Me quedo paralizada, atónita, pero no trato de retroceder. Además, ya estoy con la espalda pegada a la pared.

—Lo que tú haces es peligroso, ojos verdes —musita—. ¿No lo comprendes?

Él permanece inmóvil. Y yo soy endiabladamente consciente de que su piel está en contacto con la mía, de su aliento cálido rebotando en mi rostro y de sus ojos absortos en analizar cada parte de mi cuerpo.

Inspiro todo lo profundamente que puedo y, cuantos más segundos transcurren, más incapaz me siento de sostener su penetrante mirada. Procuro concentrarme en la cadena de plata que lleva alrededor del cuello tatuado, y en este instante desearía desaparecer.

Preto desplaza lentamente su mano hacia mi mejilla. El contacto no tiene nada de amenazador, incluso aprovecha para enjugarme una lágrima con su pulgar. Trato de buscar una explicación lógica a la extraña sensación que me provocan sus dedos, pero renuncio a encontrarla en cuanto me sumerjo en el azul celeste de sus ojos. Él no me está amenazando, me está poseyendo.

Es como si tras la tormenta se hubiera despejado el cielo y ahora reinara una nueva bonanza. Quisiera decir algo, pero no se me ocurre ninguna palabra. ¿Qué quiere de mí?

—Tu valor no te salvará, ojos verdes —me susurra con voz ronca.

Sin pensarlo dos veces, le respondo en el mismo tono:

—Pues a ti esa droga tampoco te salvará.

Por un instante la sorpresa se refleja en su cara. Se aparta de mí y me suelta, como si mi piel estuviera envenenada. Me escruta minuciosamente, pero no dice nada.

El corazón me late con violencia, pues tengo muy claro que estoy totalmente a su merced. Soy vulnerable. Ya nada me parece lógico o racional después de lo que él acaba de hacer y después de todas las sensaciones que me ha provocado.

—Has ganado —me susurra en un tono de voz grave que me desconcierta.

¿Cuántas facetas posee este hombre? Tras unos segundos de intensa reflexión, concluye:

—Acepto negociar tu vida.

CAPÍTULO 34

Frágil promesa

Instalado en mi escritorio, no le quito ojo de encima. Permanezco a la espera mientras hago girar lentamente mi asiento a derecha e izquierda. Cada vez que abre la boca debo contenerme para no descargar mi cólera sobre ella. Pero ahora necesito que hable.

Dejo mi Beretta frente a mí, al lado de mi ordenador portátil. Valentina se pone pálida. Desplaza sus ojos verdes desde mi rostro hasta mi arma y a continuación se muerde los labios. Contengo un suspiro de irritación.

—Ha llegado tu momento. Habla.

—Hummm…

El movimiento de sus manos capta mi atención. Está tratando de verbalizar sus pensamientos, pero vacila. Está aterrorizada. Me armo de paciencia e incluso dejo de mirarla para que se recomponga. Por fin da un pequeño paso en mi dirección y se sienta en la mesita que Rubén emplea como su reposapiés personal.

—Dentro de tres días se celebrará una reunión en un hotel.

Apoyo el pulgar en la barbilla y oculto la boca con los dedos. Noto que ella me observa nerviosa cada vez que cambio de postura, de modo que procuro quedarme lo más quieto posible. Mira mi arma, traga saliva y prosigue:

—Al pa… parecer, van a reunirse varios… ¿Hummm? ¿Narcotraficantes? Allí podrías obtener información sobre el cargamento.

—¿Y qué más?

Me arrellano en el respaldo de mi butaca y ella abre mucho los ojos. Creo que está hurgando en su memoria. Parpadea, mira al techo, balbucea algunas sílabas y por fin dice:

—Creo… creo que será en el Gran Hotel del Sur… Hummm, no, ¡del Sol! El Gran Hotel del Sol.

Alzo una ceja al oír el nombre del principal establecimiento del tío Ricardo.

—¿Y…? —insisto.

Visiblemente nerviosa, se recoge la melena negra tras las orejas. Sigo con la mirada el movimiento fluido de sus mechones, que resplandecen bajo los rayos del sol.

—Coloma.

En el mismo instante de oír aquel nombre, me sobreviene una oleada de pánico.

—En este momento, la droga está en posesión de un tal Coloma. Abel Coloma creo que se llama.

Me enderezo en la silla, llevado por una especie de acto reflejo, pero soy incapaz de decir nada. Ella acaba de dejarme sin palabras. Durante unos segundos que se hacen eternos la observo para asegurarme de que no se está quedando conmigo. Es imposible que conozca ese nombre. Al menos por mí. Entonces ¿por quién?

Estoy muy perplejo. Hago cálculos mentalmente, pero sigo estupefacto. Estábamos en el claro menos de veinticuatro horas después de encontrarme con Abel. Él no pudo dar con la droga en ese tiempo. ¿Quiere eso decir que ya se la había agenciado cuando me prometió que me la recompraría?

Me paso la mano por el pelo, nervioso, y me lo echo hacia atrás. Estoy hirviendo por dentro.

—Hummm —murmura Valentina.

Su voz me devuelve al presente, y prosigo tras aclararme la voz:

—¿Cómo has obtenido esas informaciones?

Ese cabrón de Abel Coloma ha sido expulsado de todos los círculos de negocios. Y yo me pregunto: un tío que está muerto de asco en el último rincón de Puebla, ¿cómo ha podido encontrar el puto camión?

De pronto, se me enciende una bombilla en el cerebro y descubro por fin el nexo que conecta toda esta historia: Paloma. Esta puta ya había estado en contacto con Abel y pensaba revenderle mi droga. Probablemente puso un GPS en el camión y dejó que su prima se encaminara directamente al matadero sin ella.

—… cuando huía por el bosque, él me encontró.

Como no he escuchado una sola palabra de la respuesta de Valentina, le pregunto:

—¿Quién? ¿Coloma?

—Yo… No. Se llama Alexis. Busca información sobre Salomón.

«Pero ¿de qué me está hablando?». ¡Maldita sea mi estampa! Una buena parte de mi estrategia para ganar la guerra contra Rivera y recuperar el control de México depende de la alianza con Coloma. Aún no dispongo de una red lo bastante sólida para vender toda esa cantidad de droga por las calles de México. Y no tengo conexiones lo suficientemente sólidas para enviarla a Estados Unidos. Aunque lograse recuperar el cargamento, probablemente tendría que recurrir a Ricardo y a sus contactos para redirigir la cocaína, y eso… ¡eso me jode un montón!

—¿Qué te dijo Alexis exactamente? —le insisto.

Ella duda un segundo antes de responder. Frunce sus labios rosados y ahora percibo angustia en la expresión de su rostro.

—Hummm… Me dijo que quería acercarse a Salomón.

—¿Por qué?

—Lo ignoro.

—¿Es un poli?

Se tensa, y me fijo en que desvía la mirada hacia la puerta antes de responder:

—Pero… ¿Qué? No, no creo, él… dijo que Salomón es un heredero y que el cargamento iba destinado a él.

—¿Y a quién más?

—Hummm… ¿Cortés también?

—¿Ángel o Miguel Cortés?

Valentina se encoge de hombros.

—¿Y qué más te ha dicho de ellos?

—Que estarán en la reunión.

Dejo escapar un profundo suspiro. Me cago en la puta. ¿Quién debe de ser ese tío? Probablemente sea un poli. Si ha rescatado y escondido a Valentina sin entregársela directamente a Salomón es que no tiene tratos con él. ¡Y me parece que está muy bien informado de los planes de mis enemigos!

Cojo un bolígrafo que estaba por allí y empiezo a dar golpecitos en la superficie de madera del escritorio.

—¿Él me conoce? —le pregunto.

Valentina niega suavemente con la cabeza.

—Creo que apenas tiene información de ti, solo una foto tuya y otra de Rubén.

¡Vaya, este se huele algo! Y Valentina debe de saberlo. Su frágil silueta captura mi mirada mientras ella aprieta los muslos embutidos en sus vaqueros.

—¿Cómo se comportó contigo? ¿Trató de manipularte o de obtener algo de ti?

—No, no, en ningún momento.

A pesar de que sigue aterrorizada, comprendo que ella debe de pensar que aún tiene alguna posibilidad de salir de esta. Y yo cuento con ello para asegurarme de que seguirá diciéndome todo lo que sabe.

—¿No me estarás mintiendo? —le pregunto en tono desabrido.

Una expresión de sorpresa que raya en lo angelical ilumina su rostro. Lo niega precipitadamente sacudiendo la cabeza. Sus largas pestañas negras circundan las esmeraldas de sus ojos, que no me pierden de vista. Esta chica jamás se dejará someter. En efecto, no baja la mirada.

Sin embargo, no para de juguetear con sus rizos ni de mover los labios todo el tiempo.

—No me traiciones, Valentina.

Cuando agita delicadamente la cabeza para sellar esa frágil promesa, dejo de dar golpecitos con el bolígrafo. Una extraña parte de mí desea creerla, casi confiar en ella. Resulta ridículo.

—¿No sabes nada de ese tal Alexis? —prosigo el interrogatorio.

—No. Sebastián me encontró enseguida, así que apenas tuvimos tiempo de conocernos.

Cruzo los tobillos debajo de la mesa. Y entrelazo los dedos encima del vientre.

—Ya veo —concluyo.

Valentina asiente con la cabeza y deja de toquetearse sus oscuros mechones. Me incorporo, y ella se pone en alerta al instante. Le hago un gesto para que se acerque. Vacila mientras me dirijo hacia la puerta del despacho.

—¿Qué pasará conmigo? —pregunta al fin.

—De momento, nada. Acércate.

Frunce el ceño, pero acaba acercándose con precaución.

—Dentro de tres días, iré a comprobar lo que me has dicho. Entretanto, te retendré aquí, bajo estrecha vigilancia.

Contrae los labios, pero no responde. Sus ojos me suplican que no siga atormentándola, y yo me limito a bajar la mano y a indicarle con un gesto que salga.

CAPÍTULO 35

Valencia

PRETO

—¿Qué estás haciendo?

Alzo la cabeza en dirección a Rubén, que acaba de ponerse un jersey en el pasillo. Avanza hacia mí mientras cierro con cuidado la puerta de mi habitación. Valentina podría saltar por la ventana si así lo decidiera, pero estoy convencido de que no intentará nada. Al fin y al cabo, ha seguido a Sebastián por propia voluntad; pero, sobre todo, está demasiado exhausta tras los últimos acontecimientos, y no creo que le queden fuerzas para enfrentarse a nosotros.

—Tengo que hablar contigo —le anuncio a Rubén mientras enfilamos el largo corredor.

—¿Dónde está la chica?

—Allí dentro —le indico con un gesto.

—¿Qué? ¿La has matado?

—No.

Bajamos la escalera hasta mi despacho para tener un poco más de privacidad.

—¿No? —insiste—. ¿Y eso por qué?

Me acomodo en el sofá y pongo una pierna sobre la mesa en la que estaba sentada Valentina unos minutos antes. Me masajeo suavemente los párpados con las yemas de los dedos, pues me los noto pesados.

—Ah, ¿y por qué no, Preto?

Entorno los ojos y veo a mi brazo derecho en medio de la estancia con las manos en las caderas, esperando una respuesta.

—No, ella no está muerta. ¿Qué parte de mi respuesta no has entendido?

Meto la mano en el bolsillo y saco el paquete de cigarrillos.

—La última vez, la desataste.

—¿De qué me estás hablando?

Apenas le presto atención, pues estoy demasiado concentrado en la primera calada que estoy dando. La nicotina me quema la garganta y penetra en mis pulmones.

—De la tonta, le cortaste las ligaduras.

—¿Quién es «la tonta», Rubén?

—Valencia.

Arqueo las cejas un instante. ¿Qué le ha cogido a este ahora?

Me incorporo para tratar de poner en orden mis pensamientos.

Ahora lo importante es dar con un plan para recuperarnos. ¡Y dicho plan ha de incluir a Ricardo y su puto hotel! Pero, cuando estoy a punto de compartir las nuevas informaciones con Rubén, este exclama:

—Hay algo que no me cuadra.

Aspiro una bocanada de nicotina mientras él prosigue:

—Cuidaste de su culo en casa de Salomón, le pusiste tu chaqueta y la metiste en tu coche, la salvaste de ahogarse y fuiste tras ella, aunque nos había clavado un cuchillo por la espalda. Joder, ¿quieres hacer el favor de decirme por qué la tal Valencia sigue con vida después de todo lo que ha pasado?

—Valentina.

Lanzo un suspiro al percatarme de que el nombre me ha salido sin pensarlo. Maldita sea.

—¿Y quién coño es esa, joder?

—¿Te estás haciendo el gilipollas o qué, Rubén? Al final vas a hacer que me explote la cabeza.

—¿No me digas que se llama así?

Resoplo, histérico, le doy otra calada al cigarrillo y me paso la mano por el pelo.

—¡Toda esta mierda la empezaste tú, pedazo de cabrón! Que no se te olvide. Por el momento, la chica es la única que puede desbloquear la situación, de modo que seguirá con vida mientras yo la necesite.

—¡No puedes estar hablando en serio, joder!

Empieza a caminar por delante de mí, y lo fulmino con la mirada.

—Rubén —lo interpelo en tono amenazante.

—¡Joder, Preto! ¿Y encima la dejas sola en tu habitación, so capullo?

—Puedo darle la tuya si me sale de las pelotas.

—«Si me sale de las pelotas» —repite parodiándome al tiempo que deja caer los brazos a lo largo de los costados—. ¡Y una mierda para ti!

—¡Estoy haciendo un esfuerzo para no estampar mi puño en tu bocaza!

Se lleva las manos a la cara y se le escapa una risa nerviosa, pero finalmente asiente con la cabeza, como si acabara de recobrar la compostura. Mientras me observa, tengo la sensación de que se está preguntando quién soy yo, parece que no me conociera.

Me fumo el cigarrillo en silencio. Creo que necesita tiempo para digerir la situación.

—¿Qué te ha dicho de la mercancía? —me pregunta tras una pausa.

¡Por fin, una discusión con pies y cabeza!

—La tiene Coloma.

—¡El muy hijo de puta!

Yo no lo habría expresado mejor.

—Se ha reído en mi cara —exclamo—. Tuvo la osadía de hacerme creer que ambos haríamos negocios mientras me apuñalaba por la espalda.

Esta vez Rubén no se deja llevar por la ira y reacciona inmediatamente:

—Vamos a tener que montar el negocio por nuestra cuenta, Preto. No tenemos otra opción.

—Lo sé. Pero me costará dinero, y por eso necesito encontrar el cargamento. Lo distribuiremos nosotros. Aquí.

—Vas a perder mucho.

—Ya lo sé, pero ganaré lo suficiente para volver a poner en marcha la maquinaria. Es mi única salida. Otra traición y habré firmado la sentencia de muerte de todos nosotros.

La tensión en mis músculos empieza a hacerse insoportable. Dejo que la nicotina me haga olvidar que, si no lo consigo, Salomón estará encantado de meterme una bala en la cabeza.

—¿Ella te ha dicho algo más? —me pregunta Rubén mientras se me acerca y se sirve de mi tabaco.

Dentro de tres días, habrá una reunión en el Gran Hotel del Sol.

—¿En el de Ricardo?

—Sí, esa es la buena noticia. En apariencia. Coloma espera codearse con los que cortan el bacalao: Rivera, Cortés y seguramente algunos más.

—¡Sin duda Coloma está dispuesto a todo con tal de chuparle la polla a Ángel! Lleva tiempo tratando de volver a ser alguien en el negocio… Hasta el extremo de robarle a Salomón para congraciarse con los Cortés en una jugada de alto nivel.

—Y así ambos ganan —señalo yo.

Dejo escapar un suspiro. La ambición de Abel acaba de darme por el culo a base de bien, pero al mismo tiempo me permite ver con claridad que yo desempeño un papel en todo esto, aunque insignificante. En el tablero de juego de Abel, a mí es a quien puede aplastar con más facilidad, no me teme. Y Rivera tampoco, por otro lado.

Me termino el cigarrillo justo cuando Rubén empieza a fumarse el suyo.

—¿Cómo lo ves? —me pregunta acercándose a la ventana.

—Hay que hacerse con la droga, eliminar a Abel y a Salomón y prescindir de su red para asegurarnos la distribución, de la que nos encargaremos nosotros mismos.

—La cosa se va a poner al rojo vivo —comenta preocupado.

—Ya lo sé.

El cerebro me funciona a toda máquina. En principio, mi plan parece inviable teniendo en cuenta los pocos recursos con que contamos, pero debo recuperar el control. No tengo otra alternativa.

—Esta vez será la definitiva —concluye Rubén con un suspiro, más para convencerse a sí mismo que para tranquilizarme.

No le respondo.

—¿Estamos completamente seguros de que la droga estará allí?

—No estoy seguro de nada, Rubén. De momento lo único tangible con lo que cuento es lo que me ha dicho la chica.

—Ya…

Todo mi ser me fuerza a no rendirme. ¿Será por eso por lo que estoy dispuesto a fiarme de Valentina? Estoy desesperado. La droga es mi único refugio, y me encuentro tan hundido en ella que volver a emerger se cobrará una parte de mí.

—Ah, Preto.

Vuelvo la cabeza hacia Rubén, que en ese momento se aparta de la ventana para tirar su cigarrillo.

—Bianca me ha pedido que te diga que quiere marcharse de aquí definitivamente.

Cuando llega a mi altura, enarco una ceja.

—¿Desde cuándo mi hermana necesita recurrir a ti para pedirme algo?

—Bah…, yo no sé nada. Ella iba por el pasillo la última vez que la vi, y supongo que pensó que aceptarías de mejor grado su petición si te la hacía otra persona.

Me quedo observando una eternidad la expresión —casi— inocente de su rostro. Desde las pecas en la nariz hasta los rizos cobrizos, pasando por los ojos negros, uno casi podría creer que estaba contemplando a un ángel.

—¿Qué, joder?

¡Hasta que abre la boca!

Sacudo la cabeza y miro hacia la ventana que da a la pequeña terraza. Me acerco y descubro que desde donde estaba Rubén podía ver a Bianca, sentada en una de las sillas del jardín, con un libro en la mano.

—Céntrate y convoca a todo el mundo —le ordeno con frialdad a mi brazo derecho—. Disponemos de tres días para organizar un plan sólido que nos permita recuperar la droga.

CAPÍTULO 36

Ilusión

VALENTINA

El silencio me pesa. Tengo ganas de llamarla… ¿Mamá?

Regreso brutalmente de mi pesadilla, sin aliento. Tras los párpados, que aún mantengo cerrados, siguen pasando las últimas imágenes que han mecido mi noche: el rostro cubierto de sangre de mi madre. Siempre me despierto en ese fatídico instante, justo antes de tocar su maltrecho cuerpo.

Me aparto el pelo de los ojos y trato de recobrar el aliento. Sigo en la casa de Preto. Ya casi lo había olvidado. Unos rayos de sol se cuelan a través de las tupidas cortinas que yo corrí de cualquier modo ayer por la noche. Ni siquiera sé cómo logré dormirme —puede que el reconfortante aroma de las sábanas bastara para que conciliase el sueño—, pero sigo agotada.

Me sobresalto cuando llaman a la puerta y me cubro con las sábanas mientras esta se entreabre apenas un segundo después con un chirrido inquietante. Sebastián asoma la cabeza por el alféizar y me guiña un ojo.

—Buenos días —me saluda con una amplia sonrisa.

Me fijo en que esta vez no lleva una piruleta, pero entonces extiende la mano y me muestra una que aún conserva el envoltorio.

No respondo; él introduce un pie en la habitación, aunque se queda en la entrada.

—Querida, no hay nadie en todo este puto México capaz de resistirse a las piruletas Vero Mango, y estoy seguro de que tú no eres la excepción.

Me dedica una sonrisa afectuosa, retira el envoltorio y agita el caramelo rojizo delante de su cara. Estoy segura de que intenta hacerme reír, pero así, de buenas a primeras, me veo incapaz. En vista de que no me inmuto, claudica y se mete la piruleta en la boca.

—¡Peor para ti, no sabes lo que te estás perdiendo!

Hace ademán de abandonar la alcoba, pero, antes de sujetar la puerta para cerrarla, da un paso atrás y me mira con sus ojos marrones, que desprenden un brillo pícaro.

—¡Ah, sí, tenía que avisarte de que el desayuno ya está listo!

—Yo… no tengo hambre —murmuro.

Sebastián frunce el entrecejo y enfila el pasillo con una falsa expresión de inquietud.

—Escucha, querida, la duquesa ha cocinado chilaquiles, no creo que realmente quieras perdértelos, pero, sobre todo, no creo que quieras contrariarla. Yo no se lo diría jamás en su cara, porque es una auténtica peste, pero créeme si te digo que cocina divinamente bien.

Estoy a punto de negarme de nuevo cuando una voz de mujer pregunta desde el pasillo:

—¿Viene o no?

Sebastián me mira expectante, y asiento moviendo enérgicamente la cabeza. Hacerle frente a esta gente es pedirme demasiado. No puedo plantarle cara al odio de Rubén, al hermano psicópata de Sebastián que mató al señor Suárez o, peor aún, a la cólera de Preto. Ya no me quedan fuerzas.

—Dale diez minutos y acudirá a la llamada de tu comida —le responde Sebastián.

Sin embargo, Bianca no tiene tanta paciencia; al cabo de un segundo cruza el umbral, demostrando tener menos pudor que Sebastián, y se me queda mirando mientras yo sigo tumbada en la gran cama.

—Levántate —me ordena sin darme opción a negociar—. Hay chilaquiles, tortillas, ensalada y zumo de naranja.

Le hace una seña a Sebastián para que nos deje solas, descorre las cortinas de golpe y la luz inunda la habitación. Apenas me atrevo a moverme mientras ella se afana en la alcoba. Dobla un par de camisetas que estaban encima de una cómoda y que sin duda le quedarían demasiado grandes, deja una fuera y guarda la otra en uno de los cajones.

—Vamos —me apremia con un gesto.

Me levanto de golpe, todavía un poco intimidada, sobre todo cuando me echa una de sus gélidas miradas, muy parecidas a las de Preto. Observo el pijama que llevo puesto, consistente en una camisa de manga larga y un pantalón de franela que su hermano me proporcionó ayer. Me gustaría cambiarme antes de salir de aquí, pero Bianca no me lo permite y me empuja hacia el pasillo.

Cuando ya estamos cerca de la escalera, se abre una puerta delante de nosotras y aparece Rubén con una toalla enrollada de cualquier manera en la cabeza, cerrándonos el paso. A juzgar por la nube de vaho que lo envuelve y las gotas que perlan su frente deduzco que acaba de ducharse.

No se entretiene ni un segundo conmigo, pero en cambio se queda paralizado delante de Bianca, impidiéndome avanzar. En fin, sin duda mi presencia no altera en ningún sentido su vida, pero eso no hace que me sienta menos incómoda.

—Nos gustaría pasar —lo apremia Bianca.

Una chispa de vivacidad ilumina el rostro de Rubén, que entorna levemente los ojos y amaga una sonrisa. Se gira, como si quisiera cerciorarse de que no hay nadie a nuestro alrededor, y vuelve a centrar su atención en Bianca.

—¿Puedo hablar contigo?

Y ella le responde, fulminante:

—No. Hoy no estoy de humor para tus gilipolleces, Rubén.

Bianca me empuja para que siga avanzando, pero no puedo hacerlo sin empujarlo a él a mi vez, y no tengo ganas de que se enfade de nuevo. La mira de la cabeza a los pies, me aparta a un lado y la sujeta de la muñeca.

—Solo serán dos minutos —le dice él.

Ella se libera de su presa y se estira el chaleco de punto que ciñe su pecho. Aun a riesgo de equivocarme juraría que está dudando, y efectivamente lanza un sonoro suspiro y accede. Yo me dispongo a volatilizarme, pero Bianca me agarra del brazo y me obliga a observar cómo Rubén se acerca a su oreja y le susurra con voz queda:

—¿Por qué me evitas, Bianca?

Ella lo empuja con la mano y le lanza una mirada asesina.

—A lo mejor es porque estoy prometida y no me apetece faltarle el respeto al hombre al que amo permitiendo que un cerdo como tú me controle. ¿Qué te parece?

Rubén se pone pálido, y al instante todo rastro de vivacidad se esfuma de su rostro. Sus labios se convierten en una simple línea y aprieta los puños.

—¡Todo esto es una puta mierda! ¡Debes de estar vacilándome si me comparas con ese gilipollas!

—¿Eso por qué no se lo dices a mi hermano? —le replica Bianca.

—Si tú me dieras luz verde, sabes que lo haría, aquí y ahora.

Rubén ha elevado ligeramente el tono de voz, lo cual me inquieta. Bianca se vuelve hacia mí, indecisa; se recoge el pelo tras la oreja y me suelta el brazo. Tiene las mejillas sonrosadas. Por fin me susurra:

—¿Puedes ir tú sola a la cocina?

Le digo que sí, encantada de perderme la escenita, y adelanto a Rubén, que esta vez tiene el detalle de apartarse. Antes de que empiece a bajar las escaleras, aún los oigo cuchichear:

—¿Por quién me has tomado, Rubén? No tengo por qué darte ninguna explicación.

—¡Quiero que dejes a ese pordiosero, joder!

—No hables tan alto, y además yo…

Sus voces se van extinguiendo conforme me acerco a la planta baja. Sean cuales sean los problemas de esos dos, mi instinto me dice que me mantenga lo más alejada posible.

En cuanto llego al salón, las conversaciones cesan. Reconozco la mirada hostil de Paco y también la de Horacio, que lleva un vendaje en la nuca y contrae el rostro cada vez que se toca el costado derecho. Los otros, cuyos nombres desconozco, son tan poco afables como los primeros. Afortunadamente, se abre una puerta y Sebastián exclama:

—¡Ah, por fin estás aquí!

Me obligo a avanzar y agacho la cabeza mientras dejo atrás todas esas miradas que me observan con desconfianza. Cuando llego a la cocina, me detengo al lado de Sebastián y veo a Preto detrás de una barra. Toma café tranquilamente y sostiene un periódico.

¿Cómo debo comportarme? Me siento abrumada en su presencia, sobre todo cuando clava sus ojos en los míos. ¿Por qué me mira de ese modo?

—No te quedes ahí plantada, querida.

Sebastián me empuja hasta un taburete y me hace sentar. Mientras me está sirviendo los chilaquiles y unos huevos revueltos, Horacio entra en la cocina. Apenas me he cruzado alguna vez con él, pero no olvido la animadversión que me profesa ese moreno grandullón con el pelo largo. Lleva un aparatoso vendaje en el cuello, pero, cuando recuerdo la herida que recibió en la colina, me sorprende que saliera tan bien parado. Le murmura a Preto algo al oído en un tono de voz demasiado bajo para que yo pueda distinguir lo que dice. Justo cuando Sebastián me pone el plato delante, Preto asiente con gesto grave moviendo la cabeza, sin quitarme ojo de encima, y el hombre se retira tan rápido como ha entrado.

Me dan ganas de salir por piernas de esta cocina.

—Come —me ordena Sebastián poniéndome un tenedor en la mano derecha.

Cambio a la mano izquierda y me muerdo los carrillos. ¿Cómo comer lo que sea si Preto me mira todo el rato sin parpadear siquiera? Se mantiene así durante segundos que se hacen interminables. Mientras aprieto el tenedor con los dedos, crece en mí la impresión de que sus ojos celestes revelan una especie de curiosidad. Como si ese lado suyo imperturbable se distendiera, dejando entrever algo de humanidad. Al final, bajo la presión de esa intensa mirada en la que me tiene inmersa, un cúmulo de emociones contradictorias me obliga a bajar la vista hasta mis chilaquiles.

Sebastián me llena el vaso con zumo de naranja, vuelve a tapar la botella y se sienta a mi lado. Ignorando el altercado silencioso que está teniendo lugar entre Preto y yo, se pone un partido de la NBA en el teléfono.

—Una cosa, Preto —le dice mientras engulle un enorme bocado de huevos revueltos—, el sábado no estaré con vosotros.

—¿Irás a verla?

—Sí. Tres semanas sin ella se me hacen eternas. Además, no quiero ir al hotel sin haberla visto antes.

Preto no responde, pero asiente con la cabeza y sigue tomándose su café. Cuando estoy a punto de dar el primer bocado a aquel copioso plato, Bianca entra en la cocina. Rubén la sigue al cabo de diez segundos, con la toalla alrededor del cuello, se inclina sobre el aparador, donde está la cesta de la fruta, sin acabar de decidirse a coger una manzana, y entonces Sebastián le dice:

—Conejito, las zanahorias están en la nevera.

—¡Cuidado con esa boca, so mierda! —le espeta Rubén al instante lanzándole una mirada furiosa.

El ataque de risa de Sebastián combinado con el sonido de fondo de su vídeo sume la cocina en algo parecido a la normalidad. Pero solo se trata de una ilusión. Estoy inmersa en el seno de una familia de narcotraficantes, y el hombre que bebe café me tiene amenazada de muerte. ¡Estoy rodeada de asesinos que acabarían con mi vida sin dudarlo ni un momento!

—Preto.

Vuelvo la cabeza hacia el marco de la puerta, y esta vez no puedo reprimir un escalofrío de pánico. Se me escapa el tenedor de entre los dedos en cuanto reconozco la fría silueta del hermano de Sebastián. El asesino del señor Suárez. Tal como me sucede siempre que lo veo, me quedo helada. Sin embargo, él no me mira. Con un simple gesto de cabeza parece haberle transmitido una información a Preto.

—Ya voy, Esteban —le responde aquel poniéndose en pie.

El tal Esteban no pierde el tiempo y abandona inmediatamente la cocina sin mirar ni una sola vez al resto de los presentes.

Aún estoy tratando de controlar el temblor de mis manos cuando Bianca recoge mi tenedor, lo limpia y vuelve a dejarlo junto a mi plato. Cruzamos una mirada y, por una vez, me parece mucho menos severa conmigo.

—Gracias —susurro, tan bajo que creo que no me ha oído.

Sin embargo, asiente antes de mirar cómo su hermano sale de la estancia. Aunque a ella la marcha de Preto parece contrariarla, yo en cambio me siento aliviada. Por fin se disuelve el nudo que tenía en el estómago.

—¿Qué hay previsto para hoy? —pregunta Sebastián con la boca medio llena.

—Tenemos que visitar a un tío en Tepito —responde Rubén—. Para la redistribución. Una vez que hayamos recuperado la droga, por supuesto.

Percibo que esta última frase iba dirigida a mí y prefiero bajar la vista hasta mi plato en vez de mirar cara a cara a Rubén. Espero de todo corazón que esta vez su jodida droga esté allí…

—A ver si este no nos la mete doblada. También. Porque eso empieza a ser el pan de cada día, ¿no? —le replica Sebastián, y a continuación engulle una mezcla de aguacate y chilaquiles.

Rubén lo mira con cara de asco.

—Ya, pero este tío es legal y… ¡Joder, a ver si comes como Dios manda de una vez!

A Sebastián se le escapa una risita gutural que le hace escupir algunos trozos de comida en el plato.

—Vaya, ahora resulta que el señor entiende de buenas maneras —le responde en tono provocador, con la boca llena—. ¡Pero si tú eres nuestro salvaje preferido!

Rubén sacude la cabeza y opta por concentrarse en su propio plato.

—En resumen, nosotros iremos a ver a este tío. Preto ya ha hablado con él. Tú te ocuparás de Valencia.

Alzo la mirada y compruebo que me está señalando con el tenedor, pero Sebastián, que no ha apartado la vista de su comida, le pregunta:

—¿Quién es Valencia?

—La ladrona. ¿Estás tonto o qué?

Sebastián se ríe con ganas y a continuación me guiña un ojo en señal de complicidad.

—Pues tú eres más tonto incluso de lo que pareces, amigo. Se llama Valentina.

—¡Eso es exactamente lo que he dicho yo!

Sebastián, que se lo pasa en grande sacando de sus casillas a Rubén, añade:

—Vale, te perdono porque eres pelirrojo, si no, te ibas a…

—¡Joder! ¡Que no soy pelirrojo!

Su grito rabioso resuena a nuestro alrededor, lo cual hace feliz a Sebastián.

¿Es posible que Rubén realmente no se dé cuenta de que su compañero disfruta sacándolo de quicio?

—No tiene nada de malo reconocerlo —añade Sebastián—. Es una tonalidad muy bonita, que…

—Su color es castaño rojizo —precisa Bianca mientras se levanta y abandona la cocina sin tan siquiera mirarnos.

—¿Desde cuándo la duquesa sale en defensa de alguien?

Pero Sebastián no tiene tiempo de profundizar en su interrogatorio porque es interrumpido:

—¡Rubén! —lo llama Preto con su voz grave y apremiante desde el salón.

Rubén se aparta a toda prisa de la barra y se quita la toalla de los hombros. La deja en el respaldo de una silla y sale precipitadamente.

—Tú te quedas a cargo de todo esto, Sebastián —le ordena antes de desaparecer.

Ahora en la cocina reina un reconfortante silencio. Siento encima la mirada de mi nuevo carcelero. Saca una piruleta y mientras le quita el envoltorio me suelta:

—Bien, por lo que parece vas a tener que soportarme por algún tiempo más, y yo ahora tengo cosas que hacer en el garaje. ¿Te vienes conmigo?

A decir verdad, ¡no es que me haya dado muchas opciones!

CAPÍTULO 37

Historia de un amor

Un intenso olor a metal y a aceite de motor me satura las fosas nasales en cuanto pongo los pies en el garaje. En el centro, una lona llena de manchas de aceite cubre una moto, y, alrededor, las paredes y las mesas de trabajo están repletas de herramientas.

Una vez aquí, me dedico a observar la puerta que da al exterior. Ahora que está abierta del todo, puedo ver a los hombres de Preto yendo y viniendo desde sus vehículos a la casa. «Solo tendría que echar a correr para poder salir de aquí…».

—¿Querida?

Me llevo un buen sobresalto cuando me giro y veo a Sebastián, que acaba de ponerse a mi lado. Me ofrece otra piruleta.

—¡No puedes rechazarla!

Sin esperar una respuesta, me coge la mano y deposita el caramelo en la palma. Sorprendida, atrapo la golosina entre mis dedos. Sebastián ya ha vuelto a marcharse. Levanta la lona, la recoge, se quita el jersey y lo deja todo en una silla.

—¿Te has fijado en la mecánica? —me pregunta entusiasmado señalando la moto con el dedo.

Le brillan los ojos mientras acaricia las curvas del vehículo.

—Hummm…, sí. Es chula —farfullo sin saber qué decir.

Se le escapa la risa. Lo veo sinceramente feliz, y esa aura sombría que alguna vez he percibido en él ha desaparecido por completo. No olvido el modo en que me dijo que le encantaba matar gente. Pero la imagen que me transmite contradice esa idea. ¿Será esta una de las características propias de los peores psicópatas?

Sebastián se pasa una mano por el pelo ondulado y se lo echa hacia atrás.

—Tengo que reemplazar el cilindro maestro.

Me muestra un pedazo de metal, pero no reacciono.

—No tienes ni idea de lo que es un cilindro maestro, ¿verdad? Me miras como si fueras un pez fuera del agua.

La risita que esboza me molesta, pero no se recrea en mi ignorancia. Enciende una vieja radio, unos acordes de bolero resuenan por el garaje y empieza a canturrear. Se arrodilla delante de la rueda de la moto y se pone a estudiar las distintas piezas.

Aprovecho la ocasión para volver a observar la calle. Bianca pasa por delante de las puertas del garaje. Sostiene un plato con galletas y me fijo en que se lo pasa a Esteban, que se apresura a subirse a un coche. Una abrumadora tristeza se apodera de mi corazón.

«¿Por qué ellos sí tienen derecho a una vida normal?».

—A ver, pásame esa llave, querida.

Me acerco a Sebastián y sigo la dirección de su índice hasta una herramienta que reposa en una mesa de trabajo. Una parte de mí tiene ganas de negarse, de decirle que se espabile por su cuenta, pues yo no estoy aquí por mi gusto. Pero, como estoy cansada de luchar, me limito a coger la llave y pasársela.

—¡Gracias, eres la mejor!

Empieza a desenroscar las primeras tuercas. El metal se resiste y chirría un poco bajo la presión que él ejerce, hasta que de pronto cede brutalmente y le pilla la mano.

—¡Joder!

Un hilillo de sangre se desliza por su dedo. Se apresura a metérselo en la boca, pero lo saca al instante. Unas cuantas gotas caen al suelo.

—¡Maldita sea! ¡Menudo imbécil estoy hecho! ¡Qué asco! —maldice.

Pero, por suerte, Sebastián, el rey del bricolaje, siempre lleva alguna tirita encima.

Coge la cartera del bolsillo trasero de sus vaqueros y saca varias tarjetas y tíquets. Me fijo en una foto que lleva en un compartimento con el frontal de plástico. Una niña rubia abraza a Sebastián y ríe mientras mira a una mujer de ojos marrones que posa junto a ellos. No me da tiempo a recrearme más con la imagen porque Sebastián acaba de sacar dos tiritas rosas de Hello Kitty. De buenas a primeras estallo en una carcajada incontrolable. Sorprendida de mí misma, me llevo ambas manos a la boca.

—No me preguntes de dónde las he sacado —comenta divertido Sebastián.

No quiero compartir risas con él, ni siquiera deseo sentirme cómoda a su lado. No quiero experimentar esa clase de sensaciones con ninguno de ellos. Son responsables de la muerte de gente que me importaba, me mantienen alejada de mi abuela y, sobre todo, están dispuestos a asesinarme al menor paso en falso. Sebastián incluido. Se las apaña con una sola mano para retirar el plástico de la tirita y enrollársela alrededor del dedo.

—¡Ya está! —exclama con una sonrisa, orgulloso de sí mismo—. ¡Joder, duele como una mala cosa!

Sacude la mano y hace una mueca, pero vuelve igualmente a su faena. Me acomodo en una silla y miro cómo trabaja, totalmente perdida. Me siento casi culpable por no saber qué responderle mientras él se muestra tan afectuoso conmigo, pero, al mismo tiempo, una voz más racional suena en mi cabeza y me recuerda que él estaba allí cuando murió el señor Suárez y que fue su propio hermano quien apretó el gatillo. Sus emociones contradictorias me agotan.

«Historia de un amor», de Guadalupe Pineda, resuena por todo el garaje. Mi corazón reacciona de inmediato al ritmo de aquellas melancólicas palabras que describen un amor imposible. Paloma y yo habíamos bailado al son de esta música, encerradas en mi habitación, y al evocarlo me asaltan un centenar de recuerdos. Se me cierra la garganta y siento cómo las lágrimas se abren camino hacia los ojos. No pienso perdonárselo nunca. A ninguno de ellos.

Sin dejar de concentrarse en su labor, Sebastián saca una nueva piruleta del bolsillo y la muerde, dejando que el palito cuelgue entre sus labios. Aprieta una tuerca y al mismo tiempo sigue el ritmo de la melodía con la cabeza.

—La primera vez que vi una moto como esta fue en *Marimar*, la telenovela —me comenta—. La escena fue tan genial que en ese momento supe que esta pequeña joya me colmaría de satisfacciones.

Al instante sus palabras traen a mi mente el recuerdo de mi abuelita. Le digo con tristeza:

—Conozco *Marimar*, mi abuela no se perdió un solo episodio, y podría hablar de la serie durante horas.

La sonrisa de Sebastián se amplifica cuando exclama:

—Joder, ¡por fin doy con alguien que entiende del tema! ¡Cada vez que hablo de ello, me toman por un memo!

—Yo he visto muchas telenovelas, pero mi abuelita es quien las adora de verdad —le confieso—. En este momento la tiene obsesionada *Cuidado con el ángel*.

Observo su reacción cada vez que menciono a mi familia, pero él hace como si nada. Enarca una ceja, como si mis confidencias lo sorprendieran, pero acaba respondiéndome con una sonrisa campechana.

—Eso es por William Levy, sin duda. ¡Ese guaperas tiene enamoradas a todas las señoras mayores!

Están a punto de saltárseme las lágrimas. Echo muchísimo de menos a mi abuela, y oír a Sebastián hablando como si no fuera él quien me mantiene alejada de ella por la fuerza es una auténtica tortura.

—¿Crees que… crees que podría llamar a mi abuela, Sebastián?

Endereza el cuello, y esta vez ya no exhibe su habitual sonrisa juguetona. Coge un trapo limpio, se lo pasa por las manos y se queda en silencio durante unos segundos que se me hacen eternos. Parece comprender mi sufrimiento, pero finalmente me dice:

—Lo siento, querida, pero por el momento eso no va a ser posible.

Asiento con la cabeza y me esfuerzo por no derrumbarme delante de él. Solo tengo que esperar tres días, pronto estaré con ella. Aun sin su ayuda.

Sebastián reemprende su monólogo sobre la mecánica de su moto, como si quisiera que pensase en otra cosa. La variedad de facetas de este hombre me tiene bastante fascinada.

Pero, pese a sus risas y sus bromas, yo no olvido nada. Por mucho que trate de divertirme, tengo claro que no puedo contar con su ayuda.

CAPÍTULO 38

Observación

VALENTINA

—… ¿Me has oído? No pienso permanecer aquí ni un minuto más. Quiero marcharme.

El susurro de una voz femenina me hace regresar suavemente del sueño. Parpadeo varias veces, pero sigo con la cabeza hundida en la almohada.

—Con lo que hay en juego en este momento no puedes ir a ninguna parte, Bianca.

Acabo de reconocer el tono de voz intransigente de Preto. ¿Qué están haciendo en esta habitación? Me quedo paralizada, sin saber si debo hacer notar mi presencia, pero reanudan su conversación entre susurros.

—Sabes perfectamente que corro más peligro aquí, contigo, que lejos de todo este lío.

—Precisamente por eso; si regresas a Polanco, me resultará imposible intervenir.

—¡Nadie sabrá que estoy allí! Me quedaré con mi prometido y a nadie se le ocurrirá buscarme en ese lugar.

El momento me parece tan íntimo que decido hacerme un ovillo. Pero, en cuanto me muevo, la conversación se interrumpe. Tras unos segundos de espera, decido incorporarme en la cama, y al instante siento cómo dos pares de ojos azules se giran al mismo tiempo en mi dirección.

Preto sostiene una camiseta que acaba de sacar de la cómoda.

«¿De quién es esta habitación? ¿Es… estoy durmiendo en su cama?». Nadie dice una palabra, pero yo me estoy poniendo colorada por momentos.

Preto se vuelve hacia su hermana, con cara de pocos amigos.

—Ya hablaremos más tarde —concluye con la mano en el tirador. La invita a salir y la sigue hasta la puerta. Mientras que él ni siquiera se vuelve aunque sea para explicarme por qué no podía esperar a que me despertase antes de aparecer aquí, Bianca, en cambio, tiene la amabilidad de soltarme:

—¡Valentina, el desayuno está listo!

Dejan la puerta abierta, y así puedo escuchar cómo Bianca vuelve a la carga e insiste en que tiene derecho a marcharse. Si ella no es capaz de ganar su causa, entonces yo tampoco tengo la menor oportunidad… Solo faltan dos días. Dos días viviendo en esta casa, como si todo fuera normal. Dos días lejos de mi familia. Dos días sobreviviendo entre asesinos. Uno las manos y le ruego al Señor que esta vez sea la buena. Esta mera esperanza es lo único que me permite resistir, pero me siento el corazón pesado al terminar la oración. Cada vez que hablo con Dios le pido que cuide del alma de aquellos que no han tenido tanta suerte como yo: Paloma y el señor Suárez.

Tras una larga ducha en el cuarto de baño del primer piso, donde Bianca ha dejado nuevas pertenencias, me dirijo directamente a la cocina. Por desgracia, tengo la mala suerte de encontrarme allí al único que siempre trato de evitar como si fuera la peste: el asesino del señor Suárez. Me quedo paralizada en el umbral de la puerta mientras él me mira con sus iris grises. No me atrevo a avanzar, pese a que él decide ignorarme y seguir a lo suyo, como si yo no estuviera. El repiqueteo de las teclas que está pulsando resuena con la misma cadencia desenfrenada de los latidos de mi corazón.

—No tengo ninguna intención de hacerte daño —me dice sin alzar la vista de su pantalla.

El problema es que yo sé de qué es capaz, y no le creo. Las imágenes de su asesinato se suceden en mi cerebro formando un bucle y me provocan náuseas. Como no me siento nada temeraria, renuncio a la idea de quedarme allí y retrocedo con la idea de regresar a la protección que me brindan las paredes de la alcoba.

Sin embargo, mi espalda se topa con un torso musculoso y con dos manos que me sujetan por los hombros.

—¿Qué estás haciendo? —me susurra Preto al oído con su voz grave.

—Yo…

Una oleada de calor surge de mi pecho y asciende hasta mis mejillas. No sé si alejarme de Preto, porque eso supondría volver adonde está Esteban, y mi cuerpo se niega. Esteban me lanza una fugaz mirada, apenas dura un segundo, pero lo suficiente para hacerme desistir. Retrocedo instintivamente y me topo de nuevo con el cuerpo de Preto.

—¿Qué estás…? —empieza a decir, pero se interrumpe cuando ve que Esteban cierra precipitadamente su ordenador.

El sicario se pone en pie, recoge sus cosas y viene hacia nosotros. Al contrario que su hermano, su rostro carece de expresión. En las antípodas de la alegría de vivir que transmite Sebastián, exhibe una frialdad que me pondría triste si no supiera que tras esa actitud se oculta una crueldad sin límites.

—Cuidado, voy a pasar por delante de ti —me dice.

Me hago a un lado precipitadamente y le dejo el paso libre. Sale de la cocina sin que hayamos estado a menos de dos metros de distancia en todo momento y sin dedicarme una sola mirada.

Preto observa el salón durante unos segundos, en especial el punto de donde ha partido Esteban, y acto seguido centra su atención en mí y me interpela arqueando una ceja.

—Hummm… Es que… me da un poco de miedo —le explico.

El silencio retumba entre nosotros, pues él no parece querer saber más del tema.

Observo cómo se sirve una taza, con una mano apoyada en el aparador. Me da la espalda permitiéndome que me recree contemplando sus anchos hombros y el tatuaje que le asciende por la nuca. La camiseta solo me permite entrever una ínfima parte, y me sorprendo a mí misma preguntándome cómo deben de ser todas esas líneas entrelazadas vistas en su conjunto…

Cuando vuelve ligeramente la cabeza hacia mí, me da un vuelco el corazón. Tengo la sensación de que es capaz de leer en mi rostro lo que acabo de pensar, de modo que bajo la vista y me dirijo al fregadero. Nerviosa, me acerco al escurridor para coger un plato limpio y después a los fogones ya apagados, donde se encuentran las distintas cacerolas, que aún están calientes. Sé que sigue observándome y eso me hace parecer terriblemente torpe. Cuando me sirvo los huevos revueltos, la mitad va a parar a la encimera.

De pronto, una nube de tatuajes negros invade mi campo visual. Sin decir una palabra, Preto, cuya aura percibo justo a mi espalda, limpia la encimera con una esponja. Abro los ojos de par en par, pero no me atrevo a hacer un solo movimiento. Este tío podría matarme aquí mismo, dentro de una hora o mañana, pero en los intensos latidos de mi corazón no solo hay miedo. Intuyo… otra cosa.

Todos mis sentidos están en alerta.

Dejo la cuchara de los huevos y cojo mi plato con ambas manos, pero, inevitablemente, cuando ya casi ha acabado de limpiar la encimera, nuestros dedos se rozan. Trato de mantener a raya las sensaciones que me embargan cerrando los ojos y casi lo empujo, apartándolo de mi trayectoria, cuando me echo hacia atrás. En cuanto me siento en la barra, observo que mi plato está lleno hasta la mitad y que alguien ha puesto un vaso delante de mí. Alzo la vista y me topo con los penetrantes ojos de Preto. No se sienta, sino que retrocede hasta el fregadero. Se queda allí, con una mano apoyada en la encimera, sin dejar de mirarme.

Trato de mantener la compostura, de ignorar mi creciente inquietud, pero me resulta muy difícil. Aunque empiezo a picotear tímidamente la comida, su imponente presencia me subyuga. A cada bocado que doy, siento que me escruta de la cabeza a los pies.

¿Qué está buscando?

Lo miro directamente a los ojos, a ver si así logro que pare. Toma unos sorbos de café con delicadeza, pero no deja de observarme. Parpadea, casi imperceptiblemente, pero lo bastante para que yo me dé cuenta. Bajo la suave luz matinal que se cuela a través de las ventanas, sus tatuajes parecen moverse. Estoy convencida de que cada uno de ellos cuenta una historia muy particular, y casi estoy deseosa de conocerla… Por primera vez, me percato de que no lo veo como un monstruo.

La tranquilidad de la cocina y el diálogo silencioso que estamos manteniendo me anima a intentar un primer acercamiento.

—¿Puedo llamar a mi abuela?

Pero su respuesta da al traste con todas mis esperanzas:

—De momento, no.

No muestra ninguna emoción, pero tampoco la esperaba por su parte. A pesar de que su negativa me tortura el corazón, no me sorprendo. No espero que haga nada por mí en este momento, pero quiero una garantía de que mantendrá la palabra dada cuando le dije dónde podía encontrar la droga.

—Pero después dejarás que me marche, ¿no?

—Si obtengo todo lo que quiero, sí.

Entorna lentamente los ojos. Por un instante tengo la sensación de que su máscara de indiferencia se distiende, y entonces trago saliva, me armo de valor y le pregunto:

—¿Qué pretendes exactamente?

—Quiero recuperar mi cargamento. Y si no está allí esperándome junto con Abel, le echaré el guante al tío que te dio el chivatazo y lo haré cantar de plano. Por eso te necesito allí para que lo identifiques.

Me aterroriza la idea de verme implicada en este plan de mierda, pero al mismo tiempo sé que es mi oportunidad de recuperar lo más parecido a una vida normal… Si tengo que ayudar a Preto y a los suyos a cambio de mi libertad, entonces lo haré. Ahora bien, espero no tener que entregarle a Alexis en bandeja. Después de todo, tanto si es un madero como si no, al menos el tío me salvó la vida.

—Pero, aun en el caso de que lo encuentres, ¿por qué tendría que decirte nada a ti?

Preto me dedica una sonrisa inexpresiva y niega con la cabeza.

—Creo que tú, mejor que nadie, puedes hacerte una idea exacta de la gran cantidad de recursos a mi alcance para hacer hablar a alguien.

No me quita ojo de encima mientras yo me esfuerzo en tragar saliva.

Como prefiero no tener que volver a revivir a través de mis recuerdos todos los momentos traumáticos por los que me ha hecho pasar, desvío la vista hacia mi plato y clavo el tenedor en mi tortilla.

—Tienes pinta de ser una chica inteligente —me comenta.

El corazón se me acelera, y él prosigue:

—¿Por qué te has metido en semejante lío?

Dejo el tenedor suspendido en el aire, delante de mi boca. ¿Cómo explicarle que yo estaría dispuesta a todo por mi prima? No me salen las palabras. En este momento creo que nada merecería el infierno por el que he pasado, pero ¿cómo iba yo a imaginarme que pasaría todo esto? Y, además, ¿a qué viene ese interés tan repentino por mis motivaciones? Su rostro no trasluce nada, se limita a tomar un sorbo de café de vez en cuando y a esperar.

—Yo…

Dejo el tenedor en el plato y, aunque siento un nudo en el estómago, decido responderle:

—Pensaba en nuestra supervivencia.

—Pues tus pensamientos te han conducido directamente a la boca del lobo, ojos verdes.

—Lo sé —asiento con un suspiro triste.

Apoyo la espalda en el respaldo del taburete. El silencio se cierne entre nosotros, y entonces me atrevo a preguntarle:

—¿Y tú?

Preto alza levemente una ceja. Para evitar desinflarme, me obligo a continuar:

—Verás, quiero decir…, ¿por qué escogiste esta vida?

El corazón me late con violencia dentro del pecho. Percibo que la tensión se está elevando por momentos, y su mirada me dice que, en efecto, debería mostrarme más prudente. Creo que he sobrepasado los límites.

Abandono la idea de que me responda algún día y me apresuro a ponerme en pie para tirar los restos de mi comida. Mejor desaparecer del mapa ahora que aún no se le han cruzado los cables y regresar prudentemente a la habitación. Dejo los platos sucios en el fregadero y Preto también se acerca a dejar su taza. Nuestras manos se rozan de nuevo y cuando me dispongo a apartarme, me acaricia el interior de la muñeca con un dedo. Me quedo paralizada, sorprendida por nuestra repentina proximidad. Busco una respuesta en sus ojos, pero soy incapaz de descifrar la emoción que traslucen.

Por fin rompe el silencio y me dice:

—No tientes la suerte una segunda vez, ojos verdes. Si quieres salir de esta con vida, has de ser mucho más astuta y pensar deprisa.

La serenidad que transmite su voz me resulta perturbadora. ¿Se trata de un consejo o de una amenaza? Puede que sean ambas cosas a la vez. La sensación de su cálida mano en mi piel me paraliza. No sé qué hacer, me siento perdida en el azul de sus ojos.

—Preto.

Nuestra burbuja estalla de forma brutal cuando Rubén irrumpe en la cocina. Preto se apresura a apartarse de mí. Ambos nos giramos hacia la puerta. Los ojos oscuros de Rubén saltan de Preto hacia mí, y viceversa, y cuando frunce el ceño, el corazón se me dispara.

Me da la impresión de que lo ha visto todo. No sé exactamente qué, pero sin duda algo le ha llamado la atención.

—Nos están esperando —anuncia Rubén con la voz grave.

Preto le echa un vistazo a su reloj y arquea las cejas durante una fracción de segundo. Asiente en silencio, y sin mirar a nadie sale de la cocina para reunirse con su amigo.

Yo me quedo plantada allí en medio, con la mano en el pecho.

«¿Qué acaba de pasar?».

CAPÍTULO 39

Pronto

PRETO

Mientras el jeep circula a toda velocidad por la autopista, la brisa fresca que entra a través del cristal entreabierto no me sienta nada bien. El trayecto está resultando caótico, los cláxones no dejan de gruñir, pero igualmente dejo vagar la vista por los contornos de la ciudad que se perfila en el horizonte: Polanco. Con una mano en el volante y la otra sosteniéndome la cabeza, me noto los párpados pesados. Empieza a pasarme factura el agotamiento que estoy acumulando a lo largo de estos días.

A mi derecha, Rubén, que no ha abierto la boca en todo el trayecto, aprovecha el atasco para encenderse un cigarrillo. Abre la ventanilla del todo y saca la mano fuera. A veces, permanece encerrado en sí mismo sin darnos explicaciones, pero al cabo de unas horas se pone a hablar como si nada. Cuando el olor empieza a impregnar el coche, prefiero ignorarlo y miro por el retrovisor. Bianca, sentada detrás, tiene la cabeza apoyada en el cristal.

—¿Puedes dejar de fumar, Rubén, por favor? —le pide.

Al momento, Rubén da una última calada y tira el cigarrillo.

Seguimos avanzando sumidos en un silencio religioso y al cabo de veinte minutos llegamos al núcleo de la ciudad. Polanco, con sus barrios residenciales, contrasta brutalmente con la pobreza de Tepito. Los árboles que bordean la avenida, la limpieza de las aceras y los edificios modernos no tienen nada que ver con las favelas y los desperdicios que se acumulan en mi barrio natal.

Aparco el coche delante de un edificio de piedra roja donde vive Aarón Maignan, el prometido de Bianca. De pie en la acera, con los brazos cruzados, observa mi maniobra mientras le tiembla la pierna a causa de los nervios. La expresión de su rostro se suaviza un poco cuando localiza a mi hermana en la parte de atrás.

Debo reconocer que él es todo lo que yo no soy: la paz. Para Bianca, él representa un punto de anclaje. Es el símbolo de la serenidad y de la justicia con las que ella ha soñado siempre. En cuanto echo el freno de mano ella sale del coche. Aarón va a su encuentro y la estrecha entre sus brazos. El abrazo es breve, pero percibo su alivio cuando Aarón posa respetuosamente los labios en la frente de mi hermana. Aquí es un simple gesto afectuoso, pero en nuestro mundo tan negro y abismal es algo que Bianca nunca ha conocido.

Me acerco a ambos y le estrecho la mano a él, asintiendo con la cabeza. No tengo nada que reprocharle a este hombre. Se conocieron en el hospital donde mi hermana trabajaba de enfermera. Él es médico, la trata bien, le ofrecerá una buena vida. Lo respeto por ello.

—Gracias por traérmela —me susurra.

Me limito a asentir con un gesto. Lo único que me importa es que mi hermana esté segura.

Bianca se gira hacia mí y me dedica una media sonrisa triste, delicada y discreta. Soy incapaz de devolvérsela, pero ella ya lo sabe. La puerta de mi maletero hace un clac, y al poco Rubén se nos acerca acarreando las dos grandes maletas que mi hermana ha traído. Con cara de malas pulgas y un cigarrillo sin encender en los labios, nos ignora y lleva las maletas hasta la puerta acristalada del edificio.

—Gracias, Rubén —le dice Aarón.

Mi brazo derecho emite un gruñido por toda respuesta y regresa enseguida al coche. Aarón frunce el ceño, posiblemente confundido por sus malos modales, pero Bianca capta su atención poniéndose delante de mí.

—Bueno… Hermanito, nos veremos pronto, ¿verdad?

Por la emoción que destila su voz, comprendo que ella ya sabe que no puedo responder a eso. Con la clase de vida que llevo, cualquier día podría ser el último en este mundo, y Bianca es consciente de ello. Cuanto más alejada se mantenga de mí, como hizo nuestra madre, mejor le irán las cosas.

Aunque quisiera estar a mi lado, Bianca sabe que ningún Cruz se queda mucho tiempo. Acabamos por marcharnos irremediablemente. Y ya no regresamos.

Retrocedo un paso e imprimo el rostro de mi hermana en mi memoria mientras ella agita la mano para decirme adiós.

Doy media vuelta y me dirijo al coche, donde Rubén ya se ha encendido el cigarrillo.

—Esteban, ¿has podido recuperar el acceso a la videovigilancia del hotel con los códigos que te envió Ricardo?

Me sitúo frente a él esperando su respuesta. Nunca me mira a los ojos cuando hago esto.

—Dispondremos de un margen de quince minutos —responde mientras teclea en su ordenador—. Puedo simular una avería y dejar las cámaras fuera de servicio durante ese tiempo.

—¿Tienes noticias de Abel? —le pregunto a Rubén.

—Estará allí, sin duda. Anoche hubo movimiento en su zona, y varios hombres se desplazaron desde Puebla a México. Se comenta que siempre dice lo mismo: quiere demostrarle a Ángel Cortés que puede volver a entrar en el juego.

Tenso la mandíbula. Abel por poco me la mete doblada, solo por lamerle el culo a un tío que lo considera un mierda. El enésimo error de cálculo por mi parte… Sin las informaciones de Valentina, ese cabrón habría acabado conmigo. ¡Ahora, desde luego, voy a tener que escalar en solitario esa montaña de cocaína!

En la sala se respira una gran tensión. He reunido a todo el mundo para planificar el asalto al Gran Hotel del Sol, lo cual no es ninguna menudencia: recuperar el cargamento, liquidar a Abel y a Salomón y de paso echarle el guante al tal Alexis, que sabe demasiado de nuestro mundo como para seguir de una pieza.

—De los Cortés no nos ocuparemos aún —explico desde uno de los reposabrazos del sofá.

—Son peces demasiado gordos —confirma Rubén—. Sería ponerse palos en las ruedas de la forma más estúpida.

—En cambio, Salomón debe salir de allí con una bala en la cabeza. J. J., tú y tu hermanito cubriréis las salidas de emergencia del edificio. Y me indicaréis las idas y venidas de todos aquellos que no os cuadren.

J. J., con su pelo negro y sus rizos rebeldes, está de pie analizando cada palabra que sale de mi boca con sus ojos verde oscuro. Junto a él, su hermano, Daniele, repantigado en el sofá, se acaricia la barbilla, en cuyo extremo se aprecia una discreta cicatriz. Cuando mueve la cabeza para asentir, su pendiente en forma de diente de tiburón se balancea con suavidad.

Al igual que Sebastián y Esteban, J. J. y Daniele suelen trabajar en pareja. Ya saben lo que han de hacer, pero tengo la desagradable sensación de que todo puede joderse, como nos está pasando cada vez de unos días a esta parte.

—Preto —me llama Sebastián agitando el teléfono—, Bárbara ha confirmado lo de las armas, nos espera a las 17.30.

Asiento con la cabeza y sigo dando instrucciones:

—Quiero ser el primero en ser informado de la llegada de Ángel, Abel y Salomón.

—Se rumorea que Billy Bruce también asistirá a la fiestecita —nos previene Daniele.

—Qué me dices, ¿en serio? —exclama Paco—. ¿Van a correr el riesgo de reunirse todos en un mismo lugar?

—El Gran Hotel del Sol no es el lugar que cuenta con más medidas de seguridad de esta urbe, ni mucho menos, y yo...

Me interrumpo cuando la diminuta silueta de Valentina aparece en el salón. Unas gotas de agua perlan su cabellera morena, mojando la camiseta que lleva puesta y que delinea sus curvas a la perfección. Incómoda por las numerosas miradas que le dedican los presentes, retrocede un paso. Alzo una ceja y la interpelo en silencio.

—Yo… ¿Cocina? —responde al tiempo que señala con el dedo la puerta que hay a mi espalda.

—Date prisa.

Ella reacciona al instante y se apresura a cruzar el salón.

Todos seguimos el ritmo de sus pasos hasta que por fin desaparece tras la puerta.

En cuanto los hombres vuelven a prestarme toda su atención, afirmo sin titubear:

—Esta noche recuperaremos la cocaína que nos robaron. Debemos ser astutos y no dejar nada al azar, ¿entendido?

Lo cierto es que no escucho su respuesta afirmativa. Tengo la mirada perdida en la puerta cerrada de mi cocina y me sorprendo a mí mismo pensando que, mojado, el pelo de Valentina me ha parecido el doble de negro.

CAPÍTULO 40

Capricho

Abro la boca para liberar un bostezo incontenible y me la tapo con el puño. Me pesan los párpados y pestañeo varias veces para poder visualizar correctamente la información escrita que tengo delante. Esteban me ha impreso las fichas de los distintos participantes que nos consta que asistirán a la reunión, y concluyo el resumen con el cabronazo de Abel. La luz del día se filtra a través de la ventana abierta creando una atmósfera anaranjada que baña la biblioteca. Me masajeo la frente y extiendo el brazo para consultar la hora en mi reloj. Ponto serán las cinco. Recojo mis documentos antes de levantarme del sofá y guardarlos en mi despacho. En el salón solo queda Paco trasteando con su arma y Daniele, que se está echando una siesta antes de partir. El resto está con su familia o rematando los últimos detalles del plan. Esta noche lanzaremos un ataque que marcará el final del cártel o un nuevo comienzo. Tal como me recuerdan los ronquidos de Daniele, no soy el único que está agotado. Todos están en pie de guerra desde hace días, y esta tensión perpetua nos consume los nervios poco a poco. Pero no tenemos elección.

Yo no tengo elección.

Esta calma que se respira me parece casi extraña. Me transmite una sensación de paz, pero es una paz efímera. Subo la escalera y cruzo el pasillo hasta mi habitación. Abro la puerta sin llamar y sorprendo a

Valentina sentada en el alféizar de la ventana, abrazándose las piernas. Ella no se vuelve a mirarme, pero la tensión que percibo en sus músculos me confirma que me ha oído perfectamente. Aunque no puedo ver su rostro, admiro su cabellera negra como el azabache cayéndole por la espalda. Puede que en este momento se imagine a sí misma recobrando la libertad más allá de estos cristales. Pero, mientras no recupere mi droga, ella no irá a ninguna parte.

Por fin gira la cabeza en mi dirección, y el verde jade de sus ojos parece querer penetrar mi alma. Con todas sus fuerzas. ¿Cuánto tiempo durará ese ardor en su mirada? Durante unos segundos libra una batalla silenciosa que casi me obliga a enarcar una ceja. ¿Qué espera encontrar?

En cuanto logro regresar a la realidad sacudo ligeramente la cabeza y le ordeno:

—Ponte de pie.

Obedece al instante, sin dudar, sin protestar. Yo sé que me tiene miedo, su forma de reaccionar así me lo demuestra, pero lo disimula cada vez mejor conforme se suceden los días.

—¿Qué pasa? —me pregunta con un hilo de voz.

No le respondo, me limito a indicarle que me siga al pasillo mediante una seña. Cuando me roza al salir, percibo sin querer el perfume de mi gel de ducha en su piel. Inspiro profundamente y al instante me arrepiento de haberlo hecho, sobre todo porque ella se vuelve hacia mí y me observa con las cejas arqueadas.

Cierro la puerta sin decir palabra, pese a su desconcierto.

—¿Ya es la hora?

—Tenemos que hacer una parada —la informo.

Aún nos faltan armas, pero Bárbara, siempre tan eficaz, ha logrado traerlas hasta aquí en menos de dos días. Como tengo que recogerlas en persona y luego dirigirme directamente al Gran Hotel del Sol, prefiero vigilar de cerca a mi ladrona.

Cuando salimos de la casa, la noto aliviada en un principio, pero, por las miradas ansiosas que les lanza a Paco y a Daniele, deduzco que espera no tener que subirse al coche con ellos.

El calor que desprende el sol poniente proyecta unas tonalidades anaranjadas sobre mi vehículo. Cuando rodeo el jeep para ponerme al volante, Valentina parece indecisa, de pie en la acera, con los brazos cruzados.

—No se te ocurra huir —le advierto mientras me acomodo en mi asiento.

Ella se me queda mirando, como si quisiera demostrarme que me equivoco, abre su puerta, entra en el habitáculo y se apresura a abrocharse el cinturón de seguridad.

—No pienso hacerlo —responde en voz baja.

—Bien.

Enciendo el motor y me pongo en marcha. El trayecto hacia el barrio del Volcán transcurre en silencio, bajo los tintes casi irreales del cielo. Una vez allí, la calma le cede el puesto a la música que inunda las calles. Aquí, al igual que en Tepito, se respira desolación, precariedad y crimen. Los edificios están muy pegados los unos a los otros, y sus habitantes parecen enjambres de hormigas atrapadas en su pobreza. Mi vehículo sufre varias sacudidas a causa de las irregularidades del pavimento. Por fin reconozco la fachada de un gris desvaído del edificio en el que me ha citado mi prima. Me dirijo a una plaza de aparcamiento vacía en la calle de enfrente y saco el arma que llevo en la espalda. Valentina empieza a desabrocharse el cinturón de seguridad lentamente y me mira ansiosa.

—No te separes de mí —le ordeno al tiempo que compruebo el cargador de mi Glock.

Ella frunce los labios.

—Por cierto, un consejo: no mires a nadie a los ojos. Este no es el lugar ideal para cometer errores, y preferiría evitar que aquí se cometiera alguno.

—No entiendo lo que está pasando —me confiesa, confundida.

—Te acabo de pedir dos cosas, y entender no es una de ellas.

Oculto el arma bajo mi camiseta y ella arquea las cejas, indignada. Estoy seguro de que, si mi presencia le produjera un poco menos de pánico, habría podido leer la palabra «cabrón» en sus labios.

—Vamos, muévete.

En cuanto abro mi portezuela nos invade el caos de la favela. Entre el ruido ensordecedor de los cláxones, los gritos de los niños corriendo y la risa ronca de unos hombres que están fumando y tomando café en una parada de autobús, ya no soy capaz de oír mis propios pensamientos. Con un gesto de la mano, le indico a Valentina que se me acerque. Ella obedece y casi se me pega cuando un vendedor callejero le dedica un silbido.

Compruebo la carretera antes de cruzar un poco a la brava con la ladrona siguiendo mis pasos. Unas melodías familiares escapan de unas radios con muchos años de uso, y el olor de los puestos de comida callejera nos impregna la ropa al instante. Aparto una pieza de la colada que cuelga de un alambre suspendido entre dos ventanas y finalmente llegamos al destartalado edificio.

Franqueo la puerta, que protesta con un sonoro chirrido, e invito a Valentina a pasar delante de mí. Ella accede al vestíbulo con desconfianza y le empujo suavemente para que avance hacia el hueco de la escalera. Hay un fuerte olor a cerrado y a pintura fresca mezclados, pero, en vista del mal aspecto de las paredes, no sabría decir dónde están trabajando.

Dos plantas más tarde, y después de haberme encendido un cigarrillo, veo a los guardias de Bárbara. Dos completos imbéciles apostados frente a la puerta del piso. Uno de ellos sentado en una silla, que probablemente debe de estar teniendo dificultades para soportar su peso todo el tiempo, y el otro, pegado a la pared; se giran al mismo tiempo al vernos aparecer en el corredor. Conocen mi cara, así que, en cuanto me acerco, el culturista me abre la puerta en actitud respetuosa.

—¿Dónde está Bárbara? —le pregunto.

Hace un gesto con la cabeza y me dice:

—Suele estar en el salón.

La mano de Valentina me roza el brazo cuando la hago entrar conmigo en aquel caótico apartamento. Una docena de tíos nos observan, y ninguno parece estar para bromas. Pero, como todos saben que Bárbara Cruz es mi prima, se apartan. Llegamos al salón, Valentina observa a unos que están sacando armas de unas grandes cajas de madera, con el cigarrillo en los labios. Las paredes están recubiertas con un papel pintado de flores descoloridas. La decoración es antigua, casi *vintage*, y una vieja televisión preside una cómoda de madera.

Como hay mucha actividad en la estancia —unos están contando billetes, mientras que otros empaquetan armas—, no distingo de inmediato a mi prima, que queda oculta en una esquina. Está transmitiéndoles instrucciones a tres hombres con traje, y por la cara que pone está claro que no admite réplica.

—Sígueme —le digo a Valentina mientras me saco el cigarrillo de la boca.

Observo a Bárbara. Hoy va vestida de cuero, lleva bien a la vista su Glock, ligeramente metida en la cinturilla del pantalón, y está bebiendo un vaso de whisky en el que deja marcas de carmín. En cuanto advierte mi presencia, me dedica una sonrisa que tiene lo mismo de resplandeciente que de falsa.

—¡Querido primo! —exclama.

El tonillo burlón de su voz me provoca un escalofrío.

—Las armas —le espeto, para cortar en seco su comedia.

—Tú siempre tan frío —me responde sonriente—. Tengo todo lo que me has pedido. ¡Y más aún si te apetece!

Alzo una ceja y ella me señala unas cajas abiertas que están sobre unas mesas bajas. Me acerco, con la colilla aún incandescente entre mis labios, y miro a Valentina. Presa de la ansiedad, adopta una actitud hipervigilante y está pendiente hasta del mínimo movimiento que se produce a su alrededor.

Señalo una caja de AK-47 y le digo:

—Añade un par al pedido. Y dos cajas de munición.

Bárbara asiente con la cabeza y chasquea los dedos hacia uno de sus guardias para que se encargue.

—Estás preparando un gran golpe, Preto. ¿Vuelves a tener problemas?

La miro de reojo. Su pregunta solo tiene por objeto ponerme de los nervios, y no responderle es la mejor estrategia para desestabilizarla. Observo las armas de fuego con ojo crítico, pero no hay nada que me llame la atención. Bárbara ya me ha preparado un pequeño arsenal que solo espera a ser depositado en mi maletero.

—¿Y esa? —me pregunta señalando a Valentina.

La examina con atención mientras saborea tranquilamente su whisky, lo cual incita a mi prisionera a bajar la mirada. Arqueo una ceja y le lanzo una mirada severa para evitar que se le acerque más.

—Vaya… ¡No me digas que te has presentado aquí con la ladrona!

Carraspeo, a modo de última advertencia para que mida sus palabras. Ella alza las manos, como llamando a la calma, pero sigue rondando alrededor de Valentina.

—Es bonita. Muy bonita —murmura mirándola con picardía.

Valentina sigue en silencio, más bien desconcertada ante semejante escrutinio.

—¿Ya has acabado? —le pregunto tratando de volver a centrar la conversación en el negocio que nos ocupa.

Apuro mi cigarrillo bajo la mirada divertida de Bárbara, que se aleja y empieza a hurgar en una bolsa de deporte.

—¿Qué te parece, Preto? —me pregunta rompiendo el silencio—. Tiene un alcance de primera.

Inspecciono el arma con ojo crítico. No olvido que vamos muy justos de dinero y que no puedo permitirme un nuevo agujero en nuestras finanzas.

—No, no me interesa —concluyo con un tono de voz neutro.

—¿No quieres contarme qué planeas? Así podría aconsejarte mejor —insiste al tiempo que le pasa el arma a uno de sus hombres, que se encarga de dejarla de nuevo en su sitio.

No le respondo, y eso vuelve a provocarle otra de sus risas burlonas que cada vez me pone de más mala leche.

—Muy bien, querido primo. ¿Y qué piensas de esta maravilla?

Noto cómo se me arquea una ceja cuando me muestra un fusil de asalto. Ella lo acaricia mientras enumera sus cualidades, y finalmente su discurso da en el clavo. Me pongo el cigarrillo entre los labios, cojo el arma con ambas manos y empiezo a manipularla.

—Nunca te había visto por aquí.

Una voz masculina me interrumpe cuando estaba en lo mejor, y la prudencia me exige mirar a mi espalda. Unos pasos más allá, Valentina ha sido abordada por uno de los esbirros de Bárbara. Tiene el pelo negro y corto, lleva bigote y un revólver enfundado en una sobaquera bajo su brazo reluciente de sudor; el tipo la mira con una puta sonrisa pérfida que me exaspera.

Me saco el cigarrillo de la boca.

—Me acordaría de tus ojos si…

—Olvídala.

El tío frunce levemente las cejas y me observa con prudencia. Yo soy más grande, pero él va mejor armado y tiene a sus colegas detrás. En contrapartida, aunque de entrada supongo que no sabe quién soy, los otros sí lo saben, y sin duda no intervendrían en caso de altercado.

—Tranquilo, hermano, solo estoy disfrutando del paisaje.

Vale. Probablemente este imbécil acaba de entrar en la banda, necesita probar ante el grupo que los tiene bien puestos y se siente en la obligación de desafiar las normas.

—Tú no harás nada si yo no te doy permiso —le replico en tono glacial.

Un destello de miedo brilla en sus pupilas, pero percibo el esfuerzo que está haciendo para reprimirlo. Se gira hacia sus amigos, que han dejado de hacer lo que estaban haciendo y ahora nos miran. Para su desgracia, nadie lo pone sobre aviso, y él interpreta mis palabras como si con ellas lo estuviera incitando a ir más allá con su provocación.

—Pero si la señorita quisiera un poco de emoción tú no se la negarías, ¿verdad?

A esas alturas ya había acabado con mi paciencia, pero, cuando coge a Valentina de la muñeca para atraerla hacia sí, me invade un brutal arrebato de cólera. Me toco la mandíbula con gesto nervioso.

—Tienes dos segundos para soltarla —le ordeno.

Cuando Valentina busca mi mirada, percibo pánico en sus ojos. No disimula su incomodidad cuando el tipo desliza sus manos sudorosas por los brazos de ella.

—La chica guapa no ha dicho que no —replica con orgullo mientras la acerca más a él.

La expresión de asco de Valentina me golpea directo en el pecho mientras ella empieza a forcejar con él. Esta vez, su numerito me ha cabreado definitivamente. Me acerco a ellos a toda velocidad y sin esperar más agarro a ese cabrón por la nuca y aprieto los dedos para obligarlo a liberar a mi prisionera.

—Suéltala.

Él gime de dolor bajo mi presa. En cuanto suelta a Valentina, ella se aparta y se escabulle detrás de mí. Ahora que ya está fuera de su alcance, le levanto la cabeza al tío y lo obligo a que me mire a los ojos.

—No sabes a quién tienes enfrente, hijo de puta.

Sin vacilar ni un instante, hundo mi cigarrillo encendido en su hombro. Mientras grita de dolor, empujo violentamente su cráneo contra la pared que tengo más a mano. Deja escapar un gruñido. Y, cuando lo incorporo, un hilillo de sangre brota de su nariz, empapándole el bigote.

—Cuando una tía acompaña a un cliente, lo que debes hacer es guardarte la polla dentro del pantalón, ¿no te parece? —le suelto en tono desafiante.

Siento cómo Valentina me clava su mirada, pero, cuanto antes comprenda que en mi mundo los conflictos se resuelven con sangre, más pronto se endurecerá.

Dejo que este cabrón caiga por su propio peso de rodillas, y al hacerlo escupe un diente que se le ha caído.

—Tú siempre tan sutil, Preto —comenta Bárbara entre risas mientras sigue dándole sorbos a su whisky.

Valentina me mira conmocionada, y mi prima se limita a chasquear los dedos y a señalar el cuerpo que yace flácido a mis pies.

—Sacad de aquí a este imbécil.

En cuestión de segundos los hombres cargan con él y se lo llevan.

—No tengo más que decir —le hago saber a Bárbara.

Esta vez no trata de negociar ni de prolongar la discusión. Me conoce lo bastante como para saber que se me ha acabado la paciencia, y no quiere arriesgarse a que acabe rompiendo todo lo que hay en esta habitación. Le hace una seña a Lázaro, su lugarteniente, un tipo flacucho y rubio, con gafas, y este se acerca con una bolsa de deporte cargada hasta los topes. El tío no parece nada del otro mundo, pero alza mi material sin dificultad. Cuando llega a mi altura me la tiende, y me paso la correa por encima del hombro.

—Recibirás la transferencia esta misma semana.

No espero a que mi prima me responda, pues sería capaz de pasarse media hora hablando de chorradas. Cojo a Valentina del brazo y la arrastro tras de mí. Siento cómo tiembla a través de mi muñeca, y sus temblores aumentan cuando en el pasillo del rellano nos cruzamos con el tipo al que acabo de tumbar sosteniendo un pañuelo ensangrentado contra la nariz. Por eso no me ha extrañado que en cuanto hemos llegado a la primera planta haya empezado a forcejear para liberar el brazo.

—No quiero que me toques —exclama con un matiz de terror en la voz.

Me detengo, furioso, y me vuelvo para mirarla. Respira profundamente y, aunque no me quita ojo de encima, su rostro expresa una mezcla de miedo y rabia.

—No puedo perder el tiempo con los caprichos de nadie —la prevengo.

Impasible ante mi amenaza, ella me replica al instante:

—¡Le has estrellado la cabeza contra una pared a ese tío!

Casi se me escapa una risa nerviosa. Esta chica no es consciente de hasta dónde alcanza mi locura, pero en un instante puedo hacer que se trague ese aire tan circunspecto que ha adoptado. Sin embargo, no me da tiempo a responderle. Me adelanta y baja los últimos escalones precipitadamente. Su audacia me provoca al instante un ataque de rabia, por lo que salgo tras ella y en cuatro zancadas la alcanzo a la altura del portal. La cojo de la nuca con una mano y la obligo a volverse. Se le escapa un grito de sorpresa, abre mucho sus ojos verdes y contiene la respiración.

—¿Tanto te cuesta comprender cómo funciona esto? —le espeto cerniéndome sobre ella con toda mi estatura—. Estrellaré las cabezas que me vengan en gana, sobre todo si considero que me han faltado al respeto.

—No quiero que nadie resulte herido por mi…

—¿Por tu culpa? —la interrumpo furioso—. Toda esta guerra ha empezado porque la niñata que eres se negó a mantener el culo quietecito en su habitación. Quisiste jugar a las guerreras, y ahora te toca asumir las consecuencias. Así que deja de lamentarte y empieza a hacerle frente al mundo real.

Deja escapar un gemido de frustración. Forcejea de nuevo conmigo para que la suelte y apoya las manos en mi pecho con la intención de apartarme. Pero yo no retrocedo. Dejo que la correa de la bolsa se deslice hacia abajo por mi hombro y cuando llega al suelo empujo la espalda de Valentina contra el gran espejo del vestíbulo.

Parpadea un instante, pero al momento empieza a agitarse de nuevo. Logro sujetarle ambas muñecas con una mano por encima de su cabeza y con la otra le alzo el rostro.

—¿Estás dispuesta a acatar las normas? Mejor eso que una bala en la cabeza, ¿no? —le digo al oído.

Valentina se muerde el labio. Miro hacia abajo un segundo y observo ese rosa turgente que hace desaparecer tras sus dientes. Aunque sigue conmocionada, asiente lentamente con la cabeza y baja los párpados; posiblemente lo esté haciendo para que me aparte de ella, más que por convicción.

No importa, porque ahora sé que ha recibido el mensaje con toda claridad. Rebajo suavemente la presión que seguía ejerciendo sobre su piel, retrocedo y recojo la bolsa del suelo.

Mientras nos dirigimos hacia el coche, sujetando firmemente del brazo a Valentina, constato que ya ha anochecido.

La reunión empezará pronto.

CAPÍTULO 41

Azul en el alma

VALENTINA

El reloj del salpicadero indica que casi es medianoche.

Preto aminora la marcha y aparca en la acera, frente a la impresionante fachada del Gran Hotel del Sol. El edificio me parece inmenso, tiene un montón de pisos de altura.

La bandera de México ondea orgullosa en un mástil, mecida por la brisa. El lugar me parece cautivador. No suelo frecuentar los barrios más exclusivos de México, así que juego nerviosamente con los dedos.

—Puede que ya esté dentro —le susurro.

—Sigue mirando la entrada —insiste Preto sin darme más opciones—. Llegará al mismo tiempo que los demás.

Dejo escapar un leve suspiro y vuelvo a centrar mi atención en la entrada del hotel, donde los conductores esperan con una sonrisa afable reservada a los clientes. Siento que en el aire flota cierta agitación. Mientras estamos estacionados en la acera hay un continuo desfile de cochazos. Dos hombres vestidos con trajes negros entran en el hotel, acompañados de sus guardaespaldas, y a continuación aparece un tío vestido con una camisa de flores. Creo distinguir el traje blanco de Salomón, pero apenas es un punto en medio de al menos una docena de gigantones, seguramente armados hasta los dientes.

Me llevo un buen susto cuando Rubén abre la puerta trasera y se desliza en el asiento. No pronuncia una palabra, se limita a hacerle un gesto con la cabeza a Preto, baja su ventanilla y al cabo de un instante el olor acre de su cigarrillo invade todo el vehículo.

—Concéntrate —me apremia Preto.

Lo intento, pero el denso silencio que nos envuelve duplica mi angustia. Solo pensar en tener que participar en todo esto me aterroriza, aunque me aferro a la idea de que tras esta misión todo habrá terminado por fin. Podría volver a casa, reencontrarme con mi abuela.

Por un instante dejo vagar la mirada hasta Preto, que sigue observando las idas y venidas de los clientes. Le tiembla la pierna bajo el volante, aunque no sabría decir si es debido a un exceso de concentración o al nerviosismo.

De pronto, una silueta llama mi atención, y sin pensarlo exclamo:

—Ahí está.

Preto busca entre la gente que pulula en la entrada mientras yo señalo con el dedo a Alexis, que está subiendo las escaleras exteriores del hotel. Perfectamente reconocible por su camisa vaquera, se ha peinado cuidadosamente la melena oscura hacia atrás, como si hubiera invertido su tiempo en prepararse para la ocasión.

—¿Estás segura? —me pregunta Preto deslizando la mano en el bolsillo de su pantalón sin apartar la vista de la persona que acabo de identificar.

—Sí, estoy segura.

Preto coge su teléfono y llama a alguien. Mi corazón palpita con tanta fuerza que por un instante se me nubla la vista. Sueño que estoy lejos de todo esto, en cualquier lugar menos aquí. Pero lo que hago no está bien, acabo de delatar a la persona que quiso ayudarme…

—Sebastián —exclama Preto—, vamos a entrar. No te alejes.

Cuelga sin esperar respuesta y comprueba una vez más el cargador de su arma. Se vuelve hacia Rubén, que ya está listo para entrar en acción.

—Llama a Esteban para que la vigile. Y reúnete conmigo inmediatamente después.

La sola mención del asesino del señor Suárez me provoca un escalofrío en la espalda.

Cuando Preto abre la puerta del coche, trato de retenerlo sujetándole el brazo. Se queda inmóvil, con un pie ya en la acera, y frunce el ceño. Su mirada oscila entre mi mano y mi rostro.

—Creo que no es buena idea que entres —le digo sobreponiéndome a mi ansiedad desatada.

—¿Esta tía está pirada o qué? —exclama Rubén.

Lo ignoro y miro a Preto a los ojos.

—Vas a hacer que te maten en cuanto pongas un pie en ese hotel —le explico—. Los hombres de Salomón no se lo pensarán dos veces.

Y, por lo que me ha parecido ver, allí dentro hay muchos.

—¿Porque a ti, en cambio, te pondrán la alfombra roja? —me replica con frialdad.

Trago saliva e insisto:

—Yo conozco a Alexis y tú no. Tendría muchas más oportunidades de obtener información sin provocar un baño de sangre. Si te abaten y sobrevive aunque sea uno de tus hombres, aún podrían ir a por mí. Por eso debemos actuar con lógica; no todos los guardaespaldas de Salomón conocen mi rostro, mientras que el tuyo lo conocen muy bien.

—¿Qué estás tratando de decirme?

El corazón me retumba dolorosamente en el pecho. Tengo la impresión de estar firmando mi sentencia de muerte cuando le digo:

—Deja que vaya yo.

—¿Qué? —exclama Rubén—. ¡No podemos dejarla marchar!

Preto niega con la cabeza, y al parecer está de acuerdo con su amigo, porque se dispone a salir del coche.

Al ver que no puedo impedir que vaya, siento una profunda desesperación.

¡No! Salgo del coche a toda prisa, pero Rubén me grita y me persigue.

—¡Tengo más posibilidades que tú! —insisto mientras corro alrededor del coche para llegar hasta Preto.

—Vuelve a subir, Valentina. No tengo tiempo para esto.

Recula, pero lo agarro de la camiseta. Se pone colorado, y los ojos le brillan de cólera.

—Él me conoce —le repito—. Será más fácil que confíe en mí. Lo único que tengo que hacer es localizar la droga, y así podrás hacerte con ella sin que te liquiden.

—Si nos quedamos aquí, nos descubrirán —nos apremia Rubén cuando llega a nuestra altura.

Me escruta atentamente desplazando los ojos con rapidez. Me da la impresión de que está sopesando los pros y los contras. Por suerte, la calle está relativamente animada a pesar de que es algo tarde, y la gente que pasa por allí nos permite desplazarnos entre la multitud.

—Él confiará en mí —le repito a media voz.

—Preto —lo llama Rubén para que se apresure a acercarse a él.

Temo escuchar las palabras que pronunciará Preto en cuanto despegue los labios, pero se limita a susurrarme:

—Nada me garantiza que no me joderás, Valentina.

Sus ojos azul celeste me hostigan, como si trataran de penetrar en mi alma.

—¡Te prometo que no te jod… que no te haré ninguna mala jugada!

—¡Preto, vámonos! —insiste Rubén.

—En cuanto esto termine no volverás a oír hablar de mí —arguyo—. Ya no nos queda mucho tiempo.

Es mi única puerta de salida, así que me sincero con él:

—Quiero que recuperes tu droga, Preto. Quiero que la recuperes para que esta historia termine de una vez.

Transcurren algunos segundos. Me escruta, me evalúa y duda, lo percibo. Hasta que por fin baja el mentón.

—Preto, no me jodas, por lo que más quieras —le espeta Rubén echándose el pelo hacia atrás.

En cuanto veo que Preto saca el arma que llevaba prendida del cinturón, se me aceleran las pulsaciones.

—Está en lo cierto. Tengo menos posibilidades que ella.

Rubén refunfuña, pero Preto lo ignora y me tiende su pistola.

—Yo… Yo no sé cómo funcionan estos chismes —protesto.

Sin perder la calma, Preto me señala el gatillo del arma.

—Lo haremos sencillo: esto es una Glock. Lo único que has de hacer es apuntar, y para disparar aprietas el gatillo, justo aquí.

Me pone la pistola en la mano. El metal helado me provoca un escalofrío, pero, sobre todo, me parece mucho más pesada de lo que me imaginaba.

Trago saliva, pero le permito que juguetee con mis dedos para mostrarme cómo debo sujetarla a fin de anticipar el retroceso.

—Entras y sales inmediatamente, en cuanto tengas la suficiente información —concluye en un tono que no admite réplica.

Me enseña su teléfono y me lo pone en el bolsillo trasero de mis vaqueros.

—Envíale un mensaje a Rubén en cuanto sepas la localización.

Me coge el arma de la mano, tira de la cinturilla de mis vaqueros y la introduce en el hueco. Sus manos me rozan las caderas; sin darme cuenta, de pronto aprieto con los dedos la parte de su camiseta que aún sigo sujetando, casi sin respiración, y por fin asiento.

—Valentina.

El timbre de su voz ha cambiado; ahora suena más grave, más solemne.

—Piensa sobre todo en tu familia. Ella es tan importante para ti como para mí lo es la droga. ¿Comprendes?

—Desde luego.

—No me des motivos para arrepentirme de haberte dejado con vida —concluye antes de ponerme la camiseta por encima del arma para ocultarla.

Me tiemblan las piernas mientras retrocedo. Rubén niega con la cabeza y da la vuelta al vehículo para sentarse en la plaza del acompañante, Pero Preto no se mueve. Se cruza de brazos, a la espera de que me lance.

«¡Vamos, Valentina!».

Avanzo hacia el hotel con la sensación de que ya no soy ni la sombra de quien era. Cruzo la avenida y me confundo con los ricos clientes.

Mis deportivas chirrían al pisar los escalones de mármol mientras rezo en silencio para no derrumbarme. Tengo que hacerlo.

Cuando llego ante las puertas giratorias de cristal, vuelvo la cabeza una última vez. Preto, de pie, sigue mirándome. Inspiro profundamente y desaparezco en el corazón del Gran Hotel del Sol.

CAPÍTULO 42

Chantaje

Alzo la cabeza hacia las cristaleras del Gran Hotel del Sol. El vestíbulo me parece más grande que todo mi barrio, e impresiona por la altura de sus paredes y el tamaño de sus arañas de cristal. Sin embargo, no me entretengo en contemplar la belleza de todo cuanto me rodea.

¡Debo encontrar a Alexis!

Procuro abrirme paso entre la multitud. Las discusiones y las risas acentúan el dolor de cabeza que arrastro desde que salimos del piso de la vendedora de armas. Miro desesperadamente a derecha e izquierda en busca de la única persona capaz de ayudarme, pero esto es peor que buscar una aguja en un pajar. Este lugar es demasiado grande, y, si Alexis ya ha salido de la recepción, entonces…

Un hombre de gran estatura me empuja al pasar. Mi precario equilibrio está a punto de hacerme caer, y me veo obligada a sujetarme a un sofá de cuero rojo para no acabar en el suelo. Me dispongo a enderezarme y a pedir excusas, pero, al levantar la cabeza, centro mi atención en la escalera.

¡Alexis! ¡Está allí!

Está de espaldas, pero reconozco su pelo moreno, y sobre todo su silueta, aunque lo que más lo identifica es su camisa vaquera arremangada. Mis piernas se ponen en marcha y me precipito en su dirección, aliviada porque todo está resultando muy fácil. Bien, él está solo, así que podrá decirme lo que Preto quiere saber y todo habrá terminado.

—Alexis —lo llamo, sin aliento tras haber subido una veintena de escalones.

No me ha oído y gira a la derecha en cuanto accede a la primera planta. Lo sigo a paso rápido a través de un largo pasillo; la moqueta amortigua mis pasos. No me atrevo a llamarlo, pues el ruido a nuestro alrededor se ha atenuado, y no quisiera atraer la atención del personal o de algún cliente que deambule por aquí. Espero hasta que se detiene frente a una puerta acristalada, llego a su altura y le doy un golpecito en el hombro.

—Alexis —vuelvo a repetir su nombre en voz baja.

Se gira, con los cincos sentidos en alerta, pero se queda estupefacto en cuanto me reconoce. Sin dudarlo un segundo, me coge del brazo y me empuja al interior de la sala en la que él mismo estaba a punto de entrar.

—Joder, Valentina, ¿qué coño estás haciendo aquí? —me pregunta indignado, sin ocultar que está horrorizado—. ¿Te has vuelto loca?

Mira a su espalda con evidente preocupación y cierra la puerta, aunque lo cierto es que los cristales no nos brindan la menor intimidad. Me fijo en las mesas con manteles y arreglos florales y en el bar ya preparado, y deduzco que esta sala repleta de ornamentos dorados recibirá invitados en breve.

—Te necesito, Alexis —le explico precipitadamente.

—Pero ¿qué te ha pasado?

Percibo urgencia e inquietud en su voz. Sigue sujetándome los brazos, así que intento adoptar un tono más pausado para que se tranquilice.

—Siento tener que implicarte en todo esto, pero te necesito de verdad —le explico con un nudo en la garganta.

—¡Has desaparecido por completo de los radares, cuando regresé a la habitación la encontré vacía!

—Lo sé, pero no tuve más remedio que marcharme.

Alexis me suelta y se coge la cabeza con las manos. En ese momento noto cómo fluye un torbellino de ideas por su mente, y también que está siendo presa de sus propias emociones. Da algunos pasos por la sala, alejándose de mí.

—No tuve elección —le repito.

¡Y desde luego este no es el mejor momento para explicarle el cómo y el porqué!

—No puedes estar aquí, es…

—Alexis —lo interrumpo—. No pienso quedarme aquí, pero necesito saber dónde está la cocaína. Es una cuestión de vida o muerte.

Quisiera mostrarme más fuerte, pero noto cómo se me rompe la voz. La confusión asoma en su rostro, surcado ya por unas profundas ojeras. Si una lo piensa bien, ¡preguntarle a un policía dónde están ocultos dos millones de dólares en droga resulta de lo más grotesco!

—¿De qué me estás hablando?

El tono de su voz, duro, casi desafiante, me revuelve el estómago. Su rostro ha dejado de expresar inquietud y ha dado paso a la desconfianza. Estoy viendo que obtener cualquier información de él va a resultar mucho más complicado de lo previsto. Sé que me queda una carta en la manga, pero lo último que desearía hacer es amenazarlo con revelar su doble identidad a fin de conseguir lo que quiero.

—No puedo decirte más. Solo que necesito saber dónde está, y la última vez que hablamos la tenía un tal Coloma.

Se me queda mirando con sus grandes ojos abiertos de par en par y echa un vistazo cargado de ansiedad a la sala.

—Valentina, lo que me pides no tiene sentido. Aquí corres peligro. ¿Por qué necesitas la droga? ¿En qué medida estás implicada?

Todas estas preguntas me provocan frustración e impaciencia. Sé que no dispongo de mucho tiempo, y Preto no tardará en perder la paciencia si no le doy noticias pronto.

¡Al final, en lugar de huir, acabaré en medio del fuego cruzado!

—Necesito que me creas, es importante. ¡Es muy importante, Alexis!

Hace una mueca; mi súplica solo ha servido para hacerlo retroceder. Desde este momento duda de mí, y creo que incluso piensa que formo parte de esta pesadilla.

«¡Bien hecho, Valentina!».

—No puedo darte esa información —me responde muy serio—. Sería ponerte en peligro a ti, y a mí también. No correré ese riesgo.

Siento cómo se me resquebraja el corazón. Las lágrimas me suben a los ojos, pero me resisto a ceder. No ahora. No sin luchar. Me estoy quedando sin opciones y me detesto a mí misma solo por contemplar la posibilidad de dejar al descubierto su tapadera. Ni él ni yo deseamos seguir navegando por este mundo tan oscuro, pero en este momento estamos en bandos opuestos.

—Te lo suplico —intento convencerlo una última vez.

—¿Qué te pasa? ¿Tienes problemas con el dueño de la cocaína? ¿Lo conoces? ¿Por qué una civil necesitaría hacerse con un cargamento de droga?

Una lágrima se desliza por mi mejilla. Me siento tan desvalida e impotente que me tiemblan las manos. Tengo la sensación de que el teléfono que oculto en el bolsillo trasero es una bomba de efecto retardado que llevo firmemente adosada a mi cuerpo. ¡Si no envío enseguida un mensaje, estoy acabada!

Al ver que no respondo, Alexis consulta su reloj y mira ansioso las puertas acristaladas.

—Escucha, Valentina, me encuentro en medio de una misión, yo no...

—Lo sé, lo sé, pero estoy entre la espada y la pared. Mi abuela, mi tía...

Ya está, las lágrimas empiezan a correrme por las mejillas. Él frunce los labios, y entonces comprendo que se debate entre su deseo de socorrerme y la necesidad de no abandonar los objetivos que se ha marcado.

—Ando tras algo más grande que Salomón —me explica—. Esta reunión es mi oportunidad de hacerme notar, de causar un impacto real en la lucha de las fuerzas del orden contra el crimen organizado y el narcotráfico.

Trago saliva, casi horrorizada. Según él, lo que suceda esta noche influirá decisivamente en su carrera. ¿A qué aspira? ¿A una medalla o a un puesto de mayor prestigio en el seno de la Policía? Tanto si es una cosa como la otra, es lo único que cuenta para él. Para mí, en cambio, toda esta historia se ha convertido en una cuestión de vida o muerte. Así que voy a hacer que cante. Por mi supervivencia.

De pronto, me tapa la boca con la mano, poniendo fin de forma abrupta a nuestra conversación. Entonces oigo unas voces que se acercan por el pasillo. Entro en pánico cuando Alexis me aprieta los hombros para que me agache.

—Debajo de la mesa —me ordena al tiempo que levanta el mantel para que me oculte—. No muevas ni un músculo.

Me deslizo hasta el centro, pego las rodillas al pecho y me llevo una mano a la boca. Cuando Alexis baja el faldón del mantel, sumiéndome en la penumbra, trato de acompasar mi respiración jadeante.

—¡Alexis Gonzales!

Reprimo un gemido de terror al reconocer la voz: es la de Salomón.

Una serie de recuerdos violentos se me aparecen en forma de flashes y lucho por rechazarlos. Procuro quedarme lo más quieta posible, pero he tenido que adoptar una postura incómoda. Mis músculos protestan con ganas, y, por el modo en que estoy contorsionada, siento el corazón latiéndome ferozmente en los oídos. Desde luego, este no es el mejor momento para desmayarse.

—Salomón Rivera —responde Alexis.

Resuenan más pasos en la estancia y, efectivamente, al cabo de un instante Alexis vuelve a hablar:

—Don Ángel. Don Miguel.

Se me hiela la sangre en las venas. Si me descubren… Apenas me atrevo a pensar en ello. Cada vez oigo más ruido a mi alrededor.

Las puertas de cristal se abren y se cierran numerosas veces, y se alzan un montón de voces de hombres. Con la de gente que ha acudido a esta fiesta… ¡Y yo estoy condenada a permanecer aquí!

El corazón se me desboca. Reprimo un sollozo. No tengo más remedio que esperar, oculta bajo esta mesa y rodeada por una decena de narcotraficantes. ¿Puede haber peor escenario para una velada? ¿Por qué no habré dejado que Preto se llevara un balazo en la cabeza? Cierro los ojos, trato de concentrarme en mi respiración y de hacerme lo más pequeña posible.

—Vamos, vamos, señores —se alza una voz por encima de las demás.

El sujeto en cuestión da unas palmadas para reclamar la atención de los presentes.

No identifico al orador hasta que alguien pregunta:

—¿Podemos empezar con la reunión, Ángel?

—Sí, creo que tenemos muchas cosas que contarnos.

Hace una pausa y a continuación oigo unos pasos, justo al lado de la mesa.

Ángel retoma la palabra:

—¿No es así, querido Abel?

CAPÍTULO 43

El fin

—Tengo doscientos kilos de cocaína.

Estoy a punto de dar un brinco cuando oigo a mi izquierda el ruido de las patas de una silla bajo la mesa.

El propietario de la voz —supongo que debe de ser Abel— se instala tranquilamente, mostrándome dos piernas embutidas en unos vaqueros grises. Me quedo estupefacta, pendiente de lo que vaya a suceder a continuación y rezando para que no se le ocurra mover los pies hacia delante.

—¿Y…?

—Y puedo vendértela a mitad de precio, Ángel. Con este obsequio tal vez podamos hacer borrón y cuenta nueva en cuanto a las rencillas del pasado, ¿no te parece?

La siniestra media sonrisa de Ángel se me infiltra bajo la piel. Transpira desprecio, pero sobre todo desvela una crueldad que hiela la sangre. Creo que tardaré en olvidarlo.

—¿Y por qué harías tal cosa, eh, Abel?

—Tú me pediste pruebas de mi buena voluntad; pues bien, aquí está la prueba.

—La jodiste un montón de veces cuando quisimos hacer negocios contigo. ¿Y ahora te plantas aquí y me ofreces doscientos kilos de cocaína? ¿Doscientos kilos? ¿De dónde has sacado semejante cantidad?

—Creo que aquí va a haber un pequeño problema —los interrumpe la familiar voz de Salomón.

También reconozco sus zapatos de estilo inglés cuando toma asiento alrededor de la mesa, esta vez a mi derecha.

—La droga es mía —afirma.

—Mis chicos encontraron este cargamento. Así que, mientras no se demuestre lo contrario, es mía —afirma Abel frotándose las manos en los muslos.

Sus anillos de oro contrastan con los tatuajes de los dedos. Tamborilea nerviosamente con las yemas en los pantalones, aunque supongo que en la superficie de la mesa nadie percibe esta señal de ansiedad.

—Pero bueno ¿es que todos queréis reíros de mí en mi propia cara? —se impacienta Ángel—. ¿Dónde está la puta droga?

—Puedes marcharte esta misma noche con ella, la tengo almacenada en la cámara frigorífica del hotel.

Me siento eufórica de repente. ¡Ya la tengo!

Deslizo las manos lentamente y cojo el teléfono que se encuentra en mi trasero. Me tiemblan los dedos cuando lo desbloqueo y tengo la sensación de que estoy tardando una hora en encontrar el nombre de Rubén, pero por fin, sin que nadie sepa lo que está pasando, logro enviar el siguiente mensaje:

Cámara frigorífica. Hotel.

—¡Lo tienes claro, carajo! —se rebela Salomón, y al oírlo vuelvo a tenderme en el suelo—. ¡La cocaína se vuelve conmigo!

—¿Por qué?

La voz glacial de Ángel deja una estela de silencio. Trago saliva durante lo que me parece una eternidad.

—Hay un niñato que pretende hacerse un nombre en el negocio —explica por fin Salomón—. Fue a Colombia a buscar esa droga para mí.

—¿Quién es? —pregunta Ángel.

—Un tipo, un joven.

—Salomón, si quiero, puedo ponerle fin a tu negocio ahora mismo. Borra esa puta sonrisa de chapero de tu jeta y explícanos de qué hablas.

La voz de Ángel suena tan ronca y seca que parece surgir directamente del infierno. Siento un escalofrío recorriéndome la espalda, pero me esfuerzo en no perder la concentración.

—El jovenzuelo actúa en Tepito —explica Salomón con un matiz de irritación en la voz—. Decidí vender un producto más puro, y él debía encargarse de recuperarlo. Hay tres buenos proveedores en Colombia, y el trato era que él lo traería hasta México y que después yo lo revendería a Estados Unidos. Pero ese hijo de puta me la jugó.

—¿Su nombre?

—No creo que sea su verdadero nombre, pero se hace llamar Preto. Es el hijo de la Hoja.

La risa de Ángel, más fría que nunca, resuena por la sala.

—Ryan Cruz siempre decía que su hijo había muerto. ¿Acaso ese cabrón tenía otro hijo secreto?

—No mentía del todo —precisa Salomón—. Uno desapareció, pero sí, tenía otro, eso está claro…

—Y tú pensabas hacer negocios con Cruz, si lo he entendido bien.

—No tenía la menor intención de otorgarle demasiado poder, en cualquier caso. Él solo tenía que trasladar la droga para mí mientras yo identificaba a sus contactos colombianos. Nunca le habría dado la oportunidad de ascender en la escala, evidentemente.

—La Hoja está muerto, por suerte —afirma una voz que desconozco—. Ese tío estaba totalmente desquiciado. Y, aunque demos por sentado que, al igual que su padre, tampoco tiene madera para los negocios, no debemos permitir que el hijo meta las narices en nuestros asuntos. Si ha heredado aunque sea la mitad de la locura de su padre, podría…

—Miguel.

La voz de Ángel interrumpe el monólogo del que deduzco que debe de ser su hermano, según las informaciones que Alexis me transmitió.

—Yo podría ocuparme de matar a ese cabrón.

Percibo en la voz de Salomón lo mucho que odia a Preto. Y sé de dónde proviene.

—Todo a su debido tiempo —le responde Ángel retomando la palabra—. Has dicho que jodió la entrega. ¿Qué pasó? ¿Y por qué quieres cargártelo?

—¡Mató a Irnesto, joder!

Vaya, esta vez es él quien transpira tristeza. Tal vez debería sentirme culpable de esa tragedia. Después de todo, si yo no le hubiera seguido el juego a mi prima, Salomón nunca habría intentado tocarme, Preto no habría asaltado su casa e Irnesto no habría perdido la vida. Sin embargo, no puedo evitar regodearme en su dolor. Este apenas representa una ínfima parte de la tortura que semejante monstruo pretendía infligirme.

Condenada a guardar silencio, frunzo los labios y sigo pendiente de una conversación que no me concierne.

—¿Me estás diciendo que el muchacho al que no piensas darle ocasión de ascender en la escala fue capaz de matar a Irnesto? ¿Cómo es eso?

—Hizo una incursión en mi casa, se cargó a la mitad de mis hombres y rescató a su puta de ojos verdes. Y todo por una…

—Espera. ¿Qué puta?

Distingo la risa burlona de Abel, pero Salomón le replica al instante:

—La que Abel debió de enviar para que robase la mercancía.

El corazón me retumba en el pecho. ¿Entonces… entonces Paloma conocía al tal Abel? ¿Fue él quien le propuso poner en práctica aquel descabellado plan?

—No sé de qué…

—No importa —lo interrumpe Ángel sin permitir que Abel se defienda—. ¿De dónde ha salido?

Oigo cómo Salomón inspira profundamente y veo cómo aprieta el puño debajo de la mesa antes de responder:

—Se llama Valentina Isabella Velásquez.

Me quedo petrificada al oír cómo recita mi nombre completo. De pronto, el frío se propaga violentamente por mis venas. ¿Cómo…? Si él sabe eso, ¿qué más debe de saber?

—Desde que Preto me la metió doblada, solo pienso en divertirme con su juguete. La he buscado desesperadamente, pero su abuela se niega a decirme dónde puede haberse metido. Y eso que me mostré muy persuasivo… Tendré que probar con otros métodos.

Me quedo sin respiración de golpe. Es como si mis pulmones se hubieran contraído y mi garganta se cerrara sobre sí misma. Un sentimiento de horror se me lleva por delante como un tsunami, arrasándolo todo a su paso, incluidas mis esperanzas.

Abuelita.

Me siento flotar, entre la tierra y el cielo. ¿Persuasivo? ¿Qué le habrá hecho? Lentamente, una oleada de pánico me retuerce el corazón. Creo que lo está dejando sin sangre a medida que se expande. Me asfixio, empiezo a moverme a uno y otro lado. El mundo parece oscilar a mi alrededor, y entonces me golpeo la cabeza con el tablero de madera de la mesa.

Me quedo paralizada.

—¿Está aquí esa puta? —exclama Abel con una voz que causa terror.

Desliza la silla para apartarse, y entonces capto, como a cámara lenta, el momento en que sujeta el mantel y lo levanta.

La luz de la sala me hace entornar los ojos cuando el rostro de Abel Coloma aparece ante mí. El mundo se detiene, al igual que mi corazón.

Es el fin.

CAPÍTULO 44

Sufrir hasta perecer

VALENTINA

Abel permanece inmóvil, pero el silencio que reina a su espalda me hace temer lo peor.

—Puta de mierda…

Presa de una angustia indescriptible, mi corazón palpita con violencia dentro de mi caja torácica. Nunca me hubiera imaginado que un día apuntaría a alguien con un arma. Sin embargo, mi primer impulso ha sido coger la mía con ambas manos y sostenerla firmemente delante de mí. El frío tacto del metal me recuerda que debo concentrarme, aunque ignoro si sería capaz de disparar.

Hubiera preferido no tener que llegar jamás a este extremo.

De pronto, la mesa vuela por encima de mi cabeza, como llevada por una ráfaga de viento. Salomón se ve obligado a retroceder rápidamente para que el mueble no lo alcance con el impulso, y al instante oigo la madera romperse cuando impacta contra la pared. Todos los presentes me rodean, agitados, mientras yo me pongo en pie como puedo, sin bajar el brazo, que sigo manteniendo tendido.

—¿Qué coño está haciendo ella aquí? —brama un hombre trajeado al fondo de la estancia.

Uno de los presentes desenfunda la pistola, y al cabo de un instante prácticamente todos me están apuntando con sus armas. Retrocedo, aterrorizada, mientras la mayoría de ellos me gritan que tire la pistola. Las amenazas siguen sucediéndose cuando mi espalda choca con la pared.

—Esperad —ordena una voz fuerte y clara que inmediatamente asocio con Ángel.

Casi todos se vuelven hacia él, a la espera de órdenes, pero sin dejar de encañonarme.

—¡Dios mío! —exclama Salomón con una alegría perversa.

Él no me está amenazando, pues dos de sus hombres que lo han rodeado al instante para protegerlo lo hacen en su lugar. De pronto empieza a frotarse las manos, exaltado. Lo apunto con mi arma, después apunto a su guardaespaldas, que avanza un paso hacia mí, a Abel y finalmente a una decena de rostros que no conozco. El miedo me supera. Todas esas miradas oscuras me anuncian que mi muerte está próxima. Está aquí, la realidad de este mundo de narcotraficantes acaba de hacerse tangible.

—¿La conoces, Salomón?

Me giro hacia Ángel, que se encuentra a escasos metros de mí, y lo apunto con mi pistola. Su aparente tranquilidad me indica que no teme en absoluto que yo vaya a apretar el gatillo. Sus iris ambarinos y su pelo castaño corto le confieren una especie de aura de serenidad. Casi protectora. Nada que ver con el psicópata que me había descrito Alexis. Sin embargo, cuanto más lo observo, menos me fío de mi primera impresión. Es un tipo alto, delgado e intimidante. Su impecable traje azul conjunta a la perfección con una camisa blanca inmaculada, que le da un aspecto muy elegante. Presta atención a los detalles, a juzgar por los gemelos de oro que brillan en los puños de sus mangas y por sus mocasines perfectamente lustrados. A su lado tenemos una versión más madura de él. Y algo más imponente también. Estoy segura de que es su hermano, pues ambos se parecen mucho.

Me vuelvo hacia Salomón y me quedo boquiabierta ante su imagen. Está tal como lo recuerdo, con su traje blanco demasiado justo en la cintura. Su rostro demasiado terso, congelado por el bótox, brilla a causa del sudor. Lleva el pelo negro engominado hacia atrás, como si se creyera un padrino de la mafia italiana. Sus ojos oscuros, desprovistos de humanidad, me escrutan, provocándome una nueva mueca de asco.

Me lo imagino con Abuelita y al instante se me revuelve el estómago.

—La puta de Preto —murmura Ángel.

Las lágrimas me nublan la vista, pero le sostengo igualmente la mirada. Soy incapaz de decir si tiene intención de hacerme daño o si, por el contrario, le da totalmente igual lo que pueda pasarme.

—Hay que matarla, don Ángel —insiste Abel.

—O tal vez deberíamos averiguar lo que sabe —le replica Alexis.

Aún no había reparado en él, semioculto en una esquina de la pieza, al lado de un hombre con camisa de flores. Se adelanta, le dedica una respetuosa inclinación de cabeza a Ángel y me observa con ojo crítico. Si he de ser sincera, en este momento tengo la impresión de que somos dos extraños. Ignoro hasta qué punto ha llegado a implicarse en el mundo del narcotráfico ejerciendo como infiltrado. Pero, en cualquier caso, a nadie parece asombrarle que haya tomado la palabra.

—Ella podría ayudarnos a pillar a Preto, ¿no? —sugiere—. Matarla sería un error.

Aunque su rostro no expresa ninguna emoción, comprendo que sus palabras pueden salvarme la vida.

—Ella se viene conmigo —anuncia Salomón exhibiendo una sonrisa mezquina.

Sin embargo, gira la cabeza hacia Ángel, como si le pidiera permiso. Los recuerdos de su agresión me vuelven a la memoria en toda su crudeza. Lo revivo todo, sus manos en mi cuerpo, la pelea en la que nos enzarzamos, la violencia que empleó conmigo, su peso cuando me inmovilizó en el suelo. Apenas puedo tragar saliva, y casi sin darme cuenta apunto directamente a su corazón.

«Abuelita, ¿por qué has tenido que cruzarte tú también en el camino de semejante monstruo?».

—¿Qué… qué le has hecho? —mascullo tan bajo que dudo que alguien me haya oído.

—Oh, mi pobre pequeña Valentina —me dice burlándose de mí sin el menor disimulo.

Su actitud displicente me revuelve el estómago. Mira a sus hombres buscando su aprobación mientras las lágrimas me inundan las mejillas.

—Vamos, baja el arma, que aún podrías lastim…

—¡Te has atrevido a ir a por mi familia! —lo interrumpo.

La rabia empieza a correrme por las venas, al fin. Mezclada con el miedo y la angustia, forma un cóctel explosivo. La verdad es que ya no le temo a la muerte, y si esta sala ha de ser lo último que vea en mi vida, entonces quiero saber qué les ha hecho a mis seres amados.

—Bueno, yo no lo diría exactamente de ese modo —me responde con una sonrisa—. Y además, como no estaba allí, me inclino por decirte que no.

Sacude levemente la cabeza, fingiéndose ofendido.

Me quedo sin palabras, se me cierra la garganta y de pronto el arma parece pesar cada vez más en mi mano. Me arde el estómago, y entonces me oigo a mí misma preguntándole:

—¿Qué le has hecho?

Se coge el mentón con los dedos, como si estuviera reflexionando, y me dedica una amplia sonrisa.

—Preferiría llevarte personalmente a tu casa, bonita, para que lo vieras por ti misma. La querida Valentina García ha demostrado tener agallas, debo reconocerlo. Aguantó el tipo durante horas, incluso después de que mis chicos le rompieran los dedos uno por uno y le quemaran la cara con cigarrillos.

Observa mi reacción y lo satisface contemplar el horror en mis ojos.

—Hice que le cortaran el cuello a la puta de tu abuela.

Se me corta la respiración. Toda la ansiedad y la desesperación que siento en este instante me provocan una oleada de náuseas y hacen que se me revuelva el estómago.

No me lo creo.

Tengo la sensación de que mis manos atraviesan mi piel para arrancarme el corazón violentamente y lo desgarran en miles de trozos. La sala parece encogerse a mi alrededor, hasta el punto de provocarme un ataque de vértigo.

—Mientes… Mientes… ¡No has podido hacerlo! ¡Mientes!

Ahora me percato de que tengo el dedo en el gatillo.

—¡No has podido hacer eso! —le grito.

Todos me observan, pero nadie se mueve. Ninguno de ellos piensa que voy a dispararle, y tienen razón, no me siento capaz. A pesar de la rabia que me inflama, el dolor puede más, y las lágrimas empiezan a fluir, incontinentes.

—Dios mío —exclamo en forma de gemido.

Salomón mantiene su sonrisa extática. Imperturbable.

Ya no sé qué debo sentir. ¿Desconcierto? ¿Desesperación? ¿Dolor? ¿Odio? Me muero de calor. No, me muero de frío. Sea como sea, mi cuerpo me dice que algo no funciona.

Este mundo me enfurece. La furia está empezando a consumirme. Y me anuncia que esta no es la última vez que hará presa en mí.

—Mereces pudrirte en el infierno. ¿Cómo has podido hacerlo?

¡Siento unas ganas locas de abalanzarme sobre él y destruirlo por dentro, que sienta mi dolor, que se muera!

—Demuéstranos que puedes hacerlo, Valentina.

Arrugo la frente y vuelvo la cabeza hacia Ángel por un instante. No estoy segura de comprender qué está pasando ahora mismo, incluso diría que me está interrogando con la mirada. Retrocede y se apoya de manera despreocupada en el ventanal, convirtiéndose así en un espectador más.

En cuanto vuelvo a centrarme en Salomón, Ángel me incita:

—Dispárale.

Una mezcla de asco y horror se extiende por mi piel. Oigo cómo crecen los murmullos en la sala.

—¿Qué…? ¿Ángel? —exclama Salomón, perplejo—. ¿A qué viene eso?

—Se lo estoy diciendo a la pequeña señorita —le responde señalándome con el dedo.

Ángel desliza un cigarrillo hasta sus labios y lo enciende en silencio; al ver que no reacciono, clava sus ojos de ámbar en los míos.

—Te he dicho que le metas una ración de plomo en el cráneo, Valentina.

Su voz implacable me sobresalta. Es una orden.

Y en ese momento, de la forma más brutal, me enfrento a una realidad que nunca había contemplado en este universo: tener que matar. Me quedo sin aliento mientras alterno la mirada entre Ángel y Salomón.

Ángel espera pacientemente, fumando su cigarrillo como si nada. Su hermano se le une y también se apoya en la puerta acristalada.

—Sé que tienes ganas de que desaparezca. ¡Este hijo de puta ha matado a tu abuela, joder!

Cuando pronuncia esas palabras, hace que la sentencia suene aún más real. Lo que ha hecho me ha destruido el corazón, y también el alma. Siento un dolor casi físico de tan insoportable como es mi pena. Y aunque me resisto a creer que haya pasado realmente, no bajo mi arma en ningún momento.

Estoy muerta de miedo y no quiero hacerlo. Cobrarse una vida es un pecado demasiado oneroso con el que cargar.

—Ángel, no entiendo nada —protesta Salomón con un punto de rabia—. ¡Esto no es ningún juego!

—Mátalo, Valentina —canturrea Ángel con una mano en el bolsillo y la otra ocupada en seguir fumando su cigarrillo.

Su hermano se cruza de brazos y observa la escena con una sonrisita mezquina. En la sala parece estar creciendo la excitación por momentos.

—Hazlo por tu abuela, ¿o es que no quieres que sea vengada? —insiste Ángel.

—Yo no… puedo

—Hazlo.

—¡Ángel, carajo! —grita Salomón, aunque al instante modera su actitud.

Sin duda el aura de Ángel lo intimida, pero, al igual que yo, comprende que este tío no bromea, que está jugando a un juego perverso y que si cedo él será la primera víctima. Ninguno de sus hombres podrá salvarlo, pues ninguno osará oponerse al rey.

—Hazlo, Valentina.

—No…

Niego con la cabeza. Entre mis lágrimas y mi corazón destrozado, mi mundo se hunde a mi alrededor. Necesito reencontrar la paz… ¡Quiero mi vida de antes!

Salomón está pendiente de mí. Ahora ya no se ríe, solo es un hombre que, como yo, tiene miedo. Al menos Ángel me ha otorgado ese poder, tengo su vida en mis manos y él lo sabe. Sin embargo, soy incapaz de alegrarme por ello. A decir verdad, me siento como anestesiada.

—Te lo pediré por última vez…

Ángel aspira profundamente la nicotina antes de volver a expulsarla. Aprieto el arma con firmeza, porque cada vez me tiemblan más los dedos. Me aterroriza la mera idea de tener que cruzar el punto de no retorno. Me atormentaría durante el resto de mi vida. Mancillaría una parte de mi alma… Y entonces ¿por qué otra parte de mí lo desea con tantas ganas?

Un disparo desgarra el aire.

Y después otro. Y otro más. Al final una ráfaga completa resuena en el corredor, y a continuación oímos gritos.

—¿Qué es toda esta locura? —exclama el hombre de la camisa de flores.

Por fin vuelvo a respirar, en cuanto comprendo que yo no he sido quien ha disparado.

De pronto reina una gran agitación entre los asistentes. Abel y sus hombres cruzan las puertas acristaladas para evaluar la amenaza.

—¡Id a ver qué pasa vosotros también! —les ordena Ángel a sus propios guardaespaldas—. ¡Limpiad la zona!

Al final casi todos los presentes se precipitan hacia la sala de recepción, incluido Alexis. Solo se quedan aquí Salomón, Ángel y Miguel. El intercambio de disparos prosigue en el exterior, pero desde donde estamos es imposible saber qué sucede exactamente. En cuanto se me pasa por la cabeza aprovechar el caos reinante en mi propio provecho, Salomón hace amago de acercarse.

—¡Aléjate de mí! —le grito amenazándolo.

Sigue acercándose peligrosamente. El sudor que perla su frente acentúa el brillo de sus facciones hinchadas por el bótox. Cada paso que da parece resonar con más fuerza que los disparos del exterior, a la vez que su sonrisa burlona se expande un poco más. Alza las manos en un gesto falsamente conciliador, como si quisiera demostrar que él no representa ningún peligro inmediato. Pero para mí Salomón es la encarnación del mal.

Es peligroso, y lo sabe.

Me tiembla la mano, pero sigo apuntándolo con mi arma en todo momento.

—¡No te atreverás, pequeña puta!

—Salomón.

La voz inapelable de Ángel obliga a Salomón a detener su avance. Se vuelve hacia los dos hermanos, los mira y hace una mueca que parece una súplica.

—Ángel, ¿a qué estamos jugando? —inquiere casi tartamudeando.

Ángel ignora el eco de la refriega que nos llega de fuera, así como el nerviosismo de Salomón. Se endereza y arroja con gesto casi teatral la colilla a la chimenea de mármol que hay junto a la barra de las bebidas alcohólicas.

Desde la lejanía nos llegan unos gritos de dolor, pero nadie se inmuta. Ángel se me acerca a grandes zancadas y desenfunda su pistola. Se inclina apoyando las manos en las rodillas para que su mirada quede a la altura de la mía. Clava sus ojos ambarinos en los míos y tengo la impresión de que me está inoculando su veneno. De cerca, sus rasgos me parecen más duros y despiadados. La mandíbula cuadrada, de líneas perfectas, la barba recortada con una precisión quirúrgica y el pelo castaño oscuro, corto.

De pronto, apoya el cañón de su arma en mi sien y me susurra:

—Ya te lo he dicho: mátalo.

CAPÍTULO 45

La Glock

La voz de Ángel me provoca una descarga de escalofríos que se abren paso a través de mi piel. O Salomón o yo, no hay otra alternativa.

Preto decía que la Glock es la que de verdad lleva la voz cantante en una negociación y que él nunca discute con ella. Pues bien, tenía toda la razón. La amenaza de una bala es argumento más que suficiente para satisfacer cualquier petición. Sin embargo…

«Este mundo no te esperará, Valentina. No esperará a que seas lo suficientemente fuerte para ponerte a prueba, de modo que debes endurecerte desde este mismo instante».

¿Por qué todas las palabras de Preto me persiguen precisamente ahora? Cada vez que me hundo en la desesperación, el consejo que me dio me viene a la mente. Pero yo no quiero endurecerme de este modo.

—Escucha, Ángel, puedo dejarte la farlopa a mitad de precio —prueba a convencerlo Salomón, apenas a unos metros de nosotros.

—No quiero tu mierda —le espeta Ángel girándose hacia él.

Puede que se deba a esa aura suya tan imponente, pero cada vez que abre la boca pone fin a cualquier forma de negociación.

Salomón frunce los labios; su rostro refleja una gran inquietud. Aunque sigo apuntándole con mi arma, parece tenerle mucho más miedo a Ángel.

De pronto siento que el cañón me aprieta con fuerza la sien. Dejo escapar un gemido de pánico y por fin me percato de que Ángel quiere que gire el rostro hacia Salomón.

—¡Míralo y métele una bala en el puto cráneo!

Las lágrimas vuelven a deslizarse en abundancia por mis mejillas. Una vez más, siento muchas ganas de vomitar solo de imaginarme que aprieto el gatillo.

—No —digo con la voz estrangulada al tiempo que niego con la cabeza.

—¿Prefieres llevarte tú el balazo?

—¡No!

—Entonces ¿a qué estás esperando? —me grita Ángel.

¿Que a qué estoy esperando? No quiero ensuciarme el alma, ni siquiera con una sangre tan abyecta como la de Salomón. Matar no está en mi naturaleza ni lo estará nunca.

—¡Ángel, ya vale de hacer el capullo, joder! ¡Se te ha ido la olla por completo!

Salomón mira hacia las puertas acristaladas, posiblemente en busca de una vía de escape, pero el hermano de Ángel se ha plantado delante de la puerta.

—Déjame jugar un poco, Salomón —le responde Ángel con una sonrisa—. ¿Acaso esto no te parece divertido?

Un profundo suspiro pone fin a su entusiasmo.

—Ángel, la pasma llegará de un momento a otro —lo previene su hermano con su voz profunda.

—La policía soy yo, Miguel. Y, además, la señorita solo dispone de un minuto para decidirse. Tictac. Tictac…

Una media sonrisa llena de mezquindad tensa sus labios, Ángel desliza su arma por mi sien y la agita, a fin de hacerme sentir la proximidad del cañón, listo para disparar.

—No hay quien te aguante cuando te pones en este plan —le dice Miguel pasándose una mano por el pelo—. Tengo ganas de largarme de aquí.

Ángel lo ignora y se inclina más sobre mí, tanto que puedo notar el olor a tabaco de su aliento.

—Entonces, Valentina… ¿No será que prefieres volver con Salomón?

El pánico me invade de nuevo. Niego repetidamente con la cabeza. Miro a Salomón con los ojos anegados; él parece estar tan cagado de miedo como yo. Busco desesperadamente algo a lo que aferrarme, pero ahora Miguel parece cautivado por la escena que está presenciando, como si estuviera esperando expectante mi decisión. Cuando me sonríe, me estremezco de asco. Pone la misma cara que su hermano. Bajo su aspecto apacible, en sus ojos brilla el mismo destello de locura. Ojalá nunca hubiera conocido a los hermanos Cortés.

—¿Y bien? ¿Qué has decidido?

La voz de Ángel me fuerza a volverme hacia él y hacia la pipa con la que me está apuntando todo el rato. Por fin logro tragar saliva, pero al hacerlo se me escapa un prolongado gemido.

—Piedad, no quiero hacerlo —le suplico.

Con un movimiento exasperado, Ángel se endereza y se yergue sobre mí en toda su altura.

—Puedes llevártela, Salomón.

Entreabro los labios, atónita, mientras la risa de Miguel resuena por toda la sala.

—¡Menudo cabronazo! —exclama divertido.

—¿Qu… qué? —balbuceo sin poder parar de temblar.

Salomón avanza un paso hacia mí, ignorando por completo que le estoy apuntando con un arma, pues solo parece estar pendiente de Ángel.

—Ya se ha acabado el juego, ¿eh? —le pregunta Salomón, cauteloso.

—Sí —responde el otro apartando su arma—. Me ha hecho perder el tiempo, haz lo que quieras con ella.

Una sonrisa ilumina el rostro de Salomón. Lanza un pequeño gruñido de satisfacción que me hace subir la bilis a la garganta. Me dejo caer al suelo cuando él empieza a dar otro paso en mi dirección.

—¿Por qué lo haces? —le grito a Ángel, que ha retrocedido para observar la escena con su hermano—. ¿Por qué?

No me responde. Salomón le da una patada a una silla que obstruye su camino hacia mí. Mi miedo se mezcla con una especie de profunda cólera que duplica el temblor de mis manos. Estoy sola frente a esta pesadilla. Todo cuanto he vivido hasta ahora no ha sido nada. Creía que estaba a punto de librarme de mis cadenas, pero lo peor aún estaba por venir.

Nadie puede protegerme.

No puedo recurrir a nadie.

—Vamos, Valentina, todo ha terminado —me dice Salomón, como anunciando mi condena. Me arrastro por el suelo, con la respiración agitada. Ya no lo amenazo, sino que utilizo ambas manos para deslizarme y poner la máxima distancia entre él y yo.

—¡No te me acerques!

Cuando mi espalda choca con una nueva pared, Salomón estalla en una carcajada.

—¡Joder, no sabes las ganas que tengo de continuar donde lo dejamos! —me anuncia mientras sigue avanzando hacia mí. Una sucesión de imágenes retrospectivas desfila ante mis ojos.

Yo con la cabeza contra el suelo. Él desabrochándose la camisa.

Yo forcejeando con él para que deje de tocarme. Él descargando todo su peso sobre mi cuerpo.

Yo gritando, consciente de que nadie acudirá a salvarme. Él riéndose de mi desesperación.

Percibo el olor acre de su colonia y el de su aliento alcoholizado, que aún perduran en mi recuerdo. Sus zapatos ingleses ya están justo a la altura de mis ojos.

El corazón me retumba con tanta fuerza que se me nubla la vista; sin embargo, algo me mantiene consciente: el frío del metal en mi mano. Empuño el arma con ambas manos y la desplazo hacia delante. Mi dedo índice tiembla al entrar en contacto con el gatillo.

«Hice que le cortaran el cuello a la puta de tu abuela…». Estas palabras resuenan en mi mente, sumiéndome en una mezcla de rabia y desesperación.

Voy a morir de un momento a otro si no hago nada.

Es ahora o nunca.

Aprieto el gatillo, y este libera una bala acompañada de un ruido ensordecedor.

CAPÍTULO 46

Imperios

VALENTINA

Esta vez he disparado.

La cabeza de Salomón bascula brutalmente hacia atrás, con un agujero en medio de la frente. Una gota de sangre se desliza lentamente por su mejilla, todavía sudorosa, y esa imagen me causa especial repulsión. Parece que hayan pasado horas cuando por fin su cuerpo cae de espaldas con un ruido seco, y un charco rojo se extiende lentamente por el suelo.

Ya está, lo que me temía desde el instante en que sorprendí a Paloma en el regazo de Rubén acaba de suceder. Fui confirmando mi temor a medida que me hundía más y más en este mundo de odio y crueldad, en el que yo también he acabado pringándome.

Ya está, he matado a un hombre.

Un gemido de horror escapa de mis labios. El arma se desliza por mi mano y cae el suelo con un estrépito que resuena durante un tiempo indefinido en mi interior. Es el sonido del fin de mi inocencia.

—¡Lo sabía, joder! —exclama Ángel fascinado, aplaudiendo—. ¡Sabía que tendría los cojones de hacerlo!

Su hermano sonríe y mueve la cabeza con desgana.

—No hay quien te soporte cuando haces esto. Bueno, nos la cargamos y nos vamos de una vez.

—¡No seas absurdo, aún no pienso dejarla ir! Presiento que esta tía aún no ha acabado de divertirme.

—¡Joder, Ángel! Vámonos ya, hemos perdido demasiado tiempo aquí, y además…

Su conversación se convierte en un zumbido lejano mientras centro mi atención en el cuerpo inerte de Salomón. Su traje blanco se ha echado a perder, está empapado en sangre. Me siento aturdida, sobrepasada por un profundo sentimiento de culpa. Nunca pensé que sería capaz de cometer un acto semejante, y, sin embargo, he matado a un hombre. ¿Cómo he podido llegar a este extremo?

«Paloma, mira adónde me ha conducido tu jueguecito».

A pesar de los temblores y el sudor, me siento vacía físicamente. Como si mi alma hubiera abandonado mi cuerpo junto con la bala que he disparado. Me esfuerzo en respirar con normalidad.

¿No estaré maldita? La muerte de Salomón ha destruido todos mis principios, todos mis valores, reduciendo mis órganos a cenizas. El precio de mis errores es demasiado alto. ¿En qué me he convertido? ¿Dónde está aquella Valentina que aspiraba a ser una arquitecta de renombre en Estados Unidos? ¿La que miraba telenovelas con Abuelita? ¿La chica a la que tía Carmen le cortaba las puntas todos los meses?

—… pues entonces date prisa. Yo me largo.

—Miguel, tu…

Ángel se interrumpe cuando, de pronto, la puerta acristalada estalla, provocando un estruendo que me obliga a alzar la cabeza.

La imponente silueta de Preto aparece en el alféizar. Y tras él llegan varios guardaespaldas de los hermanos Cortés empuñando sus armas; pero, mientras que yo me he tenido que ver sometida a una intensa presión psicológica para ser capaz de matar, Preto solo necesita una décima de segundo para tomar su decisión. Su índice aprieta el gatillo tres veces. Abate sin piedad a todos aquellos que le suponen una amenaza.

Me pongo en pie mientras sus ojos azules recorren la sala. No acabo de creerme que lo tenga delante, ni siquiera cuando su mirada se cruza con la mía. La imagen caótica que transmite, de cólera y de determinación al mismo tiempo, parece distenderse en cuanto nos miramos. Algo en su presencia me tranquiliza y siento el impulso de ir a su encuentro. Tengo la certeza de que, por muy oscuro que sea este mundo, Preto aún lo es más, y esta constatación me obliga a pensar que mis horrores jamás serán peores que los suyos…

—¿Y tú quién eres, hijo de puta? —le espeta Miguel mientras desenfunda su arma.

Preto dispara inmediatamente en su dirección, pero Miguel reacciona por instinto y se protege, agachándose a toda prisa. Mientras se parapeta tras una mesa volcada, Ángel también saca su arma, pero Preto frustra su intento apuntándole con su pistola.

—Chisss, yo de ti no lo intentaría.

Desde su refugio, Miguel se toca la oreja y lanza un gruñido de dolor. Observo un hilillo de sangre descendiendo por su cuello.

¡Demonios!, ¿qué está pasando aquí? Es como si estuviera observando la escena desde fuera de mi cuerpo, pero la voz de Preto me devuelve a tierra firme.

—Vamos, Valentina. Date prisa.

¿Por qué mi cerebro se centra exclusivamente en él cada vez que me habla? Como si, con esas pocas palabras, lograse insuflarme una esperanza que yo creía desaparecida para siempre apenas unos minutos antes. Y, sobre todo, ¿por qué me estoy haciendo todas estas preguntas justo en este momento? Aunque mi corazón late desbocado, corro hacia él. Preto sigue apuntando con su arma a Miguel y a Ángel y no les quita ojo de encima. Aun así, me tiende la mano con la que no sostiene la Glock. Paso a pocos metros de Ángel, que no intenta nada. Me parece todo demasiado fácil, como si me dejase marchar deliberadamente. Después de todo, si hubiera querido, estoy segura de que habría podido retenerme. Cuando por fin uno la palma de mi mano a la de Preto, tengo la impresión de que me está sacando del agua. El contacto con su piel me resulta candente, reconfortante, protector, pero casi al instante me sitúa a su espalda, sin soltar su cálida mano de la mía, apretándome contra sí. Al apoyar las manos sobre sus hombros, siento cómo se le tensan los músculos. Inspira profundamente, y, al hacerlo, percibo en lo más íntimo de mi ser la cólera que lo anima.

—Ya podemos irnos —le digo sin dejar de temblar, inclinándome ligeramente para que pueda verme. Preto me mira durante apenas un segundo y logra transmitirme un poco de su fuerza. Esa sensación me desconcierta, pero me aferro a ella desesperadamente.

Retrocede arrastrándome con él, sin dejar de amenazar a los dos hermanos. Mis zapatillas pisan los añicos de cristal que tapizan el suelo, y a medida que reculamos empiezo a distinguir el pasillo.

Pero cuando estamos a punto de partir, resuena la voz de Ángel:

—Así que eras tú, el hijo de Ryan.

Preto se detiene. A nuestra espalda el caos aún no ha cesado. Los gritos parecen cada vez más desesperados, y empiezo a oír a lo lejos las sirenas de la policía acercándose.

Ángel se lleva una mano al bolsillo y le dice con una sonrisa burlona:

—Qué bonita pareja…

—Vámonos, por favor —le suplico a Preto.

—En cuanto cruces esa puerta, me ocuparé de desmantelar tu supuesta organización. La calle se encargó de desembarazarse de tu padre por nosotros, así que no creas que ocuparás su lugar. Bueno, eso en caso de que alguna vez tuviera un lugar…

Preto se pone tenso. Tengo claro que Ángel sabe perfectamente cómo provocar una reacción en sus víctimas. La frustración manifiesta de Preto al haber mencionado a su padre demuestra que ha dado en el clavo.

—Puedes estar seguro de que la calle no será lo que destruya tu imperio, Ángel. Seré yo. Y cuando tus negocios sean historia del pasado, no tendrás ningún lugar donde esconderte.

A Ángel se le escapa una media sonrisa y se gira hacia su hermano. A ambos les resulta graciosa la determinación de Preto.

—Eres arrogante —le replica Ángel sin dejar de sonreír—. Y demasiado joven para darte cuenta de las chorradas que largas. Si te sintieras realmente capaz, ya nos habrías matado. Pero tú y yo sabemos que no tienes ni los cojones ni los recursos para salirte con la tuya.

—Tienes razón, no dispongo de recursos —reconoce Preto sin ambages—. Por el momento. Pero cuando vaya a por ti, no olvides que eso solo será el principio de tus pesadillas.

—Ya basta de tanta palabrería —le espeta Miguel.

Como si sucediera a cámara lenta, veo que Miguel pasa las manos por debajo de la mesa que le sirve de escudo. Ahora su arma nos apunta directamente a ambos.

—¡Preto! —le grito al tiempo que lo rodeo y lo empujo.

Cuando el disparo suena en el aire, nosotros ya nos hemos tumbado en el suelo. Preto me cubre con su cuerpo; alzo la cabeza, jadeando, y compruebo que hemos evitado lo peor.

A Miguel no le da tiempo a intentarlo de nuevo porque le llueve una ráfaga de balas desde el pasillo. Los dos hermanos se ponen a cubierto. Miguel dispara a ciegas para que Ángel pueda llegar hasta su improvisado refugio. Busco al tirador y reconozco a Rubén, armado con un fusil de asalto, que mantiene la posición para permitirnos evacuar.

Preto aprovecha la distracción para levantarnos y salir, pero una terrible sensación de debilidad me impide ponerme en pie.

—¿Valentina? —inquiere él con preocupación.

Las piernas no me sostienen. Preto me coge entre sus brazos antes de que me desplome, evitando que caiga sobre los cristales rotos. ¿Por qué me siento tan débil de golpe?

Preto me saca precipitadamente al pasillo y nos ocultamos tras una pared. Me estoy ahogando. Él me palpa, tratando de dar con el origen de mi indisposición, y de pronto levanta una mano. Está empapada de sangre. Se le paraliza el rostro, pero sus ojos expresan incomprensión y horror al mismo tiempo.

Me recuesta en sus brazos y trata de localizar el lugar exacto donde me han herido. Dejo escapar un leve gemido al sentir una punzada de dolor en el vientre después de que él lo haya rozado con su mano. Cuando nuestras miradas se encuentran y veo el miedo reflejado en sus ojos, por fin sé con certeza que acabo de recibir un balazo.

CAPÍTULO 47

Hermosa

VALENTINA

El dolor se propaga sigilosamente por todo el cuerpo.

En cuanto veo la sangre, mi cerebro comprende lo que acaba de pasar y todas mis terminaciones nerviosas parecen reaccionar en respuesta. Me muero de calor, a continuación de frío, y unos desagradables escalofríos sacuden mis músculos doloridos. No tenía ni idea de que se pudiera sufrir tanto. Ni siquiera soy capaz de pensar.

—¡… tina!

Parpadeo lentamente. No me había dado cuenta de que tenía los párpados cerrados, pero me pesan mucho. Me siento arrastrada por una corriente a la que no puedo oponer resistencia. Ni me apetece hacerlo.

—¡Por favor, Valentina! ¡Has de mantenerte despierta!

Mi corazón se serena cuando cierro los dedos alrededor de la camiseta de Preto.

—Escucha…, yo… no…, así… ¡Valentina! ¡Valentina!

Su voz se me antoja lejana. Como si fuera un espejismo.

Aparta su mano de mi vientre y a continuación encuadra mi rostro. Me está diciendo algo que oigo, pero no entiendo. Acaricia mis mejillas con los dedos y enjuga las lágrimas que, a pesar de mi estado de semiinconsciencia, sigo derramando.

No estoy segura de lo que siento. Me gustaría decirle que se marche, pero tampoco quiero que me deje aquí sola.

¿Habrá cesado ya la batalla que estábamos librando? Me parece distinguir los gritos de Rubén, las sirenas de la policía y la risa de Ángel.

Todo ese estruendo me oprime el corazón.

Preto me da golpecitos en las mejillas con los dedos húmedos tratando de que le responda. Pero es inútil. Yo querría hablar, pero mis labios se niegan a abrirse. Sin embargo, él tiene que saber que no debe sacrificar su vida por la mía. No me lo merezco.

—Abre los ojos, hermosa.

En otro contexto.

En otra vida.

En otro universo.

Creo que podría haber apreciado esa palabra: «hermosa».

Curiosamente, su voz me infunde una fuerza que no sospechaba que tenía. Me impulsa lentamente a abrir los párpados, poco a poco. Por un instante lo veo, inclinado sobre mí. Me parece que nunca podré olvidar ese azul celeste. Aunque en realidad no es el azul del cielo ni el del mar. Nunca había visto unos ojos de ese color.

¿Por qué estoy pensando en ello ahora? No importa, mis párpados vuelven a cerrarse.

—¡Nos vamos, Preto!

Creo que es Rubén. Noto que me están levantando cuando el dolor me da un tirón en el vientre, pero una nueva ráfaga de disparos perturba mi sueño. El terror se cuela en mi inconsciente, ahuyentando el breve instante de paz que me habían brindado los ojos de Preto.

De pronto me quedo sin aire cuando mi cuerpo se estrella brutalmente contra el suelo.

Las voces se entremezclan.

Oigo a Rubén gritándole a Preto que le han dado. La pesadilla me sofoca.

—… puedo… dejar…

—¡Nos vamos! ¡… nada… por ella!

Transcurren los segundos, el frío del suelo de mármol se me cuela bajo la piel. Y me doy cuenta de que me encuentro sola, abandonada. El repetitivo grito de las sirenas de la policía me incita a pestañear. Contraigo la cara a causa del dolor, y entonces distingo la enorme lámpara de cristal, justo encima de mi cabeza.

Oh, estoy en el gran vestíbulo.

Me parece bien, puedo morirme aquí. Es un bonito lugar. Puede que Dios me esté haciendo pagar mi pecado. Una vida por otra. Después de todo, lo que yo he hecho es irreparable.

Tumbada en el suelo, vuelvo a sumirme con alegría en la inconsciencia.

Pero dura demasiado poco. Vuelvo a sentir movimiento bajo las rodillas y la espalda. Una corriente de aire me acaricia la nuca, y deduzco que me están moviendo. ¿Habrán llegado los sanitarios? ¿Me están llevando al hospital?

Invierto las energías que me quedan en tratar de abrir los párpados una última vez. Al instante reconozco esos ojos ambarinos y la sonrisa extática. La cara de Ángel se graba en mi cerebro, reemplazando la de Preto. Me está conduciendo con determinación hacia un destino desconocido. Sea cual sea, no tengo fuerzas para preocuparme, de modo que opto por abandonarme al enemigo.

Los párpados se me cierran de nuevo y me deslizo hacia los abismos de un sueño forzado.

AGRADECIMIENTOS

Llegó el momento que más esperaba: ¡los AGRADECIMIENTOS!

La primera persona a quien me gustaría darle las gracias es Svede, porque si tú no me hubieras hablado de Wattpad, *back in* 2019, probablemente nunca habría descubierto esta modalidad de lectura y *Valentina* jamás habría visto la luz. (Y, todo ello, ¡gracias a un sacapuntas!).

Gracias a mi familia. Mamá, siento haberme encerrado en mi cuarto y haberme escaqueado de fregar los platos para ponerme a escribir. ¡Gracias por darme la oportunidad de perseguir mis sueños sin presionarme nunca! ¡Gracias a mis hermanas por aguantarme cada día machacándolas mil veces con la misma historia!

A continuación, me gustaría darles las gracias a Jasmine, Nisrine, Sandra, Sabina, Katia, Rinesa, Yousra, Clémence, Laura, Rosa, Valentina, Alice, Aila, Jade, Norane, Savannah, Hajar, Ines, Iman, Manon, Alison, Lyssandra, Sokhna, Léa, Riyane, Ilhem, Amandyne, Celia, Eva, Taïla, Rania, Alicia, Karima y Sana… Habéis sido las primeras en leerme. Y nunca os agradeceré suficientemente que también hayáis sido las primeras en apoyarme y en convertir desde el primer momento mi experiencia en algo excepcional. Cada vez que subía un capítulo, esperaba ansiosa vuestras respuestas en nuestro grupo, ¡y habéis sido las primeras en dar vida a *Valentina*! ¡Gracias!

A mis lectoras. Creo que en primer lugar debo darle las gracias a aquel dolor de muelas que me obligó a coger una baja por enfermedad y me permitió decirme a mí misma: «Como no iré a trabajar en cuatro días, empecemos este libro que me ronda por la cabeza desde hace semanas…». Gracias a aquel diente, cuatro años después, ¡nuestra comunidad de Wattpad sigue siendo tan increíble y fiel!

Aprovecho este momento para deciros a vosotras, mis lectoras, lo mucho que os agradezco de todo corazón vuestro amor y cada comentario, cada mensaje de ánimo, que me permiten seguir aquí hasta el día de hoy. (Incluso después de pasar mil peripecias, ¡lo siento, a veces me estreso demasiado!).

Me siento muy afortunada y honrada de poder decir que solo escribía en el RER y con mi iPhone 7, ¡pero ha sido vuestro cariño hacia Preto y Valentina el que me ha rodeado de *kunefetas* y *kunefetos* adorables!

¡Gracias por formar parte de mi vida!

Gracias a mis amigas, Ayse (lamento, bonita, ese estrés tan loco que me entra y que tengas que estar recuperándome constantemente, pero esa es la gracia del riesgo), Angy (a ti te digo lo mismo, preciosa, lamento lo de las parrafadas a las tres de la madrugada, pero es que no puedo evitarlo), Amar (ya, Ed me pertenece, y gracias por las risas locas y por escucharme a diario), Hazel (mis mejores risas locas y mi mejor seguidora del «país del pan»), Sarah (una vez más, gracias por todas esas risas locas).

Gracias a mis betalectoras (y, amigas, lo siento, no tenía más remedio que compartimentar, LOL), Angy, Jasmine, Nawel, Diey, Nasou. Vuestros detallados comentarios me resultan valiosísimos y los espero todos los días con impaciencia. Gracias por soportar todos mis *mental breakdown*, gracias por vuestros ánimos (nuestras risas locas), ¡gracias merecidas por el tiempo que invertís en leerme!

¡Y, por supuesto, gracias a Karen, mi editora! Me tronché de risa cuando vi, en tu primera respuesta editorial, «Tengo la impresión de que Preto es malo en su oficio». Pero fue la mejor crítica que se me podía hacer. Cogiste mi libro (de un millón de palabras, ¡lo siento!), lo descascarillaste y lo impulsaste a un nivel que yo jamás hubiera imaginado, y eso me hace sentir muy orgullosa. Me aportaste unas ideas que ni a mí misma se me hubieran ocurrido, y no creo que nadie hubiera podido mejorar *Valentina* tanto como tú lo hiciste (y además eres capaz de ver más allá, ¡ñam!).

Finalmente, un pequeño *big up* para mis mocosos: Preto y Valentina (¡sin olvidar a Rubén, Sebastián y Esteban!). Gracias por haberme acompañado durante estos casi cinco años, ¡por fin tenéis vuestro momento!

XO, Azra

CONTINUARÁ…

Esta obra se terminó de imprimir
en el mes de febrero de 2026,
en los talleres de Grafimex Impresores S.A. de C.V.,
Ciudad de México.